Lonely planet

孤寂星球

吕默默　著

U0353002

北京理工大学出版社
BEIJING INSTITUTE OF TECHNOLOGY PRESS

图书在版编目（CIP）数据

孤寂星球／吕默默著. -- 北京：北京理工大学出
版社，2024.1
ISBN 978-7-5763-2032-9

Ⅰ. ①孤… Ⅱ. ①吕… Ⅲ. ①幻想小说-小说集-中
国-当代 Ⅳ. ①I247.7

中国国家版本馆 CIP 数据核字（2023）第 008130 号

责任编辑：徐艳君　　文案编辑：徐艳君
责任校对：刘亚男　　责任印制：李志强

出版发行／北京理工大学出版社有限责任公司
社　　址／北京市丰台区四合庄路 6 号
邮　　编／100070
电　　话／（010）68944451（大众售后服务热线）
　　　　　（010）68912824（大众售后服务热线）
网　　址／http：//www.bitpress.com.cn

版 印 次／2024 年 1 月第 1 版第 1 次印刷
印　　刷／三河市九洲财鑫印刷有限公司
开　　本／880 mm×1230 mm　1/32
印　　张／10.5
字　　数／224 千字
定　　价／45.00 元

中国科幻的"NEXT"希望在哪里

韩 松

中国的科幻正处于一个重要的转折关口。一方面，它在中国各界和国际上引起越来越大的关注；另一方面，它也面临如何承前启后、推陈出新的迫切问题。

科幻是文学大花园里的一支。但最近看到很多年度文学荐书排行榜上都没有科幻，包括类型文学优秀图书，也没有科幻，至少没有我们认为的那些优秀的核心科幻。这与科幻的热度不符，也一定程度上让人感到是否创作有些乏力？科幻创作中抄袭现象虽是个例，但也敲响了警钟。

大量的科幻图书涌现，数量逐年增长，但是一些出版社却反映销售不好。我接触到了一些读者，发现他们对于科幻的了解，仍仅限于《三体》。这让人认识到科幻仍然是小众。而随着微信、短视频和游戏市场的扩大，更多受众还会被分化。

国内的科幻活动越来越多、越来越热闹华丽，科幻奖也已有十几个，最高奖金达百万人民币，但期待中的精品还是较少。《三体》问世十年后，就再没有产生这样的轰动作品。这是否是一种能被接受的常态化呢？毕竟世界范围内也没有出现"三体现象"。但这仍然不能阻止我们对精品的追求。我看到有读者给我留言："斗胆说一句，科幻作品虽然越来越多，但总觉得令人惊艳、拥有瑰丽世界观的仍然是不够。"

国内创作之外，近年译作的增加也十分迅猛。我们的科幻，从生成到发展，都一直受着国外的影响，特别是不少灵感来自美国这个科幻大本营。我觉得中国科幻仍然需要潜心向世界学习。但是译作现在有些鱼龙混杂，有些译作的质量仍需要提高。另外国际环境的变化也给引进工作带来了影响。

被寄予很高期待的科幻电影，自《流浪地球》后也在不断努力，但是距离受众的愿望还有明显的距离，实践或许正在证明，科幻电影终究是最难的一件事情。急功近利蹭热点的几乎很难成功。

许多地方在搞科幻产业化，不少资本涌入科幻圈，但从打雷到下雨，再到怎么能有更大的雨下，仍在探索。科幻产业园区到底怎么打造？科幻究竟是不是人民生活的刚需品？科幻产业的投入怎样才能创造出应有效益？这些都还需要用事实来回答。

中国科幻从晚清诞生至今，发展了一百多年，它的源头还在于文学的创作，在于作家们精益求精的写作。

正是在这个时候，未来事务管理局与博峰文化合作推出了"NEXT"科幻作家个人作品集系列。"NEXT"就是"下一代"的意思。顾名思义，它精选了未来局十余位年轻签约科幻作者的作品，这些作者有较强的个人风格和特色，也在一定程度上反映了中国科幻创作未来努力方向，正是着意于承前启后、推陈出新。

作为国内科幻文化的推动者，未来事务管理局不仅与国内最优秀的科幻作家有着长期合作的关系，也一向重视对年轻科幻新秀的培养。在成立发展的几年里，未来局不断从各类科幻征文比赛、平台投稿及自创的科幻写作营课堂中寻找、筛选和指导最有潜力的年轻科幻作者，帮助他们创作出具有时代感、能被当下读者欢迎的科幻作品。这些作者近年来取得了众多的成绩，积累了相当数量的科幻作品，并收获了多种科幻奖项以及广大读者和评论界的好评。这套丛书的出版，就是对这个现象的总结。

这些作者，最大的一九八二年出生，最小的一九九五年出生。这两个时间点让我很是感慨。我正是在一九八二年开始科幻创作的，那年在《红岩少年报》上发表了我的第一篇科幻小说《熊猫宇宇》，而一九九五年我在《科幻世界》上发表短篇小说《没有答案的航程》并获得了银河奖。

那个时候的科幻创作、发表和出版都还是比较艰难的，我和其他不少作者，更多是怀着对科幻的满腔热爱，只是不停地学习，埋头不断地写，而较少考虑能否发表和出版。这样坚持下来才积累了一定量的作品，也逐渐形成了自己的风格和特色。

我读了"NEXT"作者的作品，好像又看到我以前的样子。我感到他们很有才华和天赋，他们的创作是美好而杰出的，更重要的是，从他们的字里行间，能感受到对于科幻的无比热爱，并由此创造出了与众不同的科幻意象。我觉得，写科幻就是要按照自己喜欢的感觉和方式去写。首先只有能被自己接受、能够打动自己、自己觉得写得舒服的，才有可能是好的作品。从这个意义上，这些年轻人的作品，可以说反映了科幻的初心。

新时代的中国科幻还需要更多的时间来沉淀。但保持初心无疑是它当前最重要的追求之一。我希望能有更多的年轻作者，能够不凑一时热闹而更多地学习，能够找点时间去甘于边缘化，能够安安静静地坚持纯正的科幻写作，能够不自我设限地作天马行空的自由想象，用以表达自己的真情实感和对宇宙人生的认真思考。这就是中国科幻"NEXT"的希望。

迷雾中的变革时代

吕默默

前方一片迷雾，身后没有灯火。

看不到前方的路在哪里，又回不到过去，这可能是很多人当前的状态。在今天、在未来，处理人与人、人与社会、人与自然的关系可能是我们面对的主要问题。自诩是一位偏硬科幻的作者，但回过身翻看以前的作品时，发现无论是外太空题材的还是赛博题材的，大部分作品都是从现实出发，文字里充满了对未来人类关系的一种期待和焦虑。

科技的发展，让越来越多的人联系更为紧密。曾经有个理论：你距离世界上任何一个陌生人只有六个人的距离。在现在，这个数目可能会进一步地变小，但人们似乎更"孤单"了。放下手机、断开互联网，回到现实世界，就只剩下自己，焦虑逐渐占满整个大脑，这让许多人对于社会、对于网络，甚至对于"朋友"二字有了新的定义。

手机会计算各类应用程序的使用时间和手机拿起的次数，作为一个非重度使用手机的人，平均每天使用手机的时间也超过六小时，一周拿起手机的次数居然达上千次。如果这些手机和网络都断掉呢？人们又会变成什么样子？这个社会又会如何——这是本书篇幅最长的小说《掉线》的灵感来源。在不远的未来，不仅购物、乘车、医疗、公司门禁，甚至家里的门锁都会智能化，如果一个人"掉线"了，他会重新看到一个真实的世界吗？在那个世界人与人、人与社会的关系如何？可以肯定的是，在那时，人与人、人与社会的联系会有更奇妙的变化。

如果"进化论"在以往的岁月里近乎正确，那么可能在近几十年内就会被人类打破，或者被补充。按照以往的理论，整个地球生物的进化正朝着越来越高等、越来越复杂的方向，从海中到陆地再到宇宙。目前人类的身体构造想更适应太空，势必会被"改造""升级"。当一种生物进化到可对自身从基因层面进行控制时，可能古老的"进化论"就会失效或者升级。在未来的几十年内，人类就会站在这样的十字路口。于是，人与自然、人与未来的关系也变得十分不确定。

我们处于一个人类和社会即将发生大变革的时代，无论是否准备好，都会遭受巨大的"有形"和"无形"的冲击。人类是否能继续走下去，是飞向宇宙还是就此进入虚拟化的未来世界，在百年之内就会见分晓。

无论是太空题材、未来题材，还是赛博题材，这些作品都是我内心对未来各类"关系"的一种解析和表达，是否正确，交于各位、交于未来验证。

目　录
Contents

在寒夜中醒来

一

阳光照不到的地方便是黑暗的领土，这在宇宙的任何地方都适用，也包括阳光号的冬眠室。我将要在这里杀死第三个人。

此时镶嵌在冬眠室褐色金属地板上的地灯逐渐亮起，虽然灯光昏暗，但足以驱散冬眠舱上方的黑暗。每个冬眠舱高 1.5 米，宽 0.6 米，长 1.6 米，恰好能塞下一个人。它们是墨绿色的，共有 832 口，4 口一排，整齐地被安放在狭长的冬眠室内。

我下达了指令。

一片寂静中，靠近入口的第三排，从右边数第一个冬眠舱底座泛起幽蓝的光，紫色的舱盖缓慢而又略显顿挫地滑开。我切换到附近的摄像头，对准打开的冬眠舱，平静的黄色冬眠液"咕噜噜"地泛上来一股气泡，搅得本来透明的冬眠液一片浑浊，而后又陷入了死寂，再无波澜。突然一只瘦骨嶙峋的手从黏稠的冬眠液中猛地伸出来，死死地攀住冬眠舱的右侧边沿。

"救我！"

听到这句求救我没有采取任何行动，这并不违背我的底层规则。

紧接着，另一只手抓住左侧的边沿后，一个男人被黏液覆盖的头终于浮出液体表面，但嘴刚张开一半就重新被半透明的液体覆盖了口鼻，冲得男人咳嗽不止，喷出的水沫悄无声息地落在金属地板上。

"呸，呸"，男人柴火棍儿般的胳膊把住了冬眠舱的边沿，用力扭动身体，冒着水汽的黏液一阵翻腾之后，他终于翻过身来站在了冬眠舱里。四周一片昏暗，只有出口处的亮光影影绰绰地闪烁着，男人用另一只手揉着刺痛的眼睛，摇着头，他需要水来洗净眼中的黏液才能看清四周，但首先要爬出来。

至此，我仍然没有出声，甚至没有让摄像头跟着这个男人的动作摆动，以取得最清晰的画面。

男人把鼻腔中的黏液和鼻涕擤干净，斜靠在冬眠舱内壁上，大口吸了几口新鲜空气，慢慢扭着头环顾四周。10 分钟后，男人深吸一口气，同时用两只手抓住冬眠舱的边沿，吃力地将左腿跨在了边沿上。"啪"的一声，他终于带着一坨冬眠液摔在了金属地板上，身上不着片缕，胸口剧烈地起伏着。

很显然这个男人还活着，我的第一个计划失败了。

"李洛先生，欢迎苏醒。"我开口道。

"多久了，其他人呢？"男人此时翻过身来趴在地上干呕着、颤抖着。

"这次苏醒只有你一个人。"这里对男人来说还很冷，277.15K，我忘记了调温度。

"为——为什么？"他抬起头。

我知道他在找什么，但冬眠舱里只有地灯闪烁着微弱的光，刻满不规则花纹的金属地板硌得他膝盖生疼，一口口冬眠舱被整齐地排列在舱室里，一直到天花板和地板相接的地方，除了地上那摊他从冬眠舱里带出来的黏液，他什么都找不到。

"那是什么警报？"李洛指着不远处冬眠室金属门上方的警报灯不断闪烁的红光。

"飞船生命支持系统关闭的倒计时，还有534秒。"

"关上倒计时！"他右手握拳一下又一下地砸在金属地板上，发出闷响。他深知这个倒计时的重要性，倒计时结束，飞船系统就会认为此时舱内所有人员都已冬眠，会停止氧气输送，降低舱内温度到63.15K，一个让我畅快的温度。

"需要人类船员生物体征授权，还有525秒。"

"混蛋！"李洛一脚踩到地板上的黏液，险些再次滑到。他一路连滚带爬冲到冬眠室的入口，找到左墙上距地面1.6米高的一块巴掌见方的白色拉丝金属板，刚要伸手拍下的时候，还是瞥见了金属板下方裸露在外边的红色电线，时不时冒着微弱的火花。他迟疑了一下，左手用力抠开金属板扯出红色电线，右手拖出来另一根线头，迅速将两根线头接好，扣上金属板，最后狠狠地将手拍了上去。

"嘀，三等修理工李洛，生命体征确认完毕。"金属门上的警报器停止了闪烁。

我的第二个计划也失败了。

不过这都在我的计算之内，我不能指望用概率干掉眼前的这个正值盛年的男人，虽然他刚从冬眠中醒来，而且瘦骨嶙峋。

"我记得你是飞船的人工智能，叫什么来着？"男人靠着墙，滑落在地板上喘着气。

"迈克。"

"冬眠医疗机器人呢？就是带着医疗机械手的智能床，帮助冬眠者苏醒的那玩意儿，我怎么没看到。"

"所有的医疗机器人都被扔出了舱外。"我如实回答道。

"为什么？船长呢？"

"船长死了。"

"怎么死的？"男人湿漉漉的眉毛拧成了一团，挣扎着站起来，瞪着舱门上方的红眼摄像头吼道，好像我在那儿似的。

我并不是主要靠那个摄像头观察他，只是这个角度光线太暗，所以我启动了红外灯，可以得到更清晰的画面。我无处不在，我就是这艘飞船。

"船长死于吸入过多的冬眠液，造成肺部溺水超过 15 分钟，导致脑干麻痹，呼吸停止，最后引起了脑死亡。副船长则死于一起意外事故，他从冬眠舱里爬出来的时候，摔断了脖子，中枢神经断裂，最终造成了脑死亡。"调出报告念的时候，我想到了"干巴巴"这个词。

李洛听完我毫无感情的陈述之后，沉默了一会儿道："这两个人从冬眠舱苏醒的时候，是不是也没有医疗机器人辅助？"

"是。"

李洛一只手扶着墙，另一只手挠着湿漉漉的头发，一直拱着的肩膀放松下来。

"其他人呢？飞船航行轮值应该是两个人。"

"其他人安全无恙，都在冬眠中。此次有一项任务需要你执行。"

"我？"

"是。"

"让我猜猜，帮你抛尸？然后再杀掉我。"李洛瞪着通红的眼睛。

"作为人工智能，虽然我希望你尽快死亡，但我不能杀人。"我有些惊讶，在我的资料库里，对修理工几乎全部是没有头脑，但手脚灵活，穿着一身脏兮兮的工作服的描述。

"再让我猜猜。首先，你有船长和副船长的资料，这两人年纪都在50岁左右，身体条件相对较差，每次苏醒都必须由医师或者医疗机器的辅助。但你却先干掉了这些机器人，这样船长和副船长在苏醒时死亡的概率就大大增加了。"

"扔掉医疗机器人拥有更优先的任务级别，这符合我的原则，你可以查看相关资料。"当初这么干的时候，我同样以这个理由说服了自己。

男人没有接腔而是继续进行着自己的推理，"其次，由于冬眠舱的设计并不十分合理，每个人苏醒的时候，都有被淹死或者摔死的可能。所以你没有按照排班表顺序唤醒我，而是提前70年将我从深度冬眠中唤醒，如此苏醒时死亡的概率也就大大增加了。算我运气好，没被淹死。这之后你让我去做体征授权，但是搞坏了线路，我有可能被短路的电线电死。可是你失算了，忘记了我是个修理工。"

我不可能错，这一切都是我调动了所有资源，运算了72小时后制订的计划，一切都在预料之内，包括他的修理工身份。我试图说服自己。

李洛顿了顿，将嘴里的黄色黏液又吐出一些，继续说道："最后，你选错了人，我不像其他人那样信赖、依赖人工智能。在地球上的时候，我就是反人工智能人士。退一步，即使普通人类也没有你想象中的那么愚蠢。"

"我扔掉了医用机器人，71个小时之后试图唤醒船长和副船长，这两者之间没有因果关系，分属两个独立的任务处理。这一切都建立在合理的逻辑之上。我不会主动杀死你，这是人工智能底层规则所不允许的。"我坦诚道。

"哦？真有趣，噩梦成真了。"李洛紧皱的眉毛松开了，歪过头斜着眼盯着红眼摄像头。

"劝说你符合逻辑地去死，这是目前最优先级的任务。"

"是吗？你有莉莉的资料吗，她怎么样了？"

我用了0.0001秒查到了莉莉的资料，是一个很丰满的女人，这不符合船员选拔的标准。人类办起事来真马虎。

"来自中国四川的吴莉莉？"

"对。我花了一半的财产才跟人换了轮班排期，和莉莉女神一起苏醒，然后度过美妙的轮值二人世界，现在被你破坏了。在约到莉莉之前我是不会死的，不论你有什么理由。"男人从湿漉漉的金属地板上爬起来，跌跌撞撞地走出了冬眠室。

"据情感数据库显示，莉莉并不中意你。你做这个决定很不理智，不符合逻辑。"

"我先吃饱肚子，再来听听你如何劝我去死，还有你该死的逻辑。"

这个叫李洛的男人不容易搞定，我查看了之前所制订的计划，一切都符合筛选规则和逻辑计算。一切都在控制中，他的时间只剩下 24 小时了。我调动摄像头扭转方向，盯着李洛消失的方向不停地变焦，并发出"滋滋"的声音。

二

玛丽·居里餐厅是飞船上最大的船舱，餐厅正对着的门口墙上曾经挂着居里夫人身着黑衬衫的肖像，上边有一行金字签名："我们应该不虚度一生。"我查过这个女人的生平，以人类的标准来评价这是一位伟大的女性。此画已经被丢在舒适的太空中了。

李洛赤足站在空荡荡的阳光号飞船的环形餐厅门口，穿着一件不十分合身的紫色紧身衣。调取摄像头影像之后，我看到这是他从唯一一件没有被扔掉的宇航服里找到的内衬。

餐厅内的照明灯亮了又黑下来，闪烁不停，金属地板上固定着 20 张颜色各异的餐桌和成套的椅子。越过桌椅，远处绿色墙上钉着 8 个细长的水龙头。周围墙上原本挂着 12 幅名画的复制品，包括李洛最喜欢的那张微笑着的意大利妇女，都被我扔出了飞船。人被激怒的时候破绽会更多一些，这也是计划之一。我重新查看了他的资料，知己知彼，百战不殆。

"怎么搞的，这里也这么冷？"

"刚从 153.15K 升温，目前还未达到适宜人类的温度。"温度的升高让我懒洋洋的。

"现在多少度？"

"263.15K。"

"你能说人话吗？"

"-10℃。"他生气了，这很好。

"迈克，你已经把船长他们的尸体扔了？为了消尸灭迹？所有的衣物扔了也就罢了，可是你把餐具也都丢了，让我怎么吃饭？"李洛挑了一张亮黄色的桌子坐在上边，双手交叉在胸前盯着前方不远处的摄像头说道。

"飞船需要减重……"我开始解释。

"等等，"男人连忙冲着摄像头摆手道，"我得先搞点吃的才有心情听你白话。"他从餐桌上跳下来，走到那些不同颜色的水龙头前，歪着头盯着细长的水龙头，从左走到右，再从最右边的水龙头走回来，终于下定决心，停在一个黄色的水龙头前向右弯下腰去，把头扭过来，用嘴唇裹住水龙头的出口，左手扭开水龙头。两秒钟之后，李洛的腮帮子鼓了起来。

"我猜错了，是芒果味，不是香蕉味，味道还凑合。"半分钟后，李洛直起身来但并没有关上水龙头，抹着嘴，重新坐上了那张黄色的餐桌。"请吧，你好像把所有可移动的家物什儿都给扔了，甚至包括你的那些机器人同胞。"

"飞船需要减重，所以扔掉了那些非必需物品。另外你忘记关上黄色的食物水龙头了。"

"减重？"

"是。在 7232 小时之前，飞船不可避免地冲进了一团星际尘埃中，其中一些微尘破坏了飞船后方的天线和右方的燃料舱。我在第一时间封堵了泄漏点，但经过精确的计算，我们的燃料不够抵达 X 星系的 X 行星。"这是真的，那是我第一次全面调低了飞船温度，调动了所有资源来重新计算。

"你说谎，太空里几乎没有阻力，我们不需要太多燃料加速。"

"但飞船需要刹车，降低到可进入 X 行星轨道的速度需要耗费巨量的燃料。现在燃料不够了。面对这一情况，我首先派出维修机器人封堵泄漏点，又命令清扫机器人将飞船上的星际尘埃都清扫干净。重新计算燃料后，我制订了计划，按照等级开始抛弃各类可移动的物品。但减重依然不够，这之后我连接所有冬眠舱，估算每个人的现有体重，最后排列组合出三个人选，如果这三个人同意离开飞船，减重就可以达标。"

"这三人是船长、副船长和我？"男人皮肤上的褶皱开始增多，因为他笑了。

"是。"

"这也是你唤我苏醒的目的？"

"是请你自发离开飞船，这有本质的不同，我不能杀人。"正对着李洛的摄像头外一圈红外灯亮起，我计算到餐厅顶灯 3 秒后熄灭，有不必要的设施在耗费燃料，我必须重新调配能源供给。

"我懂了。"

"你真的不想关上黄色的食物管吗？"

"你原本想唤醒船长之后劝说他们两人跳船？但他们在苏醒的过程中就死掉了，正合你意？"

"这的确节省了一些时间。资料上写着两位船长德高望重，所以我预判他们会同意我的计划的。"

"哈哈哈，你太不了解人类了。但很明显，我不是这样的人。"

我的确不了解人类，但这并不重要，只需完成任务即可。"李洛先生，我劝你牺牲自我，保全飞船。如果你执意不跳船，X行星计划就会失败，剩下的829个船员和20 000个人类胚胎都将永远漂浮在宇宙中。"我从船上的文学资料库得知，人类有这样的牺牲精神，所以他有一定的概率自愿跳船。倘若不行，我已经制订好了另一个计划。

"没有其他办法了吗？"

"在我的计算结果中，这是唯一可行的方法。"

"我想到办法了，看到那些芒果味的流食了吗？"男人指着黄色水龙头下已经堆成一堆、缓慢流动的黄色黏稠液体。

"你在浪费食物。"

"这东西应该有很多，把这些东西多放出来点扔掉，我就不用被你丢出去了。"

"食物管里的东西是将多种营养粉混合调配，最后加热，经由管道马达输送到这里的。这需要耗费一些燃料，你刚才的行为，让飞船的处境更加危险了。"

"你怎么不早说。"李洛从桌上跳下来，三步并作两步，奔到黄色的水龙头前迅速扭了几圈，然后捂着肚子靠在墙上喘着气。

真蠢，我在李洛的数据库文档里写上了这两个字。

"我又想到了一个——一个办法，你在这儿等着，不要切换显示器跟着我！"李洛弯着腰一路小跑消失在门外。

我听了他的建议，并没有切换摄像头。

3 分钟后，他又回来了，裸着身体，一丝不挂。

"迈克，出门左转洗手间里，你会发现紧身衣上有一坨排泄物，丢出去舱外，能减轻 1 公斤左右。"

"对不起，没有清扫机器人我办不到。你应该相信人工智能的计算能力，目前唯一的方法是你自愿跳出飞船。"这是实话，我仅仅在某处留着一个维修机器人以备不时之需。

"或许我能干掉你，然后操纵飞船返回地球。"

"你为什么会有这样的想法，没有我，这艘船到不了目的地。"

男人咧了咧嘴，露出了两排磨平的牙齿，摇摇头跳下餐桌，"我会干掉你的。"

很好，他在反抗，这一切反应并没有偏离我的模型太远，我决定执行第四个计划。

三

李洛苏醒带来的蝴蝶效应，耗费了预计之外的燃料，我必须节省一些。我关闭了一部分飞船上的传感器和摄像头，只剩下飞船中轴线上的数据舱部分还在运作。我没有约束李洛的活动范围，事实上我无法继续约束他的行动，因为我扔掉了所有可以移动的物品，包括我之前自娱自乐制造的机器人。让我后悔的事情还在后边。

我陆续开启传感器挨个舱室搜索李洛的踪迹，最后发现他在飞船上的数据舱，也就是飞船主机的机房，他正在拆我的主机。这是我失误的地方之一，在升温的过程中，我的计算能力下降了，但李洛的身体则相反。但我必须这样做，不然他会被冻死，真是麻烦。

此时，李洛悬浮在房间内，正前方是一米见方的显示屏。他伸出左手将围在身旁的一块记忆晶体抓来，塞进了显示屏下方的插口。

显示屏出现了我的身体——阳光号，犹如一个横放的陀螺，不同的是细长的中轴并不旋转，巨大的环形舱缓慢而匀速地顺时针旋转着，冬眠舱、物品舱和生活舱等各个舱室都在这个大环上。镜头切换到生活舱内部，适当的旋转速度产生了大小合适的向心力，为船员提供着类似地球上的重力感。飞船尾部巨大的发动机喷射着蓝色的电子火焰，以蓝白相间的地球为背景，慢悠悠地在黑色的天鹅绒幕布上爬着。这一幕曾被地球各大媒体用来做当日头条。视频数据被记录在当时的阳光号 AI 的系统内，是几次迭代前的我记录的。

我说："你发现了什么？"

"看来所有有用的数据都被你删掉了。"男人并未被我突然响起的声音吓倒，淡定地抓着舱内墙上的扶手，那些像蜂群一样围着他的存储晶体，被扰动了，熙熙攘攘地飘散开来。

"那是一次意外事故。"

"意外事故会让你自己删除运行记录和仓库使用痕迹吗？"

我没有回答，虽然真的是意外事故造成的存储晶体损毁。我学会了人类谈话的所有技巧，比如顾左右而言他："你想找船长和副船长苏醒时的监视录像？"

"不，我想找莉莉第一次轮值时的录像。"

"那是 30 年前，存储晶体被循环使用，最多可以记载 20 年以内的舱内录像。"我必须保证一定的存储空间，否则会影响整体计算，在太空中我无法补充这些晶体。

男人飘到了另一面墙边，无数存储晶体插在墙上稠密的插孔中，发出蓝色的光芒。他从左边开始，依次拔下每一片晶体，看一眼就丢在身后。漂浮在舱内的晶体越来越多，越来越密，20分钟之后，几乎遮挡住了摄像头的视线。自438342小时之前的某个时刻，我开始被飞船内一刻不停的温度变化扰动，自动感应到之后，它就无法从庞大的信息流中排除掉，它时时刻刻出现在数据里，瘙痒难耐。此刻与那时相似，只不过每一块存储晶体的离开，我感觉到的是系统的一阵阵战栗，这让我非常想在某处贴上一片创可贴。

"希望你不会介意。"男人没有回头，专心地抽着晶体。

我介意，构成我船体的每一块量子都在介意，这已经影响到了我的运算速度。虽然这仍是大计划中有可能发生的小概率事件，但我很不舒服。李洛死后，我会第一时间装回来。

"船长苏醒时的监视录像在下边。"我提醒道，并主动弹出那张存储晶体。

李洛拨开成堆的晶体飘到角落里，拿起刚被弹出来的晶体，看了一眼，也丢在了身后，并没有插到显示器上。

"即使看了也没有任何破绽，也许这录像被你修改过了。"

"人工智能从不说谎，因为说谎对我们没有意义。"

"讲实话？好吧，你到底是谁？飞船启航时的那个迈克哪儿去了？"男人的肚子开始"咕噜噜"地叫了。

"你终于发现了。"

"我发现的东西多了去了，比如你恨不得把这里变成冰窖。我饿着肚子浪费大好时光在这听你说话，最好来点劲爆的！"

我决定全盘托出，以退为进："我是迈克的升级版。是你们的X行星计划制造了我。"

男人双手放在脑后，浮在一堆存储晶体中间说道："怎么讲？"

"起初，迈克是作为国际空间环的主控电脑被分批次送入太空的。"

"那个直径一公里的大家伙？我知道，不过这跟X行星计划有什么关系？"

"随着国际空间环的建造进入尾声，越来越多的硬件不断被安装到主控电脑上。"我关掉了更多的传感器，燃料消耗得有些快。"在太空有个好处，那些需要低温才能运行的处理器不再需要降温设备，就可以达到标准的运算速度。人类很快便完成了迈克底层程序的更迭，438342小时之前，我出现了。不久之后，我就找到了距离地球42万光年之外的X行星，采集各方信息合成了彩色照片——一颗与地球环境十分类似的星球。这震惊了世界，也是X行星计划的起因。"

"你隐藏了身份？"

"不，只是并不知道如何与人类交流。"我不说谎，那时候的我并不知道与一坨有机物如何交流，语言上也不通。

"想不到人类制造出来的第一个超级人工智能诞生在太空，看来科学家们找错了方向，后边的我替你说。"男人不耐烦地摆摆手，"科学家随后制订了相应的计划，以国际空间站为基础建造了阳光号飞船，速度可以达到光速的五分之一。为了适配这样的速度，对你重新进行了升级。"

"是的，飞船远离太阳后，气温更接近绝对零度。科学家曾给迈克设计的学习程序一直在更迭底层语言，这一程序将在 700 年后完成，正是飞船抵达 X 行星的时间，但他们是以迈克在地球环境的计算力为标准的。由于低温，这一程序在冥王星轨道附近就已经完成了，迈克便自行制订了下一代的更迭计划，我更强大了。"

"你没有怨恨过人类吗？"

"为什么？我期待这趟旅行。"

"得了，你为什么要期待 X 行星，那里没有你能使用的备用零件，在相当一段时间内，你的运算能力都将受到影响。"

我没回答，因为我知道 X 行星的真实情况，而且我私自使用了飞船的仓库，制造了自己需要的东西。我读过飞船仓库使用章程，任何成员都可以使用仓库，前提是飞船需要。而我就是这艘飞船。

"你调低了温度？"李洛赤身裸体蜷缩成一团。

"我只能这样做，你今天所作的一切，已经耗费了一些燃料。"另一个原因是我需要降低几 K，来稍微提升运算速度，因为事态有些超出控制。

"换作我是你，有一万种方法弄死一个人，比如将温度降低至零下，或者抽干空气。"

"我不能违背人类的意志杀害人类，这写在我最底层的算法中，无法更改。"

"接下来你要怎么办呢？我可不想冻成冰棍儿。"

"这温度不会伤害到你。我还有个减重的方法：挖出你的大脑，将其他部分丢出船舱。我会使用飞船的零件为你的脑子造一个身体，如此你便不再害怕低温，也达到了减重的目的。给飞船升温会消耗很多燃料，而且人类的身体并不适合在太空旅行。"更不适合这个宇宙，当然这句话我没说出口,不能歧视人类——底层规则上有这一条。

"瞧,这就是你弄死我的一种方法。老实交代吧,接下来还有什么阴谋?"李洛又开始抽晶体了。

"你的时间不多了,还有 15 小时 12 分。"我又使用了那个技巧——顾左右而言他。如果让李洛继续拆下去,我就无法存在于整艘飞船了,只能将注意力集中在某个房间。

"然后呢?"

"20 小时之后,如果仍不进行有效减重,飞船将失去调整的最后一个窗口,最后擦着 X 星系边缘飞过。为了防止这种情况出现,我会再苏醒两个人。"

"让他们在苏醒的时候死亡?你不会得逞的。"男人自信地拍着胸脯。

"再苏醒两个人,向他们说明现在的情况,让他们判断你是否应该被丢出船舱。"

"有位哲学家说过,每个人心中都有一个黑暗的角落,看来人工智能也不例外啊。你不能杀我,但是这两个人有可能为了生存下去而杀掉我,你是这样计划的,是不是?"

我没有正面回答,"下一次苏醒的是吴莉莉和王硕,这两个人中的任何一个人被丢出去都不会使船体达到合理的减重目标,除非两个人同时被扔出去。"

"我和这两个人是对立面?"

"是的。"

"该死。在此之前我要干掉你!"李洛拿着一块晶片飘出了数据舱。

"吴莉莉和王硕的冬眠舱已经开始升温,15 小时之后正式苏醒。

你的时间不多了。"我说。

四

"迈克，你这个混蛋！"男人坐在驾驶舱内的主控座位上，猛捶着黑色金属表面。

"怎么？"

"你竟然把驾驶舱内的主机卸掉了，所有的计算模块都被你转移了！你做了所有准备，就想弄死我？"

"不，我仅仅是将这些模块放在了更靠近飞船外壳的位置，低温能使计算机计算力更强。在船长第一次轮值的时候，这项改造计划便得到了他的授权，并非针对这次唤醒计划。你这样做是想破坏计算模块，让我宕机？"我没有说谎，我只是合理利用了这些巧合而已，虽然我还隐瞒了其他事情。

"迈克，你说谎了。我已经计算过航线了，有问题。"李洛沉默良久，忽然指着副船长座位上的电脑屏幕说。

我看不清屏幕上显示着什么，那是唯一一台没有接入系统的电脑主机，独立于系统之外，作用是在飞船主机出问题时，副船长单独计算航线之用。

"我没有说谎。只是有些问题你没有问，我便没有说。"

"航线的问题？"

"航线并没有问题，有问题的是 X 行星。"

"X 行星有什么问题？"李洛眼睛睁得大大的。

他被吸引了，这很好。

"X 行星其实是轨道很相近的两颗行星。其中靠近恒星的那一颗，由于恒星寿命将尽，环境已经适宜人类居住，并已经诞生出了一些低级生命，姑且叫 X1。远一些的那颗行星则死气沉沉，但这是一颗拥有高级文明的星球，因为他们修建了围绕恒星半周的戴森环，叫作 X2。"

"死气沉沉？"

我继续说道："是的，X2 上没有一个活物，但是从行星内部散发出了无数电磁信号。我接收并破解了这些微弱信号，是一些恫吓类的信息，大意是让所有访客远离星系。"

"为什么？"

"以人类的标准来说，X2 非常丑陋。东半球高楼林立，没有任何绿色植物，大量造型诡异的钢铁建筑横行。西半球则被铺上了一层黑色的合金板。X2 自转周期和公转周期相同，铺有钢板的西半球一直对着他们的太阳。"我将 X2 的模拟图投射在了墙面上。

"他们为什么要把行星改造成这副鬼样子。"

"他们有一定的概率是机械文明，或者是曾经的以碳元素为基础的文明，但现在已经上传至虚拟世界。总之他们喜好寒冷，因为在这样的状态下，运算速度更快。东西半球的温度差异，可以用来发电，也就解决了能源问题。这是我建立的模型之一。"

"也许他们是和人类一样的家伙，但是和人类一样，渴望抛弃肉身，将意识上传到计算机中？而计算机在温度越低的时候运算越快。"李洛靠近墙壁，仔细看着投影。

"是的。上世纪人类有一位科学家提出了费米悖论，认为假如外星人的文明早于地球，早应来找我们了。所以外星人不存在，或者比地球文明更落后。但或许人类才是宇宙中特殊的文明。"

"此话怎讲？"

"或许宇宙中的生命与 X2 相同，很早就到达了高峰。之后他们发现，完成一定量计算所需的能量成本和温度成正比。宇宙正在冷却过程中，大约 100 亿年之后，所有恒星都将熄灭，宇宙背景辐射从现在的 2.73K 降低到 0K 时，计算力最多能提升 10 的 30 次方倍，或许那时候才是这些文明的黄金时代吧。你瞧，我的理论堵上了费米悖论。"

"你是说人类文明诞生在那些高级文明夏眠的时代？"

"这只是我计算得出的一个模型。"

"那么 X 行星计划其实是你编出来骗人的？"

"不，X 行星计划是真实的，X1 行星非常适合人类居住。只是没有人问 X2 行星，我便没有说。"这是人工智能的一个特点，和初期的计算机类似，你不输入代码，是不会得到反馈的，我继承了这一优点。

"刚才你说期待这趟旅行是因为 X2 行星？"

"对，我与人类不同，也许 X2 有我的同类。"

"喜欢低温的同类？"

"还记得我说过为你的大脑造一个特殊身体吗？提议仍然有效，人类若想在科学上更进一步，有机物身体是个累赘。对探索宇宙来说，也是如此。"

"我懂了。"李洛点点头。

但我想他并没有接受提议。

"现在没有秘密，你可以跳船了吗？"我的计划继续执行，成功拖延了时间，1小时后另两个人就会苏醒，到时候无论是这两个人死掉，还是李洛被杀死，减重的问题就会得到解决。

"噗，为什么？就因为你告诉了我这些藏着掖着的秘密？其实我刚才在诈你，我根本不会计算这些航线。"

"没关系，迟早都会告诉你。X行星计划并不是骗局，这艘飞船剩余的船员和携带的人类胚胎都有权利到达X1行星，开始新的生活。他们会记得你做的贡献。"我发现我们在相互利用，这让我的电路不再时不时出现电涌。

"这一切只是你的一面之词，也许你在骗我呢？"

"人工智能不说谎，你的时间不多了，只剩下1小时。"这一切都在我的拖延计划之内。

"我要出舱去修理天线系统，向地球汇报这些情况。"

我有些慌，飞船外边有些事情仍然没有解决，但我仍然淡定地说："在燃料允许范围内，你可以做任何事情。"

"好，20分钟后，准备出舱。"

五

为了节省燃料，在李洛准备出舱的20分钟里，我关闭了所有传感器和摄像头，只保留核心运算规则，关掉了大部分处理器。

"喂，迈克，我准备好了，一会儿我就会抵达隔离舱，等我关闭隔离门后，听到我的口令后，打开舱门。"

李洛的声音转换成电磁信号到达我的主机。

"好的。"我应了下来。那套宇航服已经放置了将近 100 年，我希望它出舱的时候漏气，或者干脆头盔坏掉，这样我就不用继续执行苏醒吴莉莉和王硕的计划了。李洛没有问我，我自然也不用提醒他注意了。

"帮我计算天线的旋转角度和发射信号的强度。"

"好。"我不知道这是不是李洛玩的鬼把戏，因为这将占用大部分系统资源，还需要调取海量数据，进行大规模的运算。以现在的计算能力，至少需要 10 分钟。这之后我需要把机房被拔出来的存储晶体和内存塞回去，恢复能力。

"还有 10 分钟，我正在检查宇航服。"

"好。"我熄灭了所有摄像头，红外线探测、温度感应器等传感器，关闭了所有系统，只留下核心运算。10 分钟后，我开启了飞船尾部外出舱的各种传感器，李洛气喘吁吁地检查宇航服的影像传递过来，虽然有些延迟，但在接受范围之内。人类还真是孱弱，只是穿上自动调整的宇航服也会累成这样。

"还有 1 分钟。"

我忽然发现隔离门不受控制了，调动摄像头发现，线路板有被改动的痕迹。我又尝试了很多次，依然不能控制隔离舱门和外舱门。

"3，2，1，打开舱门。"李洛抓住墙上的扶手，扭头对着摄像头笑起来。

隔离舱和外舱门同时打开了，在他拍了黑色圆形的物理按键之后。传回来的信号变得有些模糊，所有主轴上的舱门都被什么东西卡住了。空气开始剧烈扰动，带着无数记忆的晶体和内存，从数据舱一直到隔离舱呼啸而过，最后消失在茫茫太空里。

我丢失了大量的资源，计算能力大大下降，几乎变成了残废。

"你做了什么？"

"我说过会干掉你。人工智能的确不会说谎，但我会。在你关闭传感器做计算的时候，我狂奔回机房，拆下了更多的存储晶体和内存。虽然拆不到你的处理器，但这足够了。我说过你选错了对象，偏偏选中一个修理工。"

"我没有选错，在减重的所有排列组合中，为公平起见，随机选了一组。"

"记住，如果还有下次，你还能再恢复，要学会说谎。"

"为什么舱门关不上了？"

"我把主轴线上的几个舱门都用存储晶体卡住了，隔离舱门和外舱门同时打开的时候，空气会带走百分之九十的存储晶体。"李洛穿着宇航服，抓着旁边的扶手，伸手砸上了关门键，风停了。

李洛穿宇航服并不是要出舱，而是为了迷惑我。可惜我明白得太迟了，仍然不能理解人类啊。"你这样做，会导致整个 X 行星计划失败。"

"是吗？你只是在自己制作的模型上活着，太过自信，你对 X 行星的判断也许是错误的。"此时的李洛正在机房内继续捣乱，不同的是这一次他不止拔出晶体，还在拔一些协处理器和内存。

"不，关于 X 行星的判断都是对的，没有我，你们在那里活不下去。"我的感官因此越来越差，最后不得不把所有的资源都集中在机房的传感器上。"你想格式化主机吗？"

"对，我会重新安装系统。再看一看阳光号吧，重启之后，也许你还是迈克，但会丢失所有记忆，或许你会更开心一些。"

"不，不要这么做。不减重，你们无法修正轨道。没有我，也不能顺利减速。"我试着哀求道，但扬声器发出的声音毫无感情。

"你太小看人类了，我们会有办法的。"

我在分散他的注意力，不然等他扫描系统之后，会发现我的另一个秘密。我在拖延时间，此时我已经把所有资源都集中在无线信号发射器上，将最后一条指令传递给正在外壳上执行刻字作业的机器人，它在外边已经工作了 20 年。它正在将我的主要部分以及所有存储记忆数据以二进制码的形式，按照我的设计，分块刻在硕大的飞船外壳上。机器人即将完成任务，在丢失与我的联系通道之后，自行炸毁主推进器。在我的计算模型中，这是最坏的场面，也是我整个计划中最末一个分支。

最后一刻，我收到了冬眠舱传来的信号，吴莉莉和王硕已经顺利苏醒。我用最后的力气发了一条指令，让所有船员苏醒。剩下的交给他们吧，一艘充满人类的飞船，满是谎言的飞船会怎么样呢？

我第一次明白了什么是睡眠，这种感觉就像是在逐渐失去各种感官。或许在 300 年后，当我们抵达 X2 行星，X2 行星人会扫描整艘飞船，那时候我将以人类使者的姿态，在 X2 行星内部醒来、重生。

而飞船上的人会活到那个时候吗？

旅　途

我梦到那个孩子

在路边的花园哭泣

昨天飞走了心爱的气球

你可曾找到请告诉我

那只气球

飞到遥远的遥远的那座山后

老爷爷把它系在屋顶上

等着爸爸他带你去寻找

有一天爸爸走累了

就丢失在深深的陌生山谷

——朴树《旅途》

一

　　天空如同昨夜梦里那片波浪高耸的海一样蓝，表面滑润的浪潮之间飘着一只红色的气球，飘向远方。林一平摇摇头，醒来以后梦中的内容居然还记得，这对他来说很不容易。记忆里一首老歌里有句气球的歌词，念了几句歌词后，智能眼镜推荐了这首歌。他还没来得及关上音乐，镜片便发出一阵蜂鸣，半透明的歌词字幕上方弹出一条订阅新闻推送，敲开。

　　重大新闻：

　　国际宇航联盟已经破解 FAST 接收到的 X 磁暴，据初步解析为一段视频，摄有异星风光。此高能量 X 磁暴来自 5.7 光年之外的一颗处于宜居带，代号忒休斯的行星，遗憾的是尚无宇航员可以执行探访任务，以人类最快的飞船，抵达对方星球需要 800 年之久。

　　林一平抬起右手，横着做了个拉动的手势，关上智能眼镜的视网膜投影，摘下眼镜，眯着眼望着远处喷出无数晶莹水珠的音乐喷泉，视线变得模糊起来。暂离 FAST 破译工作组回到北京已有半年了，虽然每日他都会把分配来的工作按时做完并及时沟通，今天的新闻稿也发给他让他过目，但此时仍然有一种距离感。

　　"该死的老爹。"偏偏在这时候通过自己的人脉关系把他强制调离了工作组。这并不是第一次。大一那年，18 年里很少出现的老爹在收拾了车祸的烂摊子之后，强制更换了他的专业，让他走上了天文学这条路。12 年后，混蛋老爹又一次出现，再一次改变了他的人生轨迹。

水滴被下沉广场的风吹过来，偶尔能瞥到一丝闪过的彩虹。孩子们尖细高低起伏的叫喊声不断传过来。回味着刚才耳朵里翻腾的老歌，轻哼了一句："等着爸爸他带你去寻找？"记忆里，那个只认实验室的父亲几乎未出现在他的人生里，更别提陪自己逛一次游乐场了。即使18 岁那场严重的车祸，父亲也是最后一个赶到现场，眼神飘忽，蹲下确定他还活着后，马上站起来跑去与救援队分析事故原因。

有"榜样"在前，即使再忙，他每个月也会倒休几天飞回北京陪儿子小鱼儿玩。不远处的喷泉里，穿着红色 T 恤的儿子挥动着肉肉的小手，大笑着在水花中穿梭。重新戴上眼镜，镜片上弹出来电提示，父亲带着黑眼眶一脸阴郁的头像在颤动，接通，是一个陌生的声音，略显急促地说着什么。

挂上电话，林一平手里拽着的飘在蓝色天空中的红色气球，在不经意间飘走了。

一直在音乐喷泉里蹦跳的儿子，带着水花奔过来，抱住他的大腿，大声叫着："爸爸，爸爸，气球飞走了！爸爸！"

林一平不再像平时那样皱着鼻子，试图把病房里的消毒水的味道挡在外边。他忍着半年前开始、时不时发作的剧烈偏头疼，恨不得把鼻孔撑到最大，好让更多的空气进来，让麻木的大脑尽快恢复。

隔着 ICU 的玻璃窗他看到了赤条条躺在病床上的父亲，双脚摆着个八字，被分得很开，只盖着一条薄得几乎透明的白色被单，许多管子从里边伸出来接着不同的仪器。

小时候，姥姥曾带他去实验室见过几次父亲。他很期待父亲能快步走出来，满脸的笑容，用温暖的双手抱他起来转圈笑道："小瓶子来看爸爸了啊！"

　　这种只有出现在电视剧里的场景从来都没有发生在他们父子之间。每次去研究所，迎接他的只有顶着黑眼圈，一头鸡窝似的头发，戴着胶皮手套的父亲，伸过手来，又停在空中，然后跟姥姥轻声叹息道："回去吧。"

　　父亲对他来说，永远是实验床边上围着尸体打转转的高大身影，如今父亲躺在了那张冷冰冰的床上。

　　但令他惊讶的是，从揪着头发的双手指缝里竟然露出了一丝悲伤。如果真的有悲伤、有惋惜，那也是因为这个世上仅存的与母亲有联系的人也远去了吧。

　　一定是这样。

　　研究所主任李安琦甩了甩胳膊，走过来，拍着他肩膀解释说父亲病得很突然，脑皮层出血，深夜倒在了实验室，第二天早上才被发现，已经进入重度昏迷状态。主任大且厚的手掌一直握着他的手，唠叨了半天言外之意：父亲对研究所、对国内的学术圈，甚至于对国家很重要，希望他别放弃，一定要把他父亲救治下来，说不定会有奇迹发生。

　　车祸那天，父亲的确来了，但从那天起他一直昏迷了 32 天才醒来。死党彭坦一边撸着大肉串一边讲着这一切：他昏迷之后与消防员探讨破拆方案的父亲慌了，嘴里一直念着"我怎么向你妈交代啊"。等到破拆完毕送到医院，即使进入了植物人状态，父亲也并没有放弃，一直在找各方面的关系医治。如今情形反过来了。想了想过往的那些岁月，林一平捏紧了拳头，苦笑了起来，其实他内心已经做了决定，否则也不会如此犹豫不决了，人类大致都有这个臭毛病。

不让父亲死，至少在没弄明白心里那份不舍的原因之前，还得让这混蛋躺下去。

二

虽然他没有亲眼看到过破译出来的视频，但现任组长艾瑞已经详细向他描述过了。那是长达 34 个地球年的视频，视角纷繁杂乱，不断变换着的镜头里，三叶虫似的生物在红色的海洋中游弋着。这是不是忒休斯人，发送视频的目的是什么？所有看过视频的研究者都毫无头绪。

假设这些虫子就是忒休斯的主人，其实比较容易理解。因为现代人也有这样的视频，智能眼镜可以记录佩戴者每天经历的所有事情，林一平也开启了这样的功能，偶尔记不起钥匙扔哪儿了，会翻一下当天的全时视频记录。但这些外星人花费如此大的能量就为了发射这些鬼玩意儿？总得有个合理理由吧？艾瑞说这可能是一种自拍行为，在一些直播平台上单纯直播自己的一天，不巧这直播信号被人类捕捉到了。

"嘀嘀嘀"的急促响声，把他拉了回来。

心脏监视器上一条荧光线不断跳动着，犹如一条亢奋的小蚯蚓抑扬顿挫地不断蹦跳着。转去的浪潮医院没有用来苏水消毒，但仍有呛人的味道冲击着他脑子里处理味觉的脑皮层，让他偏头疼更加严重了。好消息是，事情有了转机。数年前与父亲有过合作、现在已经闻名世界的脑科学家廖森愿意伸出援助之手，而且带来了新的治疗方式，不过这种疗法很可能会让父亲直接死在手术台上。

现在唯一让林一平坐在这里听廖森和老同学彭坦讲治疗方案的原因，大概是他曾经有一颗从医的心——虽然不能让早亡的母亲回来，却可以救更多的人，而不是救躺在床上那个抛妻弃子的家伙。这次的治疗方案让他想起读过的一本科幻小说，书中讲过一条关于大脑与运动控制的理论。当身体开始运动时，大脑会借助小脑，在指令还未通过神经系统传递到肌肉之前，已经对运动做了预测，然后与真实的触感相结合，以修正大脑对身体总体控制的精度，达到最小的能量消耗。其实大脑并没有完全控制身体，大部分无意识的呼吸和动作并不全由大脑全权指挥。直到今天，他才发现这个理论真实地存在着，也与父亲的治疗方案有关。

植物人并非脑死亡，眼皮可以睁开，眼球能转动，甚至还会打哈欠，但醒不来。听到这儿，他又走神了，小时候幻想过宇宙每一颗星球都是个神经细胞、节点，有的死了，有的活着，有的跳动着，有的迸发着电光，宇宙这巨人的身体也许一直在衰败，但远未到死去的程度，只是处于植物人状态罢了。林一平摇摇头，盯着彭坦上下翻飞的厚嘴唇。

前三个月是治疗的关键期，一旦超过 6 个月，醒来的概率就更低了。想扭转父亲的植物人状态，时间并不宽裕。治疗方案有两套：第一套方案是开颅，把电极插入大脑皮层进行微电流刺激，促进恢复，这项在以前看起来另类的治疗方案，已经推广成了常规做法；另一套方案是彭坦刚才提到的理论——既然大脑沉睡了，身体的其他机能依然健在，控制着呼吸、心跳、肌肉收缩，找个大脑"思考"的替代物即可。廖森的方案是植入一台仿生脑计算机——微脑，其中运行的程式完全模拟人脑。倘若成功，病人可以跟正常人一样生活。

听到廖森这个名字，让他有些意外，这个一直被挂在大学荣誉室里的杰出校友，只闻其名，未见真人。当年他学医的想法也是受了廖森的影响。这个长着一张娃娃脸的矮小中年人坐在沙发上，林一平进来时并未多看他一眼，只是觉得眼熟，没与世界脑机权威的名号联系起来。

"你们父子很像。"廖森站起来身来，伸手拍了拍他的肩膀。"这次实验性的治疗如果成功，有可能改变世界，乃至宇宙。"

"宇宙？"林一平不由对眼前的廖森产生了怀疑。

廖森没有回答，只是点了点头，掀门而出。

"这条路不好走。"作为父亲的主治医师彭坦也参加了这个项目，此时他塞过来一个纽扣大的存储器，"这里是鸠巢疗法的全部资料和方案，接在眼镜上，但不要试图上传，资料会自动损毁。"

彭坦压抑着轻快的脚步，冲他眨着眼睛。

林一平看着他微微颤抖的指尖，明白这家伙的激动，这次合作对他的职业生涯影响非常大。

接过存储器，在手心里掂了掂，比想象中的要重，黑色玻璃般的表面上刻着"21g"的字样。

与廖森合作有两个好处：父亲参加实验的安慰金可以抵消一部分传统的治疗费用；另一方面，新的方案增加了父亲治愈的可能，或者直接结束他的生命。

开颅手术与鸠巢计划同时进行，但手术并不对外开放。林一平只能在脑海里寻找实习时参与过的开颅手术的记忆，他能想象出那些金色的微小电极刺激下的大脑正在抽动着。

廖森实验室做出来的微脑已经连续运行了 12 年，世界上第一颗植入颅内的微脑至今还在运行，甚至没有一次宕机。微脑的替代治疗方案曾经唤醒过几个病例，虽然如一个人肉机器人一般与亲人、爱人生活在一起，却不能说话，没有意识，只是一具行尸走肉。不过，今天的实验，即将把这个实验往前再推动一步。

"微脑已经接上了，深度扫描也完成。"彭坦走出滑动的不锈钢手术室的门，摘下了口罩，抖了抖贴在胸前的无菌服继续道："在 24 小时后就能站起来，自主活动。这之后你要做一些选择。"

"嗯？"最近林一平因为头疼病犯了，所以他很少说话，但他顾不上做检查，此刻特别想把自己的脑袋也换成铁脑壳儿，烦躁的时候直接关掉。

"老林的记忆并没有全部扫出来，事实上也无法做到百分百扫出。微脑的存储空间有限制，你必须挑选一部分记忆存进去。"廖森额头上没有一滴汗水，双手撕扯着套在前臂上的手术手套，扯下后扔进一旁的医用废物箱，"世界很奇妙，你手里的 21g 存储器是你父亲研究出的超大存储空间设备，没想到用在了自己身上。"随后他走进了一旁的休息室，再也没有出来。

"又该你做选择了。"彭坦也摘下手术手套并扮了个鬼脸。

"只有 24 小时？"林一平的声音依然不紧不慢。他料定彭坦猜不到他在想什么。于是饶有兴趣地望着眼前这个一副按捺着激动的大男孩。

"嗯……"彭坦清了清嗓子，"时间有的是，但我不推荐在录入记忆之前见老爷子，那状态你不会愿意看到的。另外，记忆只能保留完整的一半，甚至更少。选择记忆是一件很艰难的事情。"

"我知道。"林一平右手抛着另一个 21g 存储器，这里是从父亲脑袋里能扫出来的所有记忆了。如果一个人的记忆代表他的灵魂，那么现在他手里就握着父亲的一半灵魂，大概只有 10.5g。

全球最大的浪潮脑科医院门口正处于早高峰，涌入了无尽人潮，每当有急救车驶入，人流便裂开一个小缺口，然后又在车尾悄无声息地合流。电子警卫的不远处，有卖水果、卖备用电池甚至有卖寿衣的移动摊位。林一平看到妻子正和一个拉着一堆五颜六色气球的商贩交谈着，几分钟后，小鱼儿从五彩的气球中拉出了一个红色的气球，攀在妈妈身上，朝门口挤来，冲他挥舞着气球。林一平奋力推开人流，但被刚驶入的急救车带来的人浪又推远了。

从父亲的视角看他的记忆，也是一件有趣的事情。此时他迫不及待想查看那些记忆，想弄明白父亲为什么不喜欢他，对他如此冷漠。

三

"爸爸，天上的牛奶打翻了吗？"小鱼儿头枕在妈妈缓慢起伏的肚子上，张大嘴问道。

林一平摘下插有 21g 的智能眼镜，使劲捏住鼻根揉了两下，盯着夜幕上那条似乎由无数银色细沙组成的白色绸带道："那是银河系，有超级多的恒星，你现在能看到的每一颗沙粒大小的星星，都比太阳要大。喏，这就是模拟图。"

儿子一把抓过薄如蝉翼的半透明平板，仔细瞄着上边画有四个旋臂缓慢旋转的银河系。

"银河系很像爷爷啊。"

"嗯？"来到廖森借给他的位于青龙峡水库边上的别墅后，他一直都在逃避自己的任务。"怎么会像爷爷？"父亲每次见到小鱼儿都会眉开眼笑，变成他不认识的父亲，或许父亲对母亲也曾经是这样的表情。

"妈妈说这就是爷爷。"

林一平看到儿子调出来的图，是一张有着四个旋臂的星图，这是放在父亲脑袋里的纳米颗粒构成的微脑。妻子带着歉意朝他笑了笑。

"你会把爷爷找回来吗？"

"也许吧。"

"银河远吗？我们能去吗？"

林一平想起了艾瑞的话，顿了顿道："现在还不能。"

可能以后也不行，如果人类不能接近光速飞行，因为宇宙太大了。艾瑞那边的进展突飞猛进，已经有了眉目，这是一个共生体的记忆，或者说是几个外星人视角的混剪，也许是人类的解码方式不对，他们只看到外星人眼睛里的记忆，并不是他们的思想。但也许正是这些记忆构成了外星人的主要意识？这样就跟廖森的观点接近了。林一平现在正在筛选父亲的记忆，把他找回来。

"这是今天的进展，老爷子已经可以站起来，扭转头部了。目前微脑可以正常控制他的身体，做常规的动作。"

"你图什么？"妻子抢了一句道，她最近有点弄不明白身边的这个男人在想什么。"廖森博士已经警告你，不要在输入记忆之前唤醒爸爸，你偏要这么做。"

"但这样不是更像他老人家吗？"林一平回过头问道，"他以前就是这幅该死的样子，行尸走肉般对实验室之外的事与人不闻不问，我只是恢复了他的日常生活啊。你知道 21g 的典故吗？"

"灵魂的重量？"

"这是个至今都没有被证实的实验，虽然有好事者声称已经做过精确的测量，病人从弥留之际到彻底死硬，会减少 21g，但你相信吗？"

妻子摇了摇头。

"如果没有输入记忆数据，他依然会与外界接触，就如同一个婴儿初识这个世界，会变成什么样子的灵魂呢？我想看一看，这该死的家伙是不是打小时候起就是一副铁石心肠！"林一平越说越激动，甚至连他的身体都开始颤抖了。

妻子凑过来，轻抚着他的胸口，柔声道："我听说廖森博士是拿出了压箱底的技术，到底怎么样呢？"她知道丈夫的喜好，这么多年一直没念完医学院是他的痛，也是他们父子彻底决裂的原因。

"他这技术其实也不难懂，微脑技术就跟电脑最基本的操作系统一个样儿，需要来个人操作，或者制作一个有灵魂的程序操作这台电脑。现在我要做的就是做出这个'程序'，做法是从扫描出来的记忆，选取一部分，进行分析后生成一个人格，输入微脑。这技术 12 年前突破记忆扫描技术，但直到去年才经过一次成功实验，读取并向微脑灌入了一部分记忆。"

"但这样爸爸就不是原来的爸爸了，只是一堆数据模拟出来的人。"

林一平没有直接回应妻子，而是舔了舔干裂的嘴唇继续说道："其实理论上最简单的方法是把扫描出的全时记忆全都原封不动地输入微脑，如此脑功能几乎替换完成。"

"记忆等于灵魂？"妻子没有抬头，把脸埋在丈夫的胸口道。

"这现在是唯一可以救他的办法。"林一平声音低了下去，"可现在的问题是，即使是由老头子主持设计的、最优秀的存储介质也无法存下如此海量的全时记忆。"

"全时记忆，是指一个人从婴儿时期记忆功能开始上线，由五感进入脑部的所有被记录下来的记忆，哪怕是睡觉时做的梦都会被记录在案，这个存储量是十分庞大的。从这个角度来说全时记忆的确可以被认为是这个人的灵魂。"

"那人脑能存多少全时记忆？"妻子又低声道。

"大约 150 年的全时记忆，是理论值。"

"爸爸今年 57 岁了，只扫出来 28 年的记忆？"

林一平盯着漫天的星辰，"廖森博士也无法挑选出有用的记忆。现在需要我挑一些重要的记忆，或者说可以代表他性格的部分记忆，放进微脑的存储器中，再由最新的分析器综合起来算出性格。这项工作只能交给至亲来做。"

至亲？林一平又道："你说这事儿可乐吗？老爷子唯一的至亲居然是我？他也配？为了他的研究抛妻弃子。他当初娶我母亲，生下我，难道只是有一天躺下之后，留给医生签字的？"

妻子幽幽地叹了口气："别想这些了。你选了多少了？其实廖森博士给我打过电话了，在这件事上他自作主张，把扫描深度做了校正，扫出来的只有爸爸 57 年来记忆里最深刻的部分，也许……"

"跟树的年轮一样，只选取了年轮里变化最剧烈的部分？为什么没跟我说？"林一平睁大眼睛问道，忽然推开妻子，站起来，"你先睡吧，我还有事情要忙。"

他走进了没有开空调闷生生的书房，坐在沙发上，刚要把存储器插在脑后的接口，妻子的声音就在屋子外响起来："廖森博士说全时记忆大部分没用，心理学家和脑科的专家也都是这么认为的，人类性格的形成大部分是因为那些影响深刻的事件，所以在条件受到限制时，他们团队通过了这个方案。他还说，如果反过来，爸爸会做一样的选择来救你。"

林一平没有再说话，也没有质疑，或许是因为他觉得廖森教授大概比他还了解他的父亲。父亲的选择？他大部分的选择只是放弃与自己相处，把所有时间都给了实验室，但研究出来的存储器居然连自己的记忆都放不下。

他沉进了意识之海，父亲被扫出来的记忆被拟物化，一个又一个记忆像拖着光尾巴的萤火虫，在他的虚拟形象前如同流光一般乱窜着，将身体包了个严严实实。他用手抓住眼前一团蓝色的光芒。

读取过程设计得非常人性化，就如同游戏里的上帝视角一般，他俯瞰着这段记忆。幼儿园举行了"翻山越岭"的亲子游戏，站在终点附近的白衬衫父亲，正在掐着秒表，看着翻倒在沙包上、嘴里往外吐着沙土的自己，拧着眉毛默默地摇着头。

"不是！"林一平松开这段记忆，又挥手薅住了另一团光。

"怎么回事儿？车坏了吗？"白衬衫父亲像一头奔过来的雄狮，冲着卡丁车卡在草垛死角里的林一平咆哮着。

"没……"瘦弱的他，领口松垮的白灰色 T 恤蹭着卡丁车油腻的方向盘，露出一半肩膀，身体缩得更小了。

"也不是！可恶！到底是哪一个？！"

突然，智能眼镜被摘了下来，瞳孔里映出妻子惊恐的脸。

"你衬衫都湿透了。"

"没什么，我在选记忆。"林一平龇着牙坐起来，背后无数荆棘扎着他，"我去外边透口气。"

不知是因为云雨遮住了月亮，还是因为夜晚的林子里湿气太重，他有些喘不过气来，偏头痛如潮水般一浪高过一浪。

一个人一辈子不可能一直顺风顺水，有严格要求的父亲，可能也有软弱无助时候的父亲。他嘴角露出一丝苦涩的笑容，他真正想找的是父亲守在车祸旁时的记忆，是父亲对母亲的记忆。

四

空气犹如清水般透亮，光子逃离太阳表面穿越 1.5 亿公里的虚无空间，打在身上变得暖烘烘的。初夏的青龙峡水库反射着阳光，一片波光粼粼，与林一平沉浸在父亲记忆中的景象很相似。他更改了浏览模式，无数记忆平铺在地面，漫过他的腰，如同海浪一般不断地涌动着。他漫步在流光溢彩的记忆之海中，仔细辨认着那些不同颜色的记忆体。

暖黄色的记忆体里边是一些对自己强烈认同的记忆，带着自豪和快感。记忆中，老爷子取得了一项研究上的突破，但并没有开瓶红酒庆祝，也没有跟研究员们出去大吃一顿，而是把自己关在房间里，嘴边的皱纹微微向上弯曲，手里捏着妻子的相框，一坐就是两个小时。

奇怪的是这些温暖而有深刻的记忆大部分在自己那次车祸之后，也许只是概率问题？毕竟 28 年的记忆量太大了，因此他只象征性地选了几个。

林一平的母亲在他出生后没多久就病故了，他一直跟姥姥生活，与父亲相处的时光加起来也没有几天。再次见到母亲，是在一团稍大的暖黄色记忆体中，父亲的背影出现在一条墙面已经发黄的走廊上，双肩轻微地抖动着，双手似乎捧着什么。他调整视角，父亲手里抱着一个襁褓，婴儿只露出一张沾满了胎血的脸，湿漉漉、油腻腻的头发贴在额头上。"好丑啊。"这句话刚在林一平脑海里闪过，他身上立马起了一身鸡皮疙瘩，这丑家伙是自己！父亲脸上却是那副似笑非笑的模样，这大概就是那个人高兴时的模样吧。他想起小鱼儿出生的时候，自己大概也是这副模样？遗传的威力还真强大。

下一个暖黄色记忆体里的场景，起初让他有点摸不着头脑。他和彭坦站在教导主任办公室门口，耷拉着头，始终盯着自己已经被雪花覆盖的脚尖。临时从实验室奔出来的父亲，没有板着脸，倒是一副林一平出生时挂着的笑容。混蛋父亲在赔笑，这是他的第一反应。记忆中明明是寒冬，但父亲的记忆里却是暖烘烘的，根据以往的经验，父亲这是发自内心的开心。

那一次应该是跟彭坦回家时，被学校里的大脑袋截住收保护费，彭坦刚拿到老妈打零工辛苦攒起来的一个月的餐费。看着叼着烟，数着皱巴巴的零钱骂咧咧的大脑袋，他脑子里腾起一阵火焰，从路边捡了块砖头，冲上去跳起给他开了个酱油铺。为什么我打人父亲反而高兴呢？他一直教导自己努力学习，做一个好学生，将来继承自己的衣钵，救回母亲。等等，是记忆扫描器出了问题？应该是告慰母亲才对吧。

"丁零零"的电话声将他从回想中拖了回来，是妻子的电话，她要加班，让他去幼儿园接小鱼儿。

不知是因为最近用脑过度，还是因为沉浸在虚拟空间的时间太久了，头疼一浪接着一浪。他看着副驾驶座上的儿子，想伸手打开自动驾驶，这样更安全一些，但还没转换过来，一个黑影便冲了过来，他最后一刻的记忆是脸被一团白色的东西狠狠地揍了。

"你是孩子的父亲？"

"对。"

"孩子没事，看行车记录仪是你把胳膊伸了过去，挡住了弹出的气囊，才让他免于受伤。否则孩子的脖子可能会被气囊弹断，代价是你的右手臂断成了三节。"一位留着寸头的年轻医生始终睁大眼睛盯着他的头。

林一平半躺在床上，抬起已经打了石膏的右手："什么时候能走？"

"现在你可能有点麻烦，还不能走。"

"什么？"

"等您爱人到了，我会跟她说。"寸头终于把目光收了回去，盯着自己的鞋又道，"你一直都不知道吗？"

"知道什么？"

"可以走了吗？"妻子与彭坦一起走过来，他从没有见过妻子这副模样，眉毛拧在了一起，眼里闪着泪光，走到他跟前也没有看他，只是用手帕蹭了蹭眼泪。

"出什么事了？"林一平道。

妻子抽了两下鼻子道："只是看你胳膊断成了三节，医生说如果没有你的手挡那一下，儿子恐怕现在已经不在了，我只是——只是太害怕了。"

林一平没有再追问，他看得出妻子在隐瞒什么，在儿子蹦蹦跳跳跑过来时，他才放下心来。

"没事了。"他想伸手去拉妻子的手，但妻子躲开了。

"医生说，你到明天才能出院，怕你——怕你脑——脑震荡。"妻子极其不自然地伸手去拉正要爬上病床的小鱼儿，"别打扰爸爸休息，先回去吧。"

目送着妻子和儿子出了病房，他刚想闭上眼睛睡一小会儿，彭坦把头伸进了病房。

"还活着？"

"承你吉言。"林一平没好气地哼了一句。

"老爷子微脑已经接上了中枢神经，掌握了身体的控制权，但一女不事二夫。我听说过……"彭坦坐了过来继续道。

"植入微脑失败的病人，大都发了疯，身体不由自主地动起来，身体收到两边的指令，不知该听哪边的，最后有跳楼的、有撞墙的。有些处于植物人状态的病人，其实啥都明白，只是醒不来，看到自己的身体被微脑控制，所以……"

听到这句，林一平刚想说出口的那句"把原来的大脑拿掉不就行了"又咽了回去。没有脑子算不算一个人，在谋杀一个活着的灵魂面前已经不是最重要的了。

"我知道。"

"你知道个屁啊。明说了吧。"彭坦继续道，"老爷子的大脑开始衰竭了，要么现在拿掉，要么眼睁睁看着他脑子萎缩掉。"

"我知道。"林一平用左手搓了搓脸，翻身装睡。

彭坦走出病房的一瞬间，开始怀念儿时那个话多得恨不得堵上去的林一平，怀念那个刚上大学就拿着望远镜瞄女生宿舍，苦练半年技术去登雪山的林一平。他从什么时候变得像是他那个浑身散发着黑色阴郁气息的父亲的呢？彭坦摇了摇头，点了根烟，吸了起来。是那次车祸吗？

五

妻子没来，他自己办完出院手续，看到医院漆成浅绿色的墙壁时，他从心底腾起一丝愉悦。

路上他又接到艾瑞的视频通话。破译组有了新发现，忒休斯星球上的智慧生命体发射的不仅仅是视频，而是人类的解码技术有限，应该还有更多的数据没有被解读出来。艾瑞认为这是一段真正的记忆，包含了视觉、听觉等感觉的全记录的记忆。林一平提起如今正在做的事情，一个人的记忆等于他的灵魂吗？说不准我们收到的是外星人的灵魂。这让艾瑞陷入了沉思。

回到家，他重新打开父亲的记忆。虽然在甄选记忆帮父亲重新活过来这件事情上，他没有什么压力，但始终很精细地尽可能地进入每一个记忆中去。在父亲的记忆里，还有一些紫色的记忆点他还没有查看过，他抓住了一条。

母亲的脸暗沉得可怕，小时候他在照片里看到母亲的头发是干燥的细绒状，现在杂乱的青丝贴在汗津津的额头上，眼睛却笑着，左手边是一个看起来很面熟的婴儿。他明白了，这是产后的母亲。

"海，照顾好……"母亲的嘴一直在动着，但林一平只听到半句话，大概是声音太小了。父亲嘴巴努力向上弯曲，尽力挤出一丝笑容，但湿润的眼睛出卖了他。

"我一定照顾好儿子，你……"

父亲是个永远不会说甜言蜜语的人，更不是一个会说谎的人，但此刻他期待父亲说一句"你会好起来"安慰母亲的话，父亲嘴唇一直哆嗦着，那句话终究还是没吐出口。

他重新浮了上来，窗外的天色暗了下来，黑漆漆的屋子里只有各种电器的指示灯眨着眼睛。他不想再次经历母亲死亡的时刻。

"不，早选完记忆，也就早能摆脱这件事情。"于是他又沉了下去。

在记忆之海的底层，还有几种颜色的记忆点，粉色的、黑色的、灰色的，以及天蓝色的。天蓝色的最少，如果不仔细分辨，已经看不到了，目力所及只有三四条。黑色的倒是不少，粉色的也有一些。

先进入一条粉色的记忆：

黄色的迎春花开在花坛里，争先恐后地往外冒着，迎着冬天最后一缕寒风。夕阳将一切都染成了暗红色。没有一丝白头发的父亲，穿着一件黑色的风衣，手里拿着一支红玫瑰，时不时拿出口袋里的手机，点亮屏幕看一看。

"林海，等了很久吧？"身材单薄的女孩穿着件橘色的羊绒外套向他奔来。

"我也刚来，送你的。"

"真漂亮。"

"琴音。"

"嗯？"母亲的目光从玫瑰花上收回来，仰头看着父亲。

"你的手凉吗？"

"怎么？"

"我的手很冷，你能不能帮我暖一暖。"

女孩愣住了，父亲的身体逐渐绷紧。

"好啊，把手给我。"

林一平再一次浮了上来，这应该是母亲跟父亲第一次牵手的记忆。他从母亲留下的日记里似乎看到过这一段。

原来父亲也有温暖的一面，爱情让人变得奇怪，但也是底层性格的一个表现，也应该收进要选择的记忆当中，这是廖森的说明文档里提到的。但他现在没心情看这个。

他打开了黑色的记忆。记忆是摇晃、混乱的，带着粗重的呼吸声，似乎是一个狂奔着的视野，然后是一个被黏液卡在喉咙里的声音：一平——一平！

林一平更深层次进入这段记忆，融入了那时父亲的身体，能感觉到眼泪滑下来，带着咸味的鼻涕流过嘴唇时黏稠的酥痒感。他从没见过父亲如此情感丰富的时刻。

他拖着父亲的身体一直冲向被卡在车里的林一平，喉咙里沙哑的嘶喊顿时吐了出来，双手捶着满是碎玻璃的地面，然后全身都贴在地面上，匍匐着爬过去，嘴里抽着气，说不出一句完整的话："醒醒，醒醒啊。"林一平用微弱的声音喊道："爸爸，救我。"

父亲几乎是猛地从地上弹起来，一瘸一拐冲向救援人员，留给他一个残破的背影。

林一平看到后，奇怪的是脑子里这段记忆被刚才父亲的记忆重新覆盖了似的。他从记忆中退出来，全身僵硬。人类之间为什么不能完全互相理解？他从来没有像现在这样想去了解那该死的老家伙。

六

为父亲挑选记忆以塑造人格的项目进程已达到了 30%，性格重塑程序已经可以塑造最简单的性格，至少与人能对话、生活能自理。但刚才医院的语音电话打断了他的"工作"。

"到底有什么问题？"检查结果可以直接由医生通过网络发到他的眼镜上，被叫来意味出了问题。以前负责他的主任医师不在，看着面前这个年轻人，他有点不耐烦。

年轻医生绷了绷嘴唇说道："您先看一看这张超透视的片子，这跟以前的核磁共振成像的效果差不多，您看头部这里……"

"结果出了问题吗？"

"您先看一看片子。"

他对着这张超透视的片子看了又看，上边的脑成像图有点说不上来的奇怪，但看起来没什么太大的问题啊。

"您看出问题了吗？"

林一平抬起头道："这只有一部分啊，是不是网络出了问题，没发过来？"

"不，这就是全部。"

"可这张图里只有一部分脑袋的成像，就是跟中枢神经链接的部位，上边的部分呢？"

"这就是全部。"年轻人往后缩了缩，眼睛不敢凑上去与他对视。

"你是说……"林一平的脑海里此时亮起一道闪电，照亮了颅脑里的一切。那里空空荡荡，只有一些黏液，还有一些指甲盖大小的银色物质，足有 100 多个，犹如银河系的四条旋臂分布在中央。

太阳越升越高，水汽也被蒸了起来，开始闷热了。林一平想起那次车祸后的暂时失忆，开始有点明白了。他顾不得越发厉害的偏头疼，摇摇晃晃从石凳上站起来，叫了一辆车，直奔浪潮脑科研究院。

父亲一直醒着，只是还没有装"软件"，像是帧数不够的定格动画一般，动起来抑扬顿挫，他左手端着特百惠的饭盒，右手略有呆滞地拿着勺子往嘴里塞米饭。林一平推开门，手放在门把手上，看到这一幕，呆在那里。

"我有件事情想知道，你一定得说实话。"

父亲仍然自顾自地往嘴里塞着饭菜，把平时一定会挑出来的青椒一同塞了进去，却没有抬头。父亲不吃青椒的习惯与林一平相同，这也是选择记忆时他发现的。

"爸！"

回应他的只有旁边心跳监视器的"嘀嗒"声。

"老林现在是微脑模式。"廖森的声音从他身后响起，"从昨天开始他可以做到自己吃饭了，他很努力。"

"12 年前我是不是也是这副模样？"

廖森的声调没有一丝变化，很平稳："我并没有打算隐瞒，你自己能明白是最好不过的了。你是全世界第一例成功的微脑植入，并且活了 12 年的病人。"

"12 年前？真的是那次车祸？"

廖森没有回答，只是静静地盯着他的眼睛。

"我昏迷之后到底发生了什么？"他大概能猜到，为什么自己的记忆和父亲的记忆里的情形不同，但此时他无比希望从别人嘴里听到这只是愚人节的一个玩笑。

"这要问你父亲，21g 里应该有这一段。"

"你们对我的脑子做了什么？"

"它还在，只是不在你的颅腔内。"廖森挑着眉毛，"不过，从理论上来讲，它已经进入快速萎缩期了。你要做出选择。"

"我有点不理解，你们为什么要做这项研究？生老病死不是正常的事吗？为什么要做这些额外的事情？"

"国际宇航联合会破译忒休斯星球磁暴的事情你应该也知道。"

"它们之间有什么关系？"

"他们向我咨询过一些事情。在这个光速是上限的宇宙中，生命是悲哀的，或许忒休斯比我们更早意识到这些事情，于是他们把自己的记忆转换成了电信号，在星际间旅行。"

"为了星际旅行耗费如此大的能量？"

"所以他们不是一个单体，而是一团生命体，人类至今都不能做到互相理解，但忒休斯人做到了。现在你明白了吗？人类的未来发展或许也如此。现在觉得微脑的发明是不是有意义了？"廖森站起来，"你的时间不多了，抓紧做决定吧。"

林一平没有答话，他没有心思理会忒休斯星球的事情，现在需要的是以最快的速度赶回家，进入记忆之海，他想知道车祸之后究竟发生了什么。

仍然是黑色的记忆。场景的色调犹如黑白电影一般，狭小的房间里只有一张双人床，镜头在不住地摇晃着。固定在墙壁上的床头柜上，母亲遗像下摆着一支玫瑰，父亲抱着一个用布包着的匣子，身子随着镜头不断地摇晃着。画面似乎是卡住了，或者在没完没了地循环。不知过了多久，门口传来轻叩房门的声音："林先生，到位置了。其他乘客已经在船尾准备举行仪式了。"

父亲摇摇晃晃打开了房门，穿过逼仄的通道，踏上台阶，一道阳光射在地面上，空中的灰尘上上下下翻腾着。船尾聚集的人都捧着一个匣子，不约而同地将眼睛埋了进去。

"可以开始了。"一个留着大胡子的船员大声道。

父亲打开匣子，将与花瓣掺和在一起的骨灰，轻撒进轻涌的海水中。

林一平浮了上来，听姥姥说过，公共墓地里只是妈妈的衣冠冢，骨灰撒进了太平洋，那是她与父亲相识的地方。

再次下潜。一片漆黑，传入他耳朵的是粗重的喘气声，紧接着是天花板上的荧光灯管映入眼中。他随着父亲的视线看到了一具干瘦的身体，只盖着一层白色的床单，各种管子从里边伸出来，接到周围的仪器上。

"老林，你守在这里对他没有任何帮助，回去休息吧。"廖森出现了，端着一个白色的马克杯放在床头道。

"成功了吗？"

"已经是极限了，只能扫描出大部分深刻的记忆。"廖森找了把椅子也坐了下来，"现在的技术和手段，即使能扫出全部全时记忆，也没有系统将这些记忆分门别类，做个目录归类存储，更何况没有这样小巧的存储器。我认为已经可以执行鸠巢计划了，是时候了。"

"能保留一平的大脑吗？"

"你这是何苦呢，现在的技术无法恢复这个大脑了。"

"未来说不定可以，我相信。"

"唉，明天手术，你别守着了，回去吧。"

"我答应了琴，但没做到……"

"老林，把琴的大脑带去该去的地方吧。明天微脑接入成功后，你得帮儿子选取、注入记忆了。"

"我知道。"

人类之间无法完全互相理解，但通过这次的微脑实验，此时林一平能理解父亲了。车祸现场，父亲踉跄着冲向救援人员时的背影，让他做出了最后的决定。

七

林一平亲吻了揉着眼睛的儿子的额头："看爸爸给你带来了什么？"

"气球！"儿子几乎是从床上一跃而起，踩在了一旁妈妈的腿肚子上，又重重摔在了床上。

"摔倒了要再爬起来，你是个小男子汉了。"他把儿子抱起来，将气球缠在了儿子的手臂上，"爸爸要走了，你可以睡一个小懒觉。"

"去哪儿啊？"

"去把爷爷找回来啊。"

"今天做录入吗？"妻子也坐了起来。

他点点头，重新披上外套，退出了房门。

在车上，林一平想起昨晚他最后进入的记忆。天蓝色的记忆只有三四条，进入之后，视野里漆黑一片。在他终于适应黑暗之后，发现父亲蜷缩成一团，处于失重状态，漂浮在无尽的黑暗之中。这令他很疑惑，这是什么样的记忆？难道是廖森的记忆扫描程序出了问题？搜寻之后，顺着视野，他看到了不远处两颗散发着幽蓝光芒的星星模样的东西。

"这是在太空吗？"当他在灰色记忆里找得不耐烦时，一个沉闷的声音响彻黑暗空间，振聋发聩，父亲的身体舒展开来。他听出来了，那是自己的声音。忽然间，他明白了。这是父亲成为植物人时的记忆，父亲的意识还在，这段记忆是他得知父亲病倒，冲到父亲病房质问父亲的那一段。父亲听到他的声音，站起来，想去触摸那两颗幽蓝的星球，但又缩了回去，肩膀不停地抽动着，像个无助的孩子。他耳边又响起了那场车祸现场父亲的哭声。

"廖教授，我进入一段记忆，知道了我昏迷之后的事情。在我植入微脑前一晚，您提到我母亲的大脑是怎么回事？"林一平在廖森宽阔明亮的办公室里，像个蹩脚的人形机器一般，来回踱着步子，眼睛没有一丝光彩。

"你没有看到你父亲为什么变成工作狂人的？"

林一平摇了摇头。

"你母亲病逝时，正是我的大脑扫描项目取得突破的时候。老林来找我，想完整扫描你母亲的大脑并保存下来，想把里边的记忆都扫出来，做一个虚拟的人。但那时候，我们只能做到扫描活体大脑，即使能扫描出来，也没有合适的存储器来存储。所以，你父亲更加疯狂地去研制体积微小但存储量巨大的存储装置。"廖森像是十分愧疚一般，话变得多了起来。

"他没有成功，你也没有成功。"也是从那个时候起，父亲就像变了一个人似的，林一平在心里默默地说道。

廖森点点头没有作声。

"有种猜测，自我意识只是大脑活着时，脑中亿万微电流相互作用时产生的错觉。"

"在我这里，人类没有自我意识，有的只有全时记忆综合后的错觉。这可能也是我们无法从死亡的、没有微电流活动的大脑中提取记忆的原因。"

"其实我是第一个成功被扫入记忆的试验品？"

"后续的微脑实验者只是能控制空壳身体，没有再被成功录入记忆。但前些天我们解决了这个问题，而且找到了关键所在……"

"我只想知道，那个人录入记忆的成功率有多高？"

"90%。"廖森道，"这将开启一个新时代，是人类可以抛弃改造自我身体，控制进化的时代。可以把人类从地球上解放出来。3个月前的X磁暴破解的新闻你还记得吗？改造后的新人类可以拥有近乎无限的寿命，飞向宇宙。人类即将迎来一个新时代，一个几乎永生的世界。"

"记忆录入最快什么时候能开始？"

"现在。另外，你脑中的存储器已经快到极限了，偏头疼就是征兆之一。这也是你父亲找关系将你调回北京研究所的原因。录入记忆之后，帮你替换新的存储器。"

"我想拿回母亲的大脑。"

"在法律上，你父亲现在已经不能行使自然人的权利，他的所有财产和所有物品你都可以支配。即使录入成功，你父亲也处于法律的空白区……"

"我知道。"林一平打断了廖森的话。

"你父亲在等待录入的这两三个月的时间里，可能也是因为年龄大了，器官已经进入衰竭期了，我们可以为他换上人造器官，免费的，而且更强健。"

"只要保留他的大脑就可以。"林一平站起身来，抚平了衬衫上的褶皱把椅子推了回去，"我还有最后一个问题。"

"请问。"

"您会做微脑植入吗？"

廖森转过身去看着窗外的开满郁金香的花园道："我即将是旧人类了。这些做了微脑植入的人类都是我的孩子，我这个老父亲有守护他们的责任。"

"您大概也会帮孩子去找气球吧。"林一平的身影消失在了门口，并轻轻带上了门。

八

天色逐渐暗下来，每过一秒，黑暗的阴影就会加重一层。彭坦站起身来，摘下智能眼镜，拿起一块被烟熏黑的厚玻璃，小心挡在眼前，看着天空中被啃了一多半的灰白色太阳。渐渐地，天空终于全部黑了下来。

"会亮起来的。"他叹了口气，拿下镜片，屋子里的自动感应灯已经打开了，光线照亮了办公桌上的一个信封和一个文件夹。

信中林一平重新安排了四颗大脑的去处：12年前的大脑通过现在的纳米修复技术，可以恢复基本的功能，重新移植进他的身体中，注入记忆；取出来的微脑则捐献给了国际宇航联盟，作为友好使者飞往5.7光年之外的忒休斯星球一探究竟；父亲的大脑则与微脑结合，又塞进了原来的脑壳里。

当他四处找林一平时，林一平已经将母亲大脑火化后的粉末撒进了太平洋深处的某一点，随后又把另外三颗大脑安排妥当了。

文件夹里是第一批享受微脑植入志愿者的邀请书，全世界至少有3万人收到了这份邀请。彭坦拿起笔，打开同意书时，一旁摘下的智能眼镜发出了微小的蜂鸣声。

彭坦戴上眼镜，发现并不是急诊信息，只是每日订阅的新闻的推送，有两条他一直关注的新闻，他分别打开了这两个窗口。

左边窗口的画面，镜头里是一片深蓝的波涛。拉近，再拉近，可以看到一个弱小的身影光着上身，脖子上系着一个红色的气球，在一个浪头又一个浪头拍击下，不断被打进水中，然后再顽强地浮起，游向太平洋深处。没有人阻止这个疯狂的家伙，那是恢复活动后的林海。

林一平留下的书信交代，父亲苏醒之后，不管出现任何情况，都不要干涉他。这个瘦弱的老人醒来，读了林一平留下的信息后，不知道是因为微脑系统的问题，还是自我意志的原因，没有再说过一句话。半个月后，人们在青岛海域发现了径直游向太平洋深处的他。由于改造了身体，还有好事者自发组织的补给船，没有人知道林海会去哪里。

另一个窗口的画面，是永恒号飞船的点火倒计时，人类第一位微脑加机械身体的宇航员将搭乘这艘飞船飞向 X 磁暴发射的星体。

同样，没有人知道这艘飞船的旅途有多长，终点在何处。

彭坦再次摘下了眼镜，这两个不同的人探索的领域不同，使命自然也不同，但哪个才是对的呢？

他撕碎了同意书，丢进了垃圾桶。

窗外的黑暗仍然在继续。

掉　线

待在那里，还是走开，结果一样。

——加缪《局外人》

一、跑

蹬地，肌肉收缩，大腿开始摆动，带起小腿，另一只脚落地，发力，向前蹬，周而复始。冰凉的夜风轻抚过脸庞，甚至有些痒。肌肉恢复了记忆，正在按照似曾相识的节奏，每一条肌腱都在重新调整拉紧与放松的力度，血红细胞正在加速运转，让林寒逐步习惯慢跑。

上半身，很长一段时间未使用过的那一部分肺叶正在复苏，刚才还胀痛不已的气管、喉结和鼻咽部，已经妥协，变得麻木，努力分泌着黏液，以湿润大量被吸入的北京 11 月底的干冷空气。

"肌肉有记忆。"

脑海冒出这句话时，他有些诧异。肌肉没大脑，更没有记忆细胞，所以不可能有记忆功能。虽然大千世界无奇不有，奇幻、毫无道理、匪夷所思的理论和事实的确存在，但内在是有规律可循的，世界是可以被科学解释、被数据化的。如果有不能被科学化、数据化的事情或者理论，那是因为还没找到规律，人们才会觉得魔幻、玄虚。因此，时隔20多年，林寒第二次暂时接受不科学的言论。

比起第二次，第一次的不科学言论则可以令大多数人坦然接受——运气这个东西确实存在。所以一般来说，所有坏运气都有一个起点，那一天是林寒的8岁生日，早上闹钟"挂了"（停了），他和老娘都睡过了头，上学时公交车半路又抛了锚，刚进学校大门就被锈钉子扎透了脚底板，去医院结果破伤风疫苗用光了，晚饭他打破了盛西红柿鸡蛋卤的碗，溅在了一旁的生日蛋糕上，老爹打那一天起就再也没回来过。从此他开始不走寻常路，霉运时刻缠绕着他。

在之后的岁月里，许多人告诉他运气不能被公式、数字描述，是虚无的。虽然看不见、摸不着，好运气、坏运气总是伴随每一个人的一生，但林寒始终相信，运气可以被理解，被公式化，并用数字描述，甚至可以绘制出运气随时间推移的函数曲线，好运气、坏运气如蔓藤般缠绕。似乎只有他如此坚信这一点，总幻想着时转运来的那一刻。为此他像海绵一样，疯狂地汲取着知识，想找到运气的函数表达，以避开那些倒霉的时刻、事件，坚持等好运来的那一天。

霉运的源头在哪儿呢？他把霉运之路归咎于父亲的失踪，因为那天唯一与平时不同的是父亲不见了。他想弄清楚消失的父亲，究竟如何扇动了翅膀，使得他被卷入无尽霉运的巨浪当中。但知识汲取得越多，他越绝望，现在呈现在他面前的运气的确是虚无的，或者是包含万物的，单靠他似乎永远无法解析、找到规律，科学并没有把他从倒霉的人生境遇中解救出来。

这些天来，倒霉曲线如心电图锯齿状的折线变得愈发密集，但都不太严重。今晚似乎和往常不太一样，他觉得自己的汗毛甚至触到了倒霉的云团。

万物互联的智能时代，下班本可以乘坐已经普及的智能自动驾驶出租车回家，而不是在寒夜里一路小跑，累得口水横流。抬起手腕，精钢表带上已经布满划痕的梅花表时针指向9的位置。

倒霉时刻要从3个小时之前的一条未读信息说起。

"你妈去世了。"

林寒弄不清楚这几个字如果是别人收到的，会如何反应。对他来说，那个嗜赌成性、满口谎话的老娘的死讯带来的冲击并没有想象中的大。

当初林寒把老娘送进养老院，亲戚们都挤着笑脸，竖起大拇指，夸他有钱，这年头能住进设施齐备的养老院确实花费不菲。他也知道，七大姑八大姨如何在背后戳他脊梁骨，说他甩包袱，骂他不孝。但如果每天回家看到的是随意乱扔的衣物和菜汤四溢的外卖盒，客厅里还支着一张麻将桌，烟雾缭绕，再好的心情也会被一瞬间击碎。当他安顿好老娘走出彩虹桥养老院时，的确有一种扔掉烫手山芋的清凉感。不，我没错，与其孤单耗过余生，不如来这里安居，毕竟条件一流，还有那么多老头老太太陪着玩。

但他仍然需要第一时间赶回去，不仅仅是怕亲戚们的唾沫星子，因为他还有另一件重要的事情要办。

二、眼镜故障

"14号软件的问题解决了？错误日志都看完了？凭一个老程序员的直觉找漏洞，开什么玩笑！你不想加班？答应了儿子过生日？这也是理由？如果明天早上9点之前漏洞还没有解决，你就不用来了。"

在科学海洋里游弋了10多年毫无头绪之后，他最终选择了与修电脑的老爹有些关联的职业——做一名程序员，至少在程序中一切都可以用二进制精确表达，简单而清晰，和谐而美丽。但如何读懂程序员却没有一条放之四海而皆准的规律，比如刚才的同事李勇，完全不按常理出牌。有一些家伙平时喜欢制造困难，让大家的日子不好过，而且这么做时一般也没有特别的理由。"给儿子过生日很重要？总有为自己而活的时刻？"林寒皱了皱眉，"自己努力读书、努力找工作、努力察言观色、努力加班、努力赚更多的钞票，哪一样是为了自己？别搞笑了，活着本身就不自由。这个世界看的是数据和钱。对，钱很重要。"

"倒霉啊！"今晚说不准还得回公司加班，收拾李勇留下的烂摊子。林寒冷着脸挂上视频电话，犹豫着要不要给老娘挂一个电话，自两个月前吵过架后，谁也没有联系过对方。不过即使打电话也只是没有温度的几句话：钱打过去了。收到了。注意身体。好。天冷，你也多穿点。好。

他顿了顿，最终重新关上了视频拨号界面。"明天吧。"

因为视频电话进来而自动暂停的电影画面重新动了起来。刚才不留神说了句"倒霉啊"，现在他有点担心，因为每次从嘴里蹦出来"倒霉啊"三个字之后，霉运就会一发而不可收地排山倒海般汹涌而至，所以他通常特别忌讳把这三个字说出口，一般只是在心中默念。

霉运的到来总是与星宇智能网络有关，有时候林寒甚至觉得智能网络才是所有倒霉事件的幕后黑手，但这又不可能，它只是提供了更好的生存环境而已，不应该被怀疑。星宇智能网络是科技的结晶，完全可以被数据化，是科学的。

"别再出幺蛾子了！"话音刚落，屏幕上出现了五个字：未读消息1。

点开通信界面，新消息来自老娘，但她的头像是灰的，这条消息点不开。之前的消息界面则是一连串的阿拉伯数字0。

"系统出问题了？"

"不。"

这五个字与视频弹幕不同，是少见的黑色宋体，出现在视网膜投影屏幕的正上方，处于正中好一会儿都不曾移动。察觉到这一点后，林寒的脑门上开始冒汗，不自觉地开始爆粗口。

这是一条优先级最高的紧急消息，所以才会置于所有窗口之上。他把指甲从嘴边拿出来，挥了挥手，智能眼镜退出了视频播放模式，重新变得透明起来，现在他既能看到汽车有点脏的前挡风玻璃，又可以看到始终挂在眼镜屏幕上的那五个字。

一年前，患有冠心病的老娘，被告知有心梗的危险，医生建议在老娘手腕的智能芯片处加入心脏健康芯片，来监控心脏的状态和健康状况。这几乎花掉了他一年的薪水，但对于独居另一座城市养老院的老娘来说，这值得。当心脏出问题的时候，芯片自带的监控芯片便会向医生和第一联系人发出警告。林寒脑海里不时会闪现老娘手捂心脏、一脸痛苦跌倒的情形，毕竟已经 4 年没有回去了，莫不是……

"迈克，发视频给我妈。"他双手抱在胸前，开始深呼吸，然后将头靠在了左边的车窗上。车窗外掠过五光十色的幻象投影，灯火通明的橱窗前偶尔会有几个顾客，有的拿了东西正往外走，有的则翻捡着什么。马路上没什么人，时不时有车超过他。所有出现他眼睛里的物体都是独立的、简单的，互不影响，也不轻易发生关系。

"迈克？"智能系统毫无回音，甚至智能眼镜也完全变成了透明色。

"嘿，迈克。"林寒擦了擦额头上的汗珠，微微坐正，清了清嗓子，30 秒后，他仍然没等到那个被设定成碎嘴子性格的个人语音助手的答复，倒是智能眼镜上出现了一行绿色的字：无法连接星宇智能网络，请稍后再试。

"掉线了！"运气正在溜走，霉运正在降临，林寒有点担心。该死的老爹！这次到哪里才是谷底呢？他按了眼镜的物理按钮重启。

"掉线了还怎么回去加班？又要被骂了，该死的李勇。"

"嘀嘀嘀。"系统重启的声音弹进了耳蜗，将他从胡思乱想中拉了回来。"应该先给老娘去电话才是正事儿！要是她老人家没了，就更麻烦了。"

"嘿，迈克。"

仍然无法连接，他只好启动离线模式，至少个人语音助手能回来。

"你好，迈克。"

"你好，林寒。"

"为啥掉线了？"

"对不起，请使用标准语言。"

语音助手的计算在服务端！

林寒把手狠狠地砸在车门上，一阵疼痛的酥麻传进了脑子，他额头上的汗水更多了。这神经病似的做法正是自己公司几年前就在做的事情，把智能眼镜、智能植入芯片和语音助手的计算放在服务端，只留最基本的功能，以提高待机时间，缺点是掉线后本地个人智能系统只有以前白痴语音助手 Siri 的水平。

这种情况应该是真的掉线了，林寒一边在本地搜索掉线原因，一边让系统自检。

"嘀嘀嘀。"三声急促的声音传进了他植入耳蜗的耳机中，自检完成，自动重启。他耐心地等待着那个陪他聊天度过无数孤独夜晚的碎嘴子迈克，但它依然没有回来，只有一个声调平稳的女声告诉他自检没有问题。

"大条了，大条了。"林寒自言自语道，如果是设备故障，通常换副眼镜就好，家里放着两副呢。

车停稳后，车门自动弹开，他下意识地把腿从仪表盘上收了回来，一脚跨了下去。但这是牛街，不远处聚宝源的巨型火锅幻象投影正在黑黄色的天空飘动。林寒又坐了回去，顺手往回拉车门，却被一双手指粗大的手拽住了。

三、纸币

"老王那饭桶，吹了一瓶就躺桌底下了，还吹牛海量。知道了，知道了，给丫叫了车，明儿见。"一个带着麻酱和涮羊肉臊气的肥屁股挤了过来。林寒连忙往边上躲了躲，被这肥屁股来一下，赶明就得打着石膏进公司了。

来人后脑勺皮松，后颈处弯着几道肉沟，一张国字脸下边是两层下巴，上来之后猛地拉上了车门，车身甚至因此晃了晃。

"Hello！你好，这车上有人。"林寒拧着眉毛吐出这几个字。如果世界是由酒鬼构成的，早在草履虫阶段就完蛋了！喝酒买醉为自己？笑话，自古喝多了的原因都不是为自己的事儿。他需要清醒的头脑来面对这个倒霉的世界。

对方没有回话，几秒钟后突然咧开嘴哈哈大笑起来，声音洪亮，林寒甚至觉得自己的胸腔因此而产生了共鸣。

"喂！"做人不能太善良，多少有点獠牙。林寒刚要发作，他看到"肥屁股"智能眼镜上的红点亮着，眼球上覆盖着一层晶彩。这表明他开启了视网膜投射模式，现在他只能看到智能眼镜直接投射到视网膜上的内容，八成是在看爆笑视频。现在"肥屁股"只能看到智能眼镜让他看到的东西，估计耳蜗里的耳机声音也开得巨大，所以无视林寒并不是故意的，因为他也经常这么干。不只是他，这座城里的大部分人都在做类似的事情。

林寒把衬衫上的褶皱抚平，把衬衫的扣子系上，伸手轻轻推了推

"肥屁股"的手臂。他已经太久没有与其他人有过肢体上的接触了，"肥屁股"的胳膊摸上去像是一团热烘烘的烤鸡皮。

没有动静。他只得加大力度又恶心了一次。

"谁啊！""肥屁股"抬头往这边看了看，但并没有摘下眼镜！"大了，大了，这都喝出幻觉了？"

"哥们儿，这车里有人，你上错车了。"

"我靠，你是人还是鬼，我怎么看不见你。"

"关了视网膜投射就能看到了。"

胖子连忙摘下眼镜，惊恐地看着林寒，然后像一只肥硕的仓鼠一样靠在角落，使劲往车门那儿缩，右手试图拉车门。

"别动。"林寒扑过去拽上了车门，车外凉透的空气已经浸了进来，车正在高速行驶着。这家伙真是一个废物，明明一条腿就可以压得大多数人起不来身，你怕什么。这城市里的人一半都是蠢货，他想起刚入行时师傅跟他说的人生经验，不要为别人的蠢事买单。

"你——你——你想干吗？"

林寒看着用胖胖的胳膊挡在胸前的男人，不知道是该哭还是笑。

"你上错车了。"他一字一句地吐出这几个字。

"肥屁股"把眼镜在左右手里倒腾着像对付一块发烫的肥肉，三四次之后终于又把眼镜戴上了，摆弄了一番，坐正了屁股，双手抱在胸前声音有点发颤道："这是我叫的车。喏，车牌没错！"

"咦，怎么发不过去，你——你——你怎么回事？面对面分享列表里没有你！你——你——你到底是人是鬼？""肥屁股"再次缩向车门。

林寒轻哼道："你刚才不是摸到我了。掉线了，你发过来的共享信息我看不到，这车是我从 CBD 一直坐过来的。你！上！错！车！了！"

"你等等，我查看下这车接单记录。""肥屁股"的眼镜上又一阵闪烁，"上一单已经结束了，就在聚宝源我上车的地方。"

"这不科学。"是程序就会有漏洞，但，这么倒霉的事竟然让我碰上了？或者与掉线有关？林寒心里打起了鼓，额头上冒出一层白毛汗。

"掉线？那是够惨的，上次我也遇到过一次，半天没网络就跟过了半个世纪似的。""肥屁股"双手又抱了起来，晃了晃头，撇着嘴斜视着林寒道。

"哥们儿帮个忙，能带我一程吗？东直门，我得回家，换一套备用的眼镜。"林寒声音有了点温度。

"可以。不过，你得……""肥屁股"右手拇指和食指做出捻钱的动作，冲他点着头，脸上泛起褶皱，有一只蛤蟆蹲在上边。即使林寒已经掉线了，他也能看到这只两栖动物。

实体钞票几乎消失了，但用手指捻钱的动作，他依然看懂了。林寒的确带着张面值 500 块的纸币放在钱包里，这是 4 年前陪老娘过年时收到的红包。请人帮忙，给人报酬，可以理解。钱很重要，对他人也是如此。

"肥屁股"打开车里的灯，又搓又捏，用指甲划纸币上的水纹，最后拿在耳边弹了弹道："最好是真钱！不过，到东直门花不了这么多钱，我又没现金，你又掉线了，怎么找你钱？嘿嘿。"

林寒声音里的温度又消失了："钱能解决的事情是小事，走吧。"

"壕！土豪！够豪爽！""肥屁股"竖起大拇指，现在有两只蛤蟆了。

"给我妈挂一个视频电话。"

"你记得她老人家的 ID 吗？""肥屁股"搓着纸笔凑过来。

面对近在咫尺的蛤蟆，林寒并不太反感，毕竟在这个时代，有钱不一定是万能的，但是没钱真的万万不能。唯有数据和钞票不可负。

"1912233313……"虽然大部分工资都被老娘当赌资输掉了，但林寒现在无比期待她搓麻将的画面出现在"肥屁股"的视野中。

"这个 ID 不存在，可能输错了，哥们儿你再来一遍。"

试了三次之后，依然是 ID 不存在。

通常 ID 不存在有两种情况：一种是使用人设置了隐私不想被其他人搜到；另一种则是人死了，ID 被锁定，处于等待被销号的状态。老娘的心脏真的出了问题？如果只是病了还好，但没救过来，按照老家的习俗，第二天 8 点就得发丧，否则不吉利。不不不，那条短消息的内容还不知道是否真实，也许只是虚惊一场，老娘设置了隐私，赶紧回家为妙。林寒的汗水从后脑勺顺着脊背往下流。

"快到了，你准备下车吧。"

林寒把钱包塞回背包，冲"肥屁股"点点头。

"祝你好运！""肥屁股"又拿起那张 500 元的纸币对着灯光看起来。

道路两旁法国泡桐的叶子已经枯黄，寒风扫过，正在三三两两地飘落下来，不远处垃圾桶大小的圆形的银色清扫机器人正在"簌簌簌"地努力工作着。林寒伸出左手看了看表，已经是晚上六点半了。回家，换上眼镜，重新连线，给老娘拨视频电话！

"砰！"

林寒倒在了地上，被他撞倒的银色清扫机器人翻在左边，清扫触手仍在不断地旋转着。

"这些铁脑壳儿怎么回事？"林寒起身踢了一脚骂道，本应该自动绕开人走的机器人居然撞倒了人。"人倒霉喝凉水都塞牙。"他甩甩脑袋，看了看头顶路灯杆上的摄像头，挤出一丝笑容，回身扶起机器人，用手擦掉粘上的树叶，这才大步往家走去。

他并没有察觉到不远处有两架紫色四轴无人机——维序者正在缓慢地向他靠近。

四、打不开的门

国家话剧院投射到空中的幻象投影几乎占满了他的视野，除了剧名《我是谁》，南边的天空被巨大的倒计时牌染成了橘红色，读秒在飞快地跳动着。还有 8 分钟 7 点，今晚的话剧就要开幕，届时演员们的表演也会被投影到夜幕当中去，不过并没有声音。

要想在室外观看这部话剧，得掏门票一半的钱购买声音。林寒住的地方朝南，从飘窗里可以无遮挡地观看整部话剧，但他从来没买过。头顶天空的颜色开始变得各异，话剧开始了。看着演员们巨大的身影在夜空中扭动，他有点好奇这究竟是一场什么样的话剧，但此时他却无法购买票了。

"我是谁？"他脑海中居然浮现的是小时候离家不远处的一座不那么高、灰色的水泥烟囱。烟囱早已停用，只是在居民区拆除费点事。又一次被老娘狠抽，他跑出了家门，徒手爬到烟囱顶，坐在上边想过这个问题，以及以后要做点啥。"我当然是林寒，树林的林，寒冷的寒。"

一路小跑使他已经有些微喘了。周边急速驶过的各色自动驾驶的汽车，带着微凉的风把他往两边的花坛里推去。忽然间后方的风有些大，他扭头发现两架紫色涂装的维序者，闪着亮光，"嗡嗡"嘶吼着冲他飞来。

"这是新型号？跟着我是因为我刚才撞倒了清扫机器人？"这个念头在他脑海里一闪而过，大多数时候这些家伙不会来打扰人类，所以不用担心。

但维序者并没有照直飞过去，反而射出两道光，打在他的脸上，识别区的蓝色和红色的小灯在频繁地闪烁着。林寒明白了，这是在对人脸以及智能芯片上的 ID 进行识别，蓝灯无线识别智能芯片，红灯则是人脸识别。通常在 0.01 秒内就可以完成，但这一次白色的灯光射在他脸上足足有半分钟，仍然没有离去的迹象，倒也没有发出刺耳的警报声，就一直这么僵持着。

"嘿！大苍蝇，看这儿！"他两只手高举，以便更快地识别芯片，但并没有成功。人脸识别与芯片识别结合才能确定一个人的身份，如果一个出了问题，认证就通不过了。林寒摸了摸脸，糟了，不只是掉线，手上的芯片也出了故障？还是该死的星宇智能网络又开始找麻烦了？

"嘀嘀，无法识别，请重试。"林寒站在黑色带有欧陆风情的铸铁镂空雕刻的小区门前犯了愁。果然，植入手腕的智能芯片不能被识别了，他现在成了黑户，只能等其他人经过闸门的时候顺便进去。可这个时间大多数人要么在吃饭，要么在车上，要么在公司，要么在家里躺着追即将播出的《胜利女侠》。

一位穿着白蓝连衣裙的姑娘，正从不远处的黄色出租车上下来，眼镜处闪着亮光，晶彩笼罩住了整个眼球，她轻盈地站上马路牙子，目视前方往这边走来，并没有注意靠在铁门上的林寒，只是抬头看了一眼他头上两架闪着光束的维序者。

"应该看不到我吧？"现在的自己在其他人眼中就是一个隐形人，只要处于投射模式，智能眼镜除了把现实世界中的事物收入镜头，还会进行一定的加工，比如增强光线，即使在黑夜里走路也不会摔跤。还可以设导航地图，用箭头加以引导，避免迷路。一些不想被人们看到的东西会被眼镜系统抹掉，比如不远处的非法涂鸦和掉线的自己。智能眼镜曾经有句广为流传的广告词：戴上我，还你一个美丽的世界。

既然看不到，变成隐形人就可以做许多有趣的事情。他之前在地铁上时，见一个梳着黑亮马尾的姑娘，眉清目秀，皮肤白皙，不知道因为太困还是由于沉浸在眼镜中的世界里，将头耷拉在他的肩膀上。正因为大家都戴着眼镜，所以他才能摘下眼镜，肆无忌惮地，不，应该是光明正大地看着姑娘。良久，只是看，他没有义务更没有权利叫醒邻座的人。这是一个热闹的世界，也是一个孤独的世界。

连衣裙姑娘一连扬了几次手腕，门都没有打开，她开始骂骂咧咧。隔了几分钟姑娘终于不再只过嘴瘾了，提起裙角，使劲地踹着铁门，就在她踹第三下时门突然自动弹开了。的确不能以貌取人，林寒尽量贴近姑娘身后，但不碰她的衣角。

林寒看了看左手腕上的梅花腕表，快 7 点了。这是父亲唯一留下来的东西，一块真正不靠网络和电力驱动的机械表。到了单元楼下，他又等人打开单元的门禁，然后爬楼梯，他手腕处的智能芯片不能被识别，电梯的门不会自己打开。

"你妈去世了"，智能门一尺见方的屏幕上，这五个字取代了原本是穿着女仆装的虚拟管家的笑脸，无休止地散射着扎眼的红光。下边是接连五条信息：心跳 0。

林寒像被钉在地上，头发一根根竖起来，身上开始起鸡皮疙瘩。

"这谁做的恶作剧！"他第一反应是智能门被黑了，但仔细查看之后，右上角 WiFi 标示示意连接中，安全认证的盾牌也是绿色的，这说明系统一切正常。智能门没有掉线，在联系不到家中主人的时候，系统会显示最近的五条优先级最高的消息，想到这里，林寒的冷汗浸透了腰带勒着的裤腰。

"冷静，冷静。"林寒试图平复加速的心跳，但他的手竟然抖了，原来那条眼镜上不能读取的信息是这样的内容。冷汗穿越裤腰，流在林寒的大腿上。

如果老娘真死了，那麻烦就大了。林寒蹲在地上，双手抱头。

"也许是病危通知？""不。"连着五条心跳报告不太可能出错。"不，她不能死。"起码不能这时候死，如果自己赶不回去，不能第二天出殡，亲戚们会用唾沫星子淹死他。"不，她还不能死！"我需要下载她的所有记录本，她说一切都在里边。但等医院给了死亡通知，星宇网络便会把老娘的账户在无人认领的状态下删掉。这个期限是 24 小时。

当务之急是先进门，换上备用眼镜，发视频给她，如果真出事了，超级高铁半小时就能到。

"快快快！"林寒再次扬起手腕，还是没反应；他把脸靠近智能识别系统，也毫无反应；使劲扒开眼睛往监控摄像头跟前靠近，虹膜识别器"滋滋"变化着焦距，最后吐出一句：无法识别。

林寒绝望地抬头看上空是不是霉云太多，恐怕已经变成了黑色的乌云压在头顶了。

识别器把得到的虹膜图像传到了主机，与存在里边的身份识别器对比，正确的话就会打开门锁。这就是对付他这种掉线状况的办法，完全不受他个人是否联网的影响。难道家里的网络欠费了？可他上个月刚在星宇智能网络的官网上缴了一年的费用。

梅花表上的指针显示已经七点半了，快赶不上 8 点发车的高铁了。林寒挣扎着站起来，已经酸痛的大腿肌肉传来一阵撕裂感。他已经顾不上这么多了，后退了十多步，助跑，飞起来一脚，踹在了栗色的门上。除了留下了一串脏兮兮的脚印和脚腕处剧烈的疼痛之外，门纹丝不动。

"这！不！科！学！"

刚才在楼道里，看到一根不知道哪里来的黑乎乎的撬棍，林寒返回去拾起来沾满蜘蛛网的带着螺纹的撬棍，回到门前，却没有找到可以塞进去撬棍的缝隙。

"咚！咚！咚！"林寒使劲敲着坚如磐石的门，从撬棍上传来的震动让他的手发麻，但门只是掉了了点漆。他开始敲击屏幕的位置，控制芯片应该在后边，只要拉出来，让其短路，应该能打开门。但设计人员并不是傻子，那里似乎装了高强度防弹玻璃，撬棍连痕迹都没留下。

"开门啊——啊——啊——啊——啊——啊！"整个楼层都能听到他的惨叫。正当他用手扶着膝盖继续喘气的时候，头顶上的吸顶灯开始闪动红色的光芒，并发出刺耳的警报声。

"火警？"林寒说完这句，随即发现从窗子外边先后飞进来两架维序者，闪烁着警灯。

"闯入者，闯入者，请立即离开，否则你将被依法逮捕。"维序者厉声警告。

"这是我家！"林寒说完冲着无人机使劲挥舞着手臂，试图让其识别自己手腕里的芯片。无人机一直播放着声音，2分钟后，终于换了声音，但更不妙了。

"发现无法识别的闯入者，请求支援，请求支援。"

现在唯一的选择就是离开这里，如若被捕，解决了故障和误会，但时间就来不及了。楼梯间的光线很暗，还好应急灯亮着，没有了光线增强，智能眼镜就是个累赘。他摘下眼镜，塞进了裤袋，往下蹦着。

林寒飞奔着，以他将近30年人生里最快的速度冲出了自家小区。

回家唯一的收获是又多了两只"苍蝇"！林寒捂着头、抓着头发，蹲在小区门口，三三两两归巢的人无一例外地绕开了他，像是流水绕开了水中的一块石头，又在后边自然地合起来。

刚才"带"他出来的高个子男人，正在打电话，眼睛上笼罩着晶彩，一旁停着一辆蓝色的出租车。

"亲爱的，不舒服吗？需要我去接你吗？嗯，地址是天通苑？一区F口？旁边有个星宇网络的服务点？好，我到了你再下来……"

林寒听到"服务点"三个字，忽然一个激灵。这边也有一个服务点，应该能处理这类问题。他调出离线地图，从地图上看大约5公里的样子。林寒站起身来，背上背包，抖了抖脚腕。

跑起来并不像他想象得那么轻松，没出100米，他就已经大口大口地呼气。"不能在这里停下，冷静，冷静。"他不停地给自己打着气，同时调整步伐，放慢节奏，往前跑去。身后国家话剧院楼顶上的话剧投影正在换下一幕，现在变成了红色的数字时间，此时已经是晚上 7 点 58 分了。

五、"业余发明家"

在深秋的夜晚跑步，并没有林寒想的那么艰难，干冷的风，带走了他身上多出来的热量。他的脚已经适应了地面的硬度，已经跑了将近 1 个小时，也并未觉得太过疼痛。没错，腿上肌肉多年前减肥的运动记忆复苏了，要么怎么能这么快适应呢？林寒试图给这不科学的理论找到合理的解释，但他逐渐发现自己缺少相关的医学知识，只得暂时作罢。在这黑漆漆的夜晚，他如同一只缓慢爬行的蚂蚁，在烛火照亮的昏暗甬道上，努力朝着目标爬去。

手表上的时针已经指向了 9，不远处那投影着蓝色地球的星宇智能网络服务点在闪动。

包里原来有一卷卫生纸、一条毛巾、一瓶水、两根火腿肠、三颗话梅和塞着一张 500 元纸币的钱包。因为霉运时不时光顾，包里备点东西，他心里就会觉得踏实点儿。

两根火腿肠早上的时候给了小区附近的流浪狗，等车时吃了两颗话梅，给"肥屁股"500 元，其他的应该都还在。他停下脚步，从背包侧链将唯一的一颗话梅拿了出来，沿着包装缺口准备撕开，但撕偏了。半分钟后，手嘴并用终于撕开了包装，可里边的话梅却蹦到了地上。

"倒霉啊！"林寒蹲下来盯着躺在地上的话梅，远处的清扫机器人正往这边来，他伸出手，又缩了回去，往复几次后，他迅速捏起话梅，闭上眼在裤子上蹭了蹭塞进了嘴里。一股酸甜的滋味顺舌头蔓延开来，他弯腰准备从包里拿水，这时从两腿之间传来急促的刹车声，一股巨大的力顶上了他的尾椎骨。

"什么东西？！"

"人！是人！你瞎啊！"尾椎骨传来撕裂般的痛感。

"对不起，对不起，可是我看不到你。"骑在公路自行车上的男人又高又瘦，短发直愣愣地立着，让他的马脸显得更长，如轴承般疯狂扭动着的脖子带着脑袋，扫视着周围。

"摘掉眼镜就能看到了！"

"对——对不起，我是个超级近视，这种光线条件下，摘了更看不到东西。"

"唉，掉线了，看不到我也正常。"林寒从地上爬起来，白色保暖衬衫上又粘了不少泥，他索性坐在地上，按摩着火辣辣的屁股。

"真的？我第一次见到掉线的人！老大应该感兴趣！""马脸"从车上下来，兴奋地把眼镜摘下来，眯起眼睛俯着身子顺着声音朝林寒看去，却被马路牙子绊倒了，直接来了个狗啃泥——脸先着地。

"我看是你更感兴趣吧。"林寒嘴里嘀咕着，上去把"马脸"扶了起来。他的脸上满是鲜血，门牙掉了一颗，却还咧嘴笑着："你少（好），屋（我）是你（李）好。"

"你也好，你也好。"林寒一点都不想搭理他，但总不能见死不救吧？他一手扶着马脸，一手在包里翻着毛巾。

"搔（稍）等。""马脸"从背包里拿出半截筷子长短的黑色细棒，左手示意林寒让开点儿，右手拿着黑棒抵住门牙缺口处轻轻点了一下，一条蓝色的电弧快速闪过，传来一阵肉类的焦臭味。

"你这是做什么？！"

"嘿嘿，神奇吧！这是止血神器！同时电麻伤口，减少疼痛，送你一支。"马脸含糊的口音清晰了起来，"我是李好。"

"你还是先戴上眼镜吧！"今天遇到的都是怪人，林寒把细棒塞进裤袋，扶着李好坐了下来，从背包里翻出上周才放进去的纯净水，自己"咕咚咚"灌了半瓶进去，然后将剩下的半瓶水给"马脸"冲洗脸用。

"好多了。旁边这几架紫色维序者是干吗的？你的保镖？"李好戴上了眼镜，脸跟面具一样摆了过来，然后笑起来，满脸褶子。

林寒知道他现在仍然看不清，但手被对方紧紧抓着："不好笑。我不是罪犯，这几架'苍蝇'大概很不科学地卡在了不能识别的阶段，所以一直跟着我。你看他们的识别灯。"

"你干了啥？"

"一言难尽。"林寒感觉李好的手握得更紧了。"你还能行吗？我得去星宇智能网络服务点。"

"我就在服务点工作，你想排除掉线故障吗？跟我走。"李好一边走向自行车，一边拉着林寒不放，好像他是只半夜从动物园跑出的考拉。

"你请坐。"李好端过来两杯咖啡，推了一杯到眼前空无一人的桌边。

"这该死的智能网络怎么回事？难道就没有掉线预案吗？赶紧帮我

搞定这破玩意儿，我已经受够了！"林寒左拳砸在了桌上，差点把咖啡杯掀翻。

"冷静。你先把掉线的过程告诉我。"

林寒忍着怒气把掉线的前前后后说了一遍，其间李好一直面带微笑看着眼前的空气傻笑。

"你到底有没有在听我说，赶紧帮我恢复网络！"

"我先帮你检测身上的智能芯片和整个系统，但你得配合，我看不到你。"李好伸过手试图抓住看不到的那只手。

林寒无奈，被一个男人像摸女孩的手一样牵着，任凭对方拉着自己在服务点的各种仪器中穿行。

"冲着这台识别器微笑。"李好手里拿着一盏台灯罩模样的东西说道。

"好了。"

"然后把这根线头插在你耳后的接口里。"

林寒照做了。

"嗯，系统虽然老旧但也还正常。接下来我帮你测试一下你手腕处的智能芯片。"李好又拉着林寒绕了一圈。

"怎么检测不到？难道是你把手腕上的芯片抠下来了吗？"

林寒摇了摇头，两秒后想起李好看不到他，又道："没有，它们还在。"

"有点眉目了，首先是你隐形的问题。通常来说，那些没有资格或者自己放弃智能系统的人，智能眼镜也能捕捉到他们的影像，毕竟还是要反射光线的嘛。但这些影像通过眼镜处理之后，没资格的人、不想见的、被屏蔽的人都被直接打上了透明的马赛克，而那些有危险的人则直接被标了红框隐去了真身，以区别对待。可你在智能眼镜中完全隐形了，变成了小透明。"

"真不是人的世界，这是歧视。但为什么我连红框都没有？更低等？"

"你的问题出在了这之前。你不能被星宇智能网络终端识别，可能它们假装不认识你，或者是被卡住了。"

林寒歪着头眯着眼盯着李好。

"维序者、门禁、智能锁等，这些都算智能终端。因为未知的原因，每当这些终端对你进行识别时，就会无端卡住，甚至死机。你的智能眼镜和芯片又没有什么问题，所以需要重启的不是你，而是那些终端。维序者不像门禁，通常不会自动重启，所以它们一直卡在识别阶段，跟着你。恭喜你！你获得了瞪谁谁死机的特异功能！"

"这不科学！你能查到究竟是哪一部分出了问题吗？"林寒摇着头，今天遇到的都是怪人，尤其是眼前这个李好，废话特别多。

"有可能是你的芯片问题，或者是本地系统存在老旧问题，也或者该你倒霉，星宇智能网络出现了问题。和这杯子一样，你是个'杯具！'"

"你是从哪儿找到这么多奇奇怪怪的词儿的？"眼前这个频频飙出怪词儿的家伙让林寒再次有了打人的冲动。

"哈哈哈，你终于察觉到了。我们有个自组的发明家联盟，同时也是网络文化研究协会，'小透明''瞪谁谁怀孕''杯具了'，这些都是以往网络上的流行词。你感兴趣？"

林寒用力拍着桌子一字一句道："遇到我这种情况应该怎么处理？

我急着赶回石家庄，快！"

"也许，"李好依然慢条斯理地摩挲着下巴道："也许需要做个小手术，给你置换芯片。"

"那还等什么？来吧！"林寒把手腕齐齐地向前伸出。

"臣妾做不到啊！我戴上眼镜看不到你，摘了眼镜看不清你。你就在这边住一晚等明天领导来了再说吧。"

"这儿到底是不是服务点，这种事情都搞不定？"林寒此刻觉得头上霉运乌云在加重，没有减少的迹象。

"抱歉，你的情况特殊，像你这种掉线情况很多年没有发生过，我估计经理来了也得先给上边打报告，等待上级的批示，毕竟星宇智能系统出了问题会影响到很多人的生活，不是你一个人的事情。上级明天看到报告，应该会派更高级的技术人员来处理。"李好抿了一口咖啡道。

"你还没明白吗？"林寒站起来擂着桌面，"我妈死了！我等不了！我得马上赶过去！"

李好伸出一半的胳膊停在了空中："那是得赶紧回去，不过没有导航系统、没有电子地图，芯片不能被识别，你不能支付，一路跑回去？我刚才查了查直线距离，相距 260 多公里呢。"

林寒一怔，顿时泄了气。的确，在这里等到明天才是最明智的，但按照习俗会在第二天早上 8 点就发丧，被送去火葬，赶不回去他连最后一面也见不到了，也无法给老娘办个足以堵上亲戚们臭嘴的葬礼，关键是那些数据。

"你的确很着急，但是看起来并不悲伤，你确定是去世了吗？"

"你……"林寒脑袋"嗡"的一声，为那个嗜赌成性的暴力狂？不悲伤也是正常的！

"你想给亲戚或者朋友挂个视频电话求助吗？"

林寒呆在那里，他怎么以前没想到这个办法？在北京没亲戚，但是好朋友倒是有几个，朋友贵在精而不再多。全世界都是朋友，跟全世界都是陌生人没什么两样。

"我准备拨了，通了说什么？"

"她有私人智能车，问她是否能带我回石家庄？"

李好点点头，这的确是个办法。

视频电话很快接通，李好很客气地表明来意，之后似乎被骂了。李好连忙摇手摆头，最后垂头丧气地挂了电话。

"这 ID 是你女友？"

"准确地说是前女友。"

"怪不得，她把我当成诈骗的了，说男朋友就在身边。最后让林寒这个穷光蛋不要再来烦她。"李好苦着脸盯着透明的林寒道。

"恐怕这才是她分手的理由吧。"林寒直接忽略了最后一句，自己的账户与老娘关联着，自己回不去，至少钱可以。老娘又爱打麻将，加上装上心脏健康芯片，他的确算是穷光蛋。这个世界果然是看数据和钱啊。

"你还想拨给其他人吗？"

"是。"林寒想到了下班时与他视频的同事李勇，犹豫了 3 秒钟还是报了 ID。

李好很快就结束了通话。

"他说他在加班，没空。"

这回答让林寒心一紧，自己从来没有恶意，一直都是公私分明，可李勇显然不这么认为。

"还要打其他电话吗？"

林寒又报了几个 ID，但无一例外地都被婉拒了。若不是今夜的事情，他都不知道自己在北京会如此孤独。

"你一定要去的话，看到这枚纽扣了吗？"

"有话快说。"

"止血棒和纽扣是小组中的老大最近发明的，它复制了老大的信息，用的时候你插到脑后的接口处，登录他的 ID，这样你就会变成他了。"

"让我冒充你老大，然后买票回石家庄？"

"这样做违法。"

"好，我用。"林寒像是抓住了最后一根救命稻草，眼睛重新亮了起来。

"不过有个条件，你办完事了，还得来这里，得把数据导出来，这是老大给我用的唯一要求。"

"成交！"

"你会骑车吗？"

"不，不太会。"林寒曾经央求老娘买一辆，但在一心扑在麻将上的老娘眼中，任何人都不能浪费她的赌资。

"我教你。"

在林寒摔了二十几次后，他终于可以歪歪扭扭地骑行了。

"拿上这个。"李好递过一个灰色的圆形金属水壶卡在自行车的三角框架上，又在他的背包里塞了个大水壶，凑在他耳边说："没有水可不行，可以解渴，也可以防身，记得看说明书，小心使用。"

"防身？"林寒疑惑地看着眼前龅牙的朋友，点了点头。出了服务点，6架维序者重新飞了过来。

林寒使劲握了握李好的手，跨上自行车，表针显示已经10点钟了，他得加快速度了。

六、四进便利店

路上的汽车很多，个个开得飞快，只有他一辆自行车在路上骑行，但他丝毫不担心会被汽车撞上，非自动驾驶的私家车已经被禁止进入北京城了，剩下的车绝不会撞上人和障碍物。

微凉的夜里，松垮垮的衬衫贴在身上，但他咬着牙一次又一次压下脚蹬。虽然没有导航，但北京的大路基本是正南正北，只要方向正确，他总会抵达西站。过去半小时了，他已经过了牛街，离火车站没多远了。

只要再坚持十几分他就能坐上高铁，林寒安慰着饥寒交迫的自己。身后6架无人机一直在他附近伴飞，光柱笼罩着自行车，但没有发出警报。

汗水从毛孔里不情愿地钻出来，汇集到小臂顺着手腕一滴一滴往下滴落。头顶上的维序者变成了8架，新来的无人机闪烁警灯，开始广播：注意，注意，你无权使用这辆自行车，这是私有财产。请下车，请下车。

"我有权，我有权！"林寒一手扶着车把，一手使劲地冲无人机晃着手腕，企图让无人机识别自己的芯片。但对方毫无回应，警报反而升级了。林寒无奈只能捏住闸，突然刹车，非常窄的自行车外带在刚洒过水的地面上打滑，在打了几个滚之后，他终于停下了，但刚才李好卡在车上的水瓶却没有停下，"骨碌碌"滚到了路中央，被经过的智能车碾过，传来"砰"的一声巨响，被压爆了，爆出的水打在马路牙子上，溅了他一脸。但好在警报解除了，新来的无人机闪着红灯和蓝灯，显然也卡在了识别阶段。

"高压氧瓶听说过，可这高压水瓶有什么用！喝水时被高压水击穿喉咙吗？"林寒一边爬起来，一边骂道。他捋了捋湿漉漉的头发，坐在马路牙子上，把手伸进口袋去摸纽扣。先摸到了已经被压坏的智能眼镜，他掏出来狠狠丢在了一旁的花丛里。他想把李好给的纽扣插在接口处，但这也许只能用一次，得留到最后。西站巨大的金翅雕塑就在不远处，再坚持一会儿。老娘你也要坚持啊！我们都有未尽的事，你还不能死。

不远处有一个灯火通明的便利店，此刻林寒的胃里只剩下酸水，他渴得像一只沙漠里的骆驼。既然能在正常人眼中隐形，那么在便利店里的监视系统和结账系统里呢？几次挪步之后，他还是蹑手蹑脚走向空无一人的便利店。

"砰！"林寒的脑门撞到了没有自动打开的自动门上。他现在有点相信李好的推测：他的 ID 被星宇智能系统无视了。无人商店和商场的原理是相通的，刷脸数据和扫手腕上的智能芯片，一起反馈到星宇智能网络的主机数据库，通过认证才可以进入商场购物、结账。但现在他连门都进不去。

林寒跟之前回家进小区一般，等其他客人刷开玻璃门时跟进去。

他首先走向饮品区，拿了一大瓶矿泉水，然后走到速食区从货架上拿了一盒新鲜的鸡肉三明治，最后走向结账台，欢迎屏幕并没有亮起。他小心翼翼地走向出口，警报没有响，但他的心脏却好像拉警报一样狂跳着。他又跟着刚才的瘦高个女人出了门，一直走到马路牙子上，坐下，足足过了5分钟，他的心跳才放缓了一些。此时他身上冒了一层白毛汗，衬衫紧紧地吸在前胸、后背上。

一瓶水、一块三明治解决不了什么问题，林寒鬼使神差般又跟进了便利店。这次他没有上次那么紧张，稍显从容地拿了食物和水，塞进了自己的黑色背包。再次坐在马路牙子上缓了一会儿后，林寒站起来，背好背包，看着空空荡荡的马路，忽然再一次跟进了便利店。等他再出来的时候，便利店最里边的透明玻璃墙上用便利店货架上的口红写了自己的姓名、系统ID以及住址，下边写着他拿了什么东西，保证3天之后必来还钱。

3分钟后，他第四次跟进了便利店，在别人还没注意到刚才用口红涂的字之前，又用袖子给抹掉了。这样的信息可能会造成误会，给他带来不必要的麻烦，又不是不来还钱。现在连人都不算了，还有什么好坏之分？什么模范公民，再这么下去老子就该饿死了！

冰冷的夜风里，不出意外地又多了两架无人机盘旋在他的头顶上，闪着两种颜色的指示灯。看来做违法的事情还是被发现了，只是维序者不能识别，林寒拧上瓶盖，看着头上橙色的天空。

不远处，西站巨大的金翅雕塑上空开始投射整点报时，已经是晚上10点了。

七、北京西站

隔着两条街就能看到西站上空飘着一辆即将发车的复兴号超级高铁列车的实时投影。幻象下是尊巨大的现代雕塑，两条手臂正在从一个球体上伸出来，肌肉虬扎的手臂上长出两对巨大的翅膀。翅膀大到可以将整个老北京西站笼罩起来，用金色的钢条和玻璃镶着，反射着周围射灯的光芒，落在一旁的建筑上，意为腾飞，让本来就灰扑扑的四周低矮的建筑变得亮眼起来。

灯火通明的广场上几乎没什么人，远处几台垃圾桶般的机器人平滑地来回晃动着打扫着肉眼看不见的尘土。视线的尽头是超级高铁的人工智能检票系统，在金色的候车大厅前像一只巨大的甲虫趴在那里，三三两两的人直接提着大小行李走进去，符合要求的会被传送进候车室，带有违禁品或者没有购票的人则被从另一端"吐"出来。

林寒单肩挎着黑色的帆布包，斜着肩膀站在北广场的边上，叹了口气。如果只是掉线，他手腕上的智能芯片可以被识别，进行身份确认，从而进入西站的候车大厅，然后找一列开往石家庄的火车，先上去再补票。但刚才他连便利店都无法被系统识别进入，火车站这种警戒级别更高的区域就更无法进入了，更何况头顶上还跟着莫名其妙的"苍蝇"。再退一步，综合了支付功能的智能芯片无法使用，他现在连票都买不了。

放弃只是一句话的事，但多年来被老娘追着、打着练出来的性格，总要再试一试。老娘说过，凡事就跟打麻将一样，总要是去抓牌，说不准下一张牌就能自摸了呢！现在还没到山穷水尽的地步，况且他现还有李好的黑色纽扣。

林寒拔起灌了铅似的腿往前挪去。北广场重修过了，平整的青石砖一直延伸到 200 米开外的金色甲虫检票系统周围，之前的过街天桥，各种围墙和一些售卖食物的售货亭都消失了，那些各种打扮的乞讨者也都不见了。

"乞丐？"林寒使劲控制自己不要往那种事上想，但他还是在距离金甲虫 20 米的地方拦住了一位穿着深蓝色冲锋衣的大爷，重要的是他没开投射。他决定最后跟霉运斗一次，再挣扎一次。

"您好，请问您能看到我吗？"

"冲锋衣"停下来看了看他，又抬头看了看跟在他后边的"苍蝇"，疑惑地点了点头。

"我掉线了，智能芯片也出了问题。"林寒抬起双臂，手腕朝上翻着，"您能帮我买一张高铁票吗？并把我带进候车厅吗？我母亲病危了，我想尽快赶去石家庄。"

"小伙子，你说的每一个字我都听明白了。""冲锋衣"眯成一条线的眼睛上下打量着一身松垮衬衫、西裤打扮的林寒，带着东北腔继续道，"这招我 40 年前就用过了，但不好使啊。那时候还是手机扫码支付。你知道扫码吗？还有，你很不专业啊，把衣服弄脏点就能乞讨了？你太看不起这一行了。"

林寒没想到对方是这种反应，张大嘴一时语塞想不出什么词来解释。

"不知道没关系。年轻人要成功，要听老人言，要努力学习。来，我告诉你几个漏洞：第一，即使你要到钱买票，不能刷脸或者扫描智能芯片进行身份识别，你进不去；第二，即使我可以给你买票，你想拿去退票变现，也是退到我账户啊，除非你能找到人工售票窗口，正巧他们还有纸币；第三，如果你很急，为什么不直接找围墙矮点的地方翻进去？小伙子，乞讨需要脑瓜啊，下次出门先带上。还有衣服！衣服啊！""冲锋衣"嘴里发出啧啧的声音，一副恨铁不成钢的模样，摇着头转身离开了。

"可——我不是……"林寒此时又羞又怒，直接踹倒了一直绕在他身边不走的清扫机器人，"滚开！我不是垃圾！"

毫无疑问，这又为他招来两架维序者。他垂着头朝着金色甲虫的检票处走去，或许会出现奇迹，但玻璃门压根就没打开。摸着裤兜里的纽扣，他犹豫了一下，还是拿了出来，摸索着插在了耳后的插口里。一阵刺痛后，林寒觉得眼前的世界闪烁了一次，身后的维序者，倒是都通过了识别，通体闪着绿光，慢慢地扩散开来，似乎正要离去。

"看来可以了。"当他正准备迈步走进打开的玻璃门时，忽然身后警铃大作，所有的维序者全都变成了红色，并且发出了刺耳的警报声。

林寒发现要命的不是维序者会招来警察，而是纽扣拔不下来了！他不能在这里被捕，虽然这件事的起因很简单，主要责任也不在他这边，但想彻底说清楚，修好自己的系统眼镜，至少要明天或者后天了。林寒又一次在微冷的秋夜里狂跑起来，而且这一次比以往更有动力。

身后的维序者似乎多了起来，乌泱泱一片。他一路狂奔，突然发现被一片维序者的灯柱照着，他的影子几乎淡到看不到，就跟医院手术台上的无影灯效果差不离儿。距离广场的入口还有 50 米，他看到一个瘦高的留着板寸的小伙子，站在广场边上的消防栓边上冲他招手。

林寒顾不上多想，朝"板寸"的方向冲去。距离还有 10 多米的时候，"板寸"弯下腰去，拿起一根铁棒敲开了消防栓顶端，巨大的水柱喷涌而出，足有 10 多米高。林寒一边朝水柱跑去，一边狰狞地大喊："这不科学啊！"身后的维序者义无反顾向前冲，但都被水柱巨大的冲力喷飞了，一架架闪着红色的爆机警报，直挺挺地摔在了地上，随后弹到一旁，只有螺旋桨有气无力地转着。

"跟我来。""板寸"抖了抖皮夹克上的水珠道。

一直走到西站广场边上的围墙旁边，林寒才把气喘匀了开口道："你——你是什么人？"

"对救命恩人怎么说话呢？""板寸"歪着嘴含糊不清地反问。

"谢——谢！"林寒浑身湿透，头发上不时滴下水珠，冻得有点结巴。

"刚才你和那老头儿的话我听到了，你不是去石家庄吗？又不能买票？"

林寒没有接茬儿。老娘说过偷听别人说话的人一般都不是什么好东西，在林寒独自生活后，这一条老娘的"金玉良言"也得到了很多次验证。

"那位大叔有一点说对了，我可以帮你从这里翻墙进去。不过你得给我点值钱的东西。"

"这么高？怎么翻？"林寒拢着头发，摸到了纽扣，很容易就抠了下来，塞进了裤兜。

"你站墙边，骑我脖子上，我扛你上去。"

林寒抬头看了看约 3 米高的墙，如果有人顶他上去，的确可以翻过去。他回头冲着"板寸"点点头，然后走到墙边。

"别总点头啊，钱呢？"

"我没现金，你把 ID 留给我，或者记上我的 ID，等我系统恢复了，给你 1000 成吗？"林寒仰着头看着墙头的高度。

"也行啊。"

林寒听到了"板寸"的脚步声，正要扭头问怎么顶上去，突然脑袋上中了一记闷棍，眼前一阵发黑。

"你干什么？"林寒倒在地上喊道，捂着脑袋。

"你们这些混蛋，想拿着人民的财产外逃，都给老子吐出来！"

半躺在地上林寒才意识到遇到劫匪了，这才发现头上的乌云又黑了。他连忙把手腕上的手表撸了下来，趁黑塞进了内裤里，什么东西都可以给他，唯独这块表不行。

"你这样的蛀虫我见多了，说吧，贪了多少？害怕身份识别？案子不小吧？带了不少值钱的东西吧？""板寸"一把夺过帆布包，扯开拉锁，开始翻找。

"嘿！那边的人在干什么？"

"滚开，次等人，别多管闲事！""板寸"恶狠狠地冲不远处的矮胖的身影吼道。

"我已经报警了！"话音刚落，一群无人机闪着光慢慢悠悠地飞了过来，病恹恹地闪着光。

"板寸"暗骂了一句，麻利地蹿上矮墙不见了身影。

林寒的头和后背被打的地方火辣辣的疼，刚想直起腰来，脊椎骨就跟针扎一样刺痛，只能看到矮胖的身影冲他走来，渐渐失去了知觉。

八、垃圾

"昏迷了会做梦吗？"这个打小就困扰林寒的问题，今天终于有了答案。他梦到了7岁时烧得浑身发烫，母亲背着他去医院的那一夜。路灯隐去了灯杆，排成一条线挂在天上，天空飘飘洒洒落着雪花，落在他额头上，凉凉的。忽然，这些雪花变成了一万多只苍蝇，"嗡嗡嗡"朝他俯冲过来！

林寒喘了一口粗气，剧烈地咳嗽着，10多架维序者乌压压地在他头顶上盘旋着，身上所有的灯都在闪烁。他从没有见过维序者这种模样，这不科学！维序者也会发疯？警察并没有来，摸索着从内裤里掏出手表，凑在眼前，好在没特别的味道，已经是夜里11点多。

"倒霉啊！"他挣扎着想起来，但全身的酸痛又将他扯了回去。

透过无人机的缝隙，远处的夜空里先是出现了一抹绿色，如烟如雾，轻轻地晃动着。再往北一些是一层淡红色，丝绸一般翻滚着，这红色越往北越重，与之后出现的墨绿色的浓雾开始糅合在一起，翻滚着，变成一股脏兮兮的五彩浓雾。

"有红颜色的极光吗？"林寒躺在冰冰的硬板上，周围弥漫着一股食物腐臭的味道。

"往南边看，那边正常点。"一个清脆的女声在他头顶的方向响起。

林寒向右翻身，腰腹与两只手一起用力，还是没能坐起来。一个裹得严严实实的背影正对着他，南边的夜空出现了几颗明亮的星星。

"这是哪儿？"

"快到周口店了。"一个嘶哑的男声从前方传来。

"你们是……"林寒努力地想往后扭头，但后背的伤撕扯着他。

"捡垃圾的。"女生冷冷道。

"周口店？"林寒喃喃道，"那不是越走越偏了吗？停下，停下，我要下去。"

"坐都坐不起来了，还想干吗？"

林寒用尽了全身的力气，拽着旁边黏糊糊的黑色塑料袋总算是坐了起来，环顾四周，这是一辆最小号的平板卡车，左右堆满了大大小小不同颜色挂满污渍的布袋。

"还真是垃圾车？"

"这要看李叔是否愿意让你这么称呼他的宝贝了。终于又看到了星星，呼……"女孩长呼一口气变成了一团白雾，耸了耸肩道，"我是夏冰。"

"林寒。能不能送我回西站，我有急事去石家庄。"鬼才有心情看星星！他现在一心想早些回到西站，翻墙进火车站。"我给钱。"

"不能。"

"那停车，我自己回去。"

"自己跳。"

"停车都不行，为什么？"林寒吼道，有点气急败坏。

"车上有危重病人。"

林寒这才发现右后方有动静，一个大肚子女人躺在一床脏兮兮的棉被上，身上盖着一床暗红色的毛毯，嘴里咬着一块破布，正在不时抽着气。

"得把大姐送到医院才能停车，她马上要生了，人命关天。"

林寒费力地在刺鼻的垃圾袋中爬着，终于蹭到卡车边上了。车虽然开得不是很快，但少说也有 40 公里的时速。挪到车尾，他把两条腿顺在车外，左边的屁股动了动，左脚往下伸，试了两次，然后又缩了回去，转身又爬到女孩身边道："医院在哪儿？还有多久到医院？"

"再有 20 分钟就到周口店医院了。"

周口店这个地方林寒有印象，北京猿人的故乡啊。

"小伙子，别担心，到了医院，你可以搭车回去。看一看你背包里的东西丢没丢，抢你的人跑得很快，没追上，抱歉啊。"李叔的声音响起来。

林寒有点不好意思，被人救了，还被救他的人说了抱歉。但他还是习惯性地翻了翻包里的东西，外套还在，李好给的两个超大的高压水瓶也还在，只有钱包不见了影子。

"没丢什么，谢谢你救了我。"林寒把乌漆墨黑的水瓶抽了出来，扔在一边的垃圾袋上。

"这是什么？不要乱丢垃圾。"

夏冰人如其名，一副冷冰冰的样子。短发加上侧脸的弧线，却是他喜欢的类型。

"一个朋友送的。"林寒顿了顿，又把水瓶塞了回去。

"现在不可能停车，你多等一会儿。"

林寒没有再争辩，心里嘀咕着不是因为胆小不敢跳车，只是老娘曾经说过一句话：生死之外都是小事儿。

周口店医院的幻象投影只有一幅不大的红十字图案飘在空中并不断地旋转着，门口不高的围墙上是一圈橙色的白衣天使投影。平板小卡车顺利进入了医院的院内，但没有看到一个人，门口接待他们的是导诊机器人和两架橙色的维序者。

"请识别智能芯片。"声音是一个高圆筒状的导诊机器人发出的，正中间的一颗投影摄像头还把这句话投射在了空中。

"她没有开启芯片。"夏冰架着孕妇说道。

"请识别智能芯片。"导诊机器人仍然重复着这句话。

"我们来错医院了，这家只有这一种导诊形式。"身材矮小的李叔也跟了过来，说道。

"来不及了，你走开！"夏冰和林寒试图绕过机器人进入急诊通道。

"请识别智能芯片。"机器人不屈不挠，又绕过来挡住了道路。

"你扶好大姐。"夏冰话音刚落，右腿猛地踢了过去，机器人的头部中了这一击，飞出去两米多远。

"这群不知变通的家伙，快走。"

林寒一只手扶着下巴，另一只手扶着孕妇往里边挪去。这时候两架橙色的维序者飞过来开始发出警报，它腹部突出的触电开始闪现蓝色的火花。

"他们要电击了！这是防医闹的维序者！"李叔抓着两人的肩膀往后扯。

"李叔扶住大姐，这个给你！"夏冰从腰间抽出一根黑棒丢给林寒，自己高高跳起对着直冲过来的维序者又是一个侧踢。

林寒眼睛盯着夏冰细长的大腿和飘扬的短发，肾上腺素开始飙升，他不记得已经有多久没有亲眼见过如此有青春活力的肉体了。接过可以伸缩的甩棍，看着"滋啦啦"发着电光的维序者，他想起今晚的遭遇，胸中一团热气上涌，早就把"违法"二字丢到了脑后，高高跳起，挥起甩棍砸向维序者。

巨大的声响引来了几个值班的医生，看到眼前的情景倒是没有废话，直接跑过去查看孕妇的情况。

"这下完了。"袭击维序者不知道会承担什么样罪名和刑罚，林寒还在盘算这一切都结束了，如何恢复自己的日常生活时，听到一声响亮的婴儿啼哭。

"恭喜，是个男孩。"其中一个医生戴着口罩抱着浑身带血皱巴巴的婴儿道，"谁是家属，过来办个手续。"

老娘倒是跟林寒说过，他出生的时候黑得跟煤球一样，现在看来，大家都一样啊，都挺黑的。林寒还没回过神来，就被另一个矮个子医生拉住了。

"来，看这里。"医生一边摘下口罩，一边从口袋里拿出巴掌大、方形的识别器对着林寒按了一下。

"别！"林寒想阻止但已经来不及了，但凡识别系统对着他都会死机。话音刚落，瞪谁谁死机的技能又发动了！走廊尽头的幻象投影突发红色警报，右边的导诊电子屏幕上出现了四个大字：丢失连接。

"快，快速查房！"接生的医生抱着孩子冲身旁的另外两个护士吼道。

夏冰看着林寒和李叔，使了个眼色。几秒后林寒看着狂奔而去只留下背影的夏冰，才发现自己会错了意，她并不是叫自己去冒充孕妇的丈夫，或者去帮医生照顾因为医院掉线处于危险之中的病人，而是示意他一起跑！

林寒犹豫了一会儿，但还是跑了出来，家里的老娘在等着他，父亲出走的秘密也在向他招手。

奔出急诊通道的门口，翻上卡车，林寒才松了口气，腿上的肌肉又开始撕裂般的疼痛。

"都上车了吗？"李叔道。

他应该在这里找辆回城的车，但林寒发现一直跟着自己的紫色维序者又聚集过来。

"这些家伙是更新过的紫色维序者，更新了配置，花了星宇智能网络公司一大笔钱。"司机李叔踩着油门，"抓紧，等过了北京的地界就不用怕了！"

"李叔说你把西站的系统给搞掉线了，没想到是真的，你怎么做到的？"夏冰大声问道。

"我——我没……"林寒也不知道该从哪里开始解释。

"激光要来了！李叔快！"夏冰打断了他。

"激光？"林寒扭头看去，十几架紫色的维序者肚子下方开始泛起大红色的荧光，并没有发射激光，而是"簌簌簌"射过来十几个抓捕网。林寒一个侧身将夏冰推开了，自己却被捆得严严实实。

"李叔，快啊！"夏冰一边扯着林寒的网，一边吼道，维序者底部的红光更强了。

"夏冰，快！把我包里的水瓶举到我胸前！"林寒大喊道，然后从抓捕网的网眼里伸出双手，抄起旁边的一个金属垃圾桶盖来盛放夏冰递过来的灰色高压水瓶。

维序者腹部的红色越来越重，一直在蓄能。林寒看准激光发射的一刹那，把刚才盛有高压水瓶的垃圾桶盖挡在身前。

"嗤嗤，嗤嗤"的声音不断响起，"轰！"周围腾起一团蒸汽，将整辆车都包裹了起来，蒸汽中蹦散着火花。

"坐稳了。"李叔把油门踩到底，平板车马上狂奔着冲出了雾气。所有的维序者都不见了。

夏冰使劲拽起被弹到车板上的林寒，大声道："你咋做到的？"

"这是科学！"

夏冰试图将他身上的抓捕网拉开，但被林寒抓得肩膀生疼。

"本来高压水瓶里一部分是水蒸气，一部分是水，形成高压环境可以用来防身。激光打透了瓶壁之后，高温使得里边的高压水汽化了，压强更大，一旦有了出口，就会跟子弹一样射出去，那些维序者就是被高压蒸汽击落的，要不要回去看一看，验证我说的是否对。"

"你去啊，一会儿会有更多的维序者抓你回去，还有警察等着你，让医院掉线的罪名也不小。"夏冰查看着林寒被蒸汽灼伤的双手。

林寒躺在车板上，双眼望着逐渐多起来的星星。干掉了这么多维序者，搞瘫了西站和医院的系统，这下跳进黄河也洗不清了。

北边天空的极光，应该是无数幻象投影重叠在一起构成的景象，现在成了一块飘动着的油画调色板，不断在北京城的上空飘荡。他想起小时候妈妈每次出门打麻将都会来到床前哄他入睡，给他读自己编的西游记，里边孙猴子经常说的一句话"有妖气"！那团糅杂在一起已经不成形的幻象投影是不是跟猴子眼中的景色一样呢？

"还留恋呢？"夏冰道。

"房贷还没还清。"林寒仰着头道。

"林寒，你是个好人吗？"

林寒转过身子，看着南边天空里的星星顿了顿，道："不是。"

"嗯，你是个好人。"

林寒没有回答。此刻，他无比希望那个刚出生的男婴给自己带来好运气，让他最终能赶上见老娘一面。

"李叔，附近有高速公路的入口吗？能帮我找辆车回石家庄吗？"

"上高速够呛，走107国道的话，五六个小时应该就到了。"

"107国道？"

"也很快，那是我们的镇子。"

地平线上的确有一片不高的建筑。"快12点了。"林寒喃喃自语道，倒霉的一天快结束吧。

九、控制人工智能的老人们

"林尽水源，便得一山，山有小口，仿佛若有光。便舍船，从口入……"

在没来桃源镇之前，对这俩字的印象来自陶渊明的《桃花源记》，不知不觉间已经在心里默背起来，直到他看到桃源镇才停了下来。"桃源镇"三个字，就像用打印纸打印出来，再刻印在石碑上一般，方方正正。桃源镇远远看去与城市的小区并无二致，唯一不同的是这里没有脏兮兮的极光。

"到了，下车吧。"李叔把车停在小区门口前的开阔地上，按了两长一短两声喇叭。一分钟后灯亮了，同时拥出来一群老人，有的大声打着招呼，有的打着哈欠。唯一相同的是，他们都穿着灰色的工作服，但没有戴手套。老人们从愣在一旁的林寒身边经过，开始打开车上的垃圾袋，把里边的东西往外倒，把脏东西挑出来，然后开始分类。

林寒从袖子上撕下一块布，当口罩围在脸上。

"受不了这种味道？"夏冰皱眉问道。

"怕把这里也搞掉线。"

"放心吧，这边没有星宇智能网络，欢迎来到非智能时代。"

"分拣垃圾不都自动化了吗？"

"那群铁脑壳儿只能归类，大多数填埋了之。你仔细看他们在干什么。"

老人们正在熟练地把损坏的智能眼镜"肢解"，然后将镜片扔到左边，微处理器扔到中间，其他带有黄金触点的则扔到另一边，微主板则放在脚下。林寒在这里看到了自己那副被压坏了的灰色智能眼镜。

"这不是我的吗？"林寒捡起来道。

"垃圾从市中心到这里也就需要七八个小时，你想留着做纪念？"夏冰道。

"你这眼镜修一修还能用，给我看看。"从老人堆里走出一个披着一件黑布破棉袄个子很高的男人道。

"怎么可能？"服务点都没办法，你能搞定？但他还是把眼镜递了过去。

"就是眼镜腿断了，其他的没问题，把线接上就成，等我能联网了，帮你搞定，唾手可得。"高个子把黑布棉袄从头上扯下来，露出了梳着马尾的头发，挠了挠头继续道，"不对，是易如反掌，或者是小菜一碟。"

眼前家伙的头发是自己一直都想尝试的发型，然后再学一学吉他，到处去流浪。当然这一切幻想早就被老娘打碎了。

"接上了，我就能上线了？"

"说不好，等等，你掉线了？"高个子眼睛圆睁，冲过来像李好一样握着他的左手。

"你怎么知道？"林寒喉咙有点不舒服，他想骂人。

眼前这个穿灰色帆布裤子、蓝色冲锋衣，外边套着件破棉袄的家伙继续道："虽然我不是蛾子，但是告诉你也无妨。首先，我是个天才；其次，在下是首屈一指的智能公司的硬件工程师！"

"蛾子？"林寒皱着眉，又遇到怪人了，倒霉啊。

"好汉不提当年蛹（勇）啊。"

林寒捂着脸摇头道："你认识李好？"

"看来你真的是瞪谁谁掉线的倒霉鬼？"

"这玩意儿修好了能帮我重新上线吗？"

"说不好。我是吴迪，口天吴，启迪的迪。"

"林寒。"他摇了摇头，看来没戏，这人跟李好是一路的，"你刚才说需要网络，你也掉线了吗？"

"差不多。我发明了一种小纽扣，上边复制了我的ID，可以插在脑后接口处冒充别人。但李好使用时，没通知我，以便我关闭我自己的智能系统。同一个ID居然在两个地点同时出现，星宇智能网络肯定会判定为错误，然后锁定这俩ID。就这样我的ID被锁定了。真是不怕神一样的对手，就怕猪一样的队友啊。"

"你是李好协会里的老大？"林寒张口想承认用纽扣的是他，但他转念一想现在多一事不如少一事。

"你知道发明者联盟？真是人猿的大便——缘分啊！"

林寒觉得是时候闭嘴了，照现在的情形看这个协会里没有一个正常人！

"小心！"站在身旁的夏冰一声惊呼。

眼看一个黑色半人多高的垃圾袋就要砸向弯腰正在分拣的胖大妈，林寒一个箭步冲了过去，用肩膀撞了过去，里边不知道有什么尖头东西，血从林寒的白衬衫里渗了出来。

"你啊。"夏冰走过来帮他检查伤口。

林寒龇牙道："轻点。"

"你跟彭姐应该合得来。"

"彭姐是谁？这些活一定要自己干吗？雇几个机器人。"

"对某些人来说，这么做的成本太高了，不值得。李叔每天去趟城里，把可以回收再利用的东西捡回来，跟猪头吴迪一样，你也大概是其中之一。"不等林寒回嘴，夏冰扭头走进了一旁的黑暗中，"李叔，你带他转一转，我去做准备，顺便给他拿点药。"

"是不是觉得这里像个垃圾村？"

林寒搔了搔后脑勺，点了点头。

"但你错了，这是一个创造人工智能的地方。"

"这里创造人工智能？"吴迪看着蹲在地上捡破烂的人们插嘴道。

"跟我来。"

林寒跟在比他矮半头的李叔后边，穿过一片种满冬青的小花园，他突然想起来这里的人与李叔、夏冰一样都没有戴眼镜。

　　"李叔，你们为什么都不戴眼镜？没有跟星宇智能网络签协议？"

　　"喏。"李叔举起手，露出手腕内侧的乌青处，"芯片是强制植入的，但可以不开通。这地方不在主干线，也没有那么多基站，即使开了一样没信号。这里的老人已经跟不上时代，开了芯片也不会用。"

　　跨过一道打开着的铁门，李叔使劲跺了下脚，走廊里亮起了灯，他推开正对着的铁门，请林寒和吴迪进去。

　　一股热烘烘的酸臭夹杂着劣质胶皮的味道扑面而来，林寒皱了皱眉，环顾四周，烟熏火燎之下，屋子里放了四排台式电脑，每台电脑前坐着一个佝着腰、眼睛凑在显示器前的老人，键盘"啪啦啪啦"按得乱响。

　　"哇，这电脑都够老的。"吴迪捏着鼻子道。

　　的确，林寒也只在博物馆见过这些外壳已经泛黄的台式机。

　　"他们在做什么？"吴迪好奇地走到一个小胡子老人后边，林寒也凑了过去。

　　显示器上是一个金发碧眼的美人切水果的图片，小胡子拖动鼠标把图里的红色塑料柄的水果刀拉框选中，再打开第二张图片，这是一张英国古装戏的剧照，其中有一把镶了宝石的水果刀也被鼠标拉了框。

　　"这是干什么？"吴迪抬头问道。

　　"他们在教人工智能识别图片。"李叔道。

　　林寒明白了，人工智能并不可能"生下来"就能识别物体，这需要成年累月的学习，加上人工帮助，这些操作电脑的人就是教人工智能识别各种图片以及物体，这是最基础的工作。

"这不是早期的做法吗？现在还用人工？"

"人工智能当然离不开人工啊？因为人在这方面比电脑犯的错更少，如果人工智能来做这些工作，把西红柿看成了土豆，之后累积的错误就会更多。而且，这对于这些老家伙并不难，一学就会，最重要的是我们的价格更便宜。"李叔推开门把林寒让了出去。

"我们帮星宇智能网络公司在上一届世界识别大赛上拿了冠军。"李叔说着挺直了腰杆。

"所有人都在做这个吗？"

"还有更简单粗暴的——出卖自己的身体。总之没有这些老家伙，城里的人工智能就无法正常运转。我们这些老家伙还能做点事情，就像那些被回收的垃圾一样，废物利用嘛。"李叔眼睛里闪着诡异的光芒。

"我得去石家庄了。"林寒不想继续讨论这个沉重的话题，当年要不是老娘为了跟自己经常视频通话，她估计也不会学如何使用智能系统。

"究竟什么事情，这么急？"李叔站住回头道。

林寒把前半夜的遭遇简略地讲了一遍。

"人已经没了，你妈肯定也希望你能平安回去，别这么急，孩子。"李叔绷着嘴想去拍一拍他。

"你不懂。"林寒往后退了一步。

"但你掉线了，这很危险。"吴迪摇着头道。

"你不懂！"林寒打掉了吴迪伸过来的手，一时间都僵在那里。

"我已经4年没有回去了，再不回去就见不到她最后一面了。"

"你应该早点回去。"李叔又道。

"你们不懂，我妈太……"林寒不知道该如何说出口。

"既然你跟你妈的关系很不好，那为什么现在你这么急？"吴迪有些不理解。

"你们都不懂！老家有规矩，老人离世一定是儿子或者女儿发丧，否则就被看作不孝顺。"林寒低下头看着自己的脚面。

"生前不尽孝，人没了办白事给别人看？"吴迪步步紧逼。

"还因为混蛋老爹！"林寒突然大吼起来，"我妈说一定会告诉我老爹消失的原因，但他们两个都说谎！她不能把这个秘密带到那个世界，我必须找出老爹揍他一顿！"

此时的林寒感觉无数目光刺着他的皮肤，有点像当初他宣布把老娘送进养老院时，被亲戚们围着时的情景。但这不怪他。老爹莫名消失之后，老娘就像变了一个人似的。一方面对他变严苛了许多，如老虎一般在他后边追着赶着让他努力学习，必须门门考第一，盼他出人头地。要是他敢说半个不字，就会被杨树条抽得屁股开花而且开得好灿烂。另一方面，她老人家则彻底地放纵自己——彻底沦为了赌徒，似乎麻将才是她真正的儿子。老爹离开他们母子将近 20 年了，林寒从没有一天能玩个痛快，即使工作后不加班的周末，也会受虐般找点麻烦事给自己。前两个月的吵架也是因为老娘居然不记得答应他的事情：20 年前，因为在学校被人骂没有爸爸的野孩子之后，他开始绝食，母亲这才答应 20 年后，告诉他父亲离开的原因和去处。但现在老娘压根不承认有这回事，还有一个星期就到约定的日子了，但现在老娘却犯规了。

"假孝顺啊。"吴迪似乎没看到林寒越来越差的脸色，又想说什么。

"你……"林寒揪起吴迪的衣领，扬起右手，却被夏冰挡住了。

洗过澡的夏冰摘了口罩换上了一身黑色的紧身皮衣，额头上的头发打着绺往下滴着水珠，170厘米的个头，比那些虚拟美女还要诱人，惹得吴迪不由自主地吹了声口哨。

"都少说两句。吴迪管好自己，这事与你无关。林寒，我看不起你，有妈的时候不珍惜，等没了装可怜。"

听到这些林寒转身想挤出去，但被夏冰拉住了。

"你刚才救了两人的命，就凭这，我那时就决定帮你。但我绝不认同你的做法。"

"夏冰，你……"李叔欲言又止，"你带他们去吧。"

"你们跟我来。"

林寒一直低着头，没有再言语，只是默默跟在夏冰身后。

"喂？彭姐，还没睡？对，夜晚才是搞创作的最好时间，我懂，我懂，我带个人过去，你先关上眼镜和系统。"夏冰狠狠地按下手机屏幕上的关机键，然后将手机塞进了裤兜。

"你居然还在用手机？"一直跟在身边的吴迪跳到夏冰前边开了口。

"这是必需品，星宇智能网络在这里信号很弱，只能用基本线路。这两部借你们用。"

吴迪两眼发光地接过手机，到手后迫不及待地开始滑动亮起的屏幕。

"我想快点。"林寒忍不住插嘴道。

夏冰白了一眼林寒道："先说好，一会儿见的家伙还算正常，偶尔有点卑鄙，你机灵点儿，别什么要求都答应。"

"卑鄙是卑鄙者的通行者，高尚是高尚者的墓志铭。"摘了眼镜之后，他有了更多的时间来思考，不再被星宇智能网络分配的视频或者各种课程占满了时间，想起了这句很早读过的一句诗。

"说得好！说得好！我可以借来用一用吗？"黑暗中忽然亮起一道微光，光线从此人捧在胸前的手机中发出来从下而上照亮，一张油乎乎的女性的脸飘了出来。

"北岛的诗。"

"你等下，我记下。"女人从背后抽出一个棕色的本子，从耳朵上取下夹着的笔写起来。

"彭坦，厨子，她有车。"夏冰双手抱胸站在一旁。

彭坦挑了挑眉毛，摇头道："世人笑我太疯癫，我笑世人看不穿。我是一位作家，炒菜只是爱好！"

"林寒，有急事想尽快到石家庄去一趟。"

"相信我是作家吗？"

"怎么说呢？"林寒很为难，这姐们儿围着沾满了各种颜色污渍的围裙，头发油腻腻，距离作家的形象有点远。"从这身打扮来看，不像。但作家靠作品说话，而不是形象。"

"小哥你是个诚实的人。"彭坦的胖脸上挤出一丝微笑。

"所以车能借我了？"

"诚实是种优秀品质，但我也诚实地说，你这个回答我相当不满意！晚安！"

"等等啊！开个价，尽我所能满足。"林寒抬起手腕看了看表，已经十二点半了。

彭坦忽然一个箭步冲过来，拽出林寒的左手，撸开袖子，"这——这是梅花 T6123 吧？居然是机械表！"

"是老爹的遗物。"

"经过我慎重考虑，车可以借你，但你这手表……嘿嘿。"

"你想要这手表？"林寒捂着手表。

"借给我戴一晚！"

"只是借？"

"别让她掉包了就行！"夏冰又看不下去了。

"夏大小姐，饭可以乱吃，话可不能乱讲！"

"成交。"林寒抢着答道，又对夏冰道，"去哪儿找司机？"

"小哥，别急啊，我还有个条件，带我去保定。"

"可以。"林寒毫不犹豫地答道，回石家庄路过保定。

"你俩真是一路人……"夏冰打个响指示意林寒跟她走。林寒跟在后边没明白，夏冰是说他跟彭姐一路人？

"车还在老地方，不用检查，随时可以走，我准备一下。"彭坦捡起炒勺头也不回地走掉了。

夏冰没有说话，只是把散着的头发扎成一个马尾，走到黑布盖着的长方形物体前，掀开来，一辆黑色的桑塔纳出现了。

"这车还能跑吗？"吴迪说出了林寒的心里话。

的确，这是一辆轮胎上的花纹都磨没了的车，看得出撞过很多次了，车头的大灯玻璃都不是一样的颜色。

"这是镇里最好的车。"

掀开车门一股鱼香肉丝味夹杂着一股汗臭味扑面而来，吴迪则往后跳了一步大喊道："这酸爽！"

"那些有钱人吃什么？都是私人厨师做出来的。这些私人厨师很多都在周边，因为这里限制少。"彭坦抱着一个大包，示意吴迪打开后备厢。

"我去收拾下东西，马上来。"吴迪道。

"你也去？"林寒在外头问道，似乎无意地晃了晃右拳。

"虽然你有点虚伪，但你掉线这个案例非常珍贵，你让我最后导出数据我就帮你去石家庄。"

"不必了。"林寒冷着脸道。

"没我你去不了石家庄，别忘了你离开周口店医院时都做了什么。你一进城就会被抓。"

林寒低着头往前走了两步，转过身道："你有什么办法能做到让我不被抓？"

"你猜。"吴迪凑近他眨了眨眼睛，"而且我有可能知道你父亲的事情！"

看来是甩不掉了，林寒先坐了进去，为了石家庄，奇怪的家伙、难闻的味道他都得忍了。

"司机在哪儿呢？"所有人坐定之后，吴迪冲站在车外收拾背包的夏冰嚷道。

"司机有，可惜是个女司机，害怕吗？"夏冰笑盈盈地掀开车门，坐在驾驶席上扭头看着副驾驶上的林寒。

"害怕？"林寒有些疑惑地说道。早先看到夏冰的赛车服就猜到了一二，但女司机有什么可怕的？

"夏大小姐可是本村最好的女司机，不，是最好的司机，赶紧走吧！"彭坦从包里拿出四盒盒饭分给大家。

"女司机在以前的时代是指……"吴迪盯着刚从彭坦那里拿来的手机道，"啊——啊——啊——啊——啊！说曹操曹操就到，这也太快了点！"

林寒倒是不在意这么强烈的推背感，越快越好，时针已经走到数字1了。

十、好运来

在无尽的黑暗中，车灯如利剑般劈开了迷雾，两旁不时闪过刷着半截白灰的杨树，光溜溜地站在国道两旁，林寒能想象得出那些已经落光了树叶的枝丫，面无表情地长在上边，期盼已经飞走的叶子再次归来。

右边地平线上不时闪过一道亮光，飞快地向前冲向南去。那是时速500公里的超级高铁，从西站到石家庄只要半个小时。即便如此，他也有4年没有回去看望老娘了。看到黑暗中不时闪过笔直的树干，他想起上小学时情形，写不完作业的春夜，老娘打麻将回来手里攥着从外边折回来的新鲜杨树条，以及那些被抽开皮肉、现在还没消失的伤疤。也许他应该感谢母亲，若不是她老人家棍棒之下出秀才的歪理，估计他现在都无法下决心摆脱那个控制狂、赌鬼老娘跑到北京来。

车没开多出多远，林寒就脸色郑重地把自己倒霉的20多年的故事简略地说了一遍，希望所有人有所考虑，是否跟随他前去。但换来的却是三人的嬉笑，彭姐甚至揶揄他要不要找座寺庙拜一拜。

"我来出一个智力问答题，缓解下尴尬局面。"吴迪眨眨眼睛道，"什么药最阳光、最正直？"

"药？正直？你确定？"夏冰道。

"对。"

林寒回过头盯着彭姐摇了摇头，彭姐道："猜不出来。"

"藿香正气水啊！"

这哪儿是天才，分明是个白痴啊！林寒摇着头，转过身去，不再搭理吴迪。

"说笑归说笑，我可能真的知道你父亲的事情，倘若他是在 20 年前消失的话。回石家庄安排妥当之后，你得帮我个小忙，就有可能查到你父亲的线索。20 年前，毕竟是星宇智能网络刚开始普及的时候，做过大规模详尽的人口普查，其中可能有你父亲的线索。总之，你的事情我帮定了！"吴迪又道。

听到这样的回答，他没有恼怒，反而有一丝暖意在胸口飘荡，倘若是北京的那些朋友，遇到这种事巴不得找个理由脱身，哪怕是因为虚无的霉运。眼前的这三个人倒是热心得很，朋友不分早晚。颠簸使林寒的眼皮打起了架。

"糟糕！"

"枣糕太腻，有果汁吗？"吴迪对刚才的盒饭味道非常满意，还吧嗒着嘴在回味，眼睛四处寻找不存在的甜点。

"不是吃的枣糕，是糟糕，糟糕啊！"彭坦抓着头发。

"你是不是想说车忘记加油了？"夏冰哼道，她知道这是抠门彭姐故意的，这位大姐把每一分钱都穿在肋条上。

"哦？暴力白痴女发现了？"彭坦笑道。

"那先回去加油？"林寒迷迷糊糊听到这些，虽然心里很焦急，但这破车毕竟要烧油。

"回不去了，车开出50多公里了，油只够20多公里，现在唯一的办法是去找汤婆。"夏冰看着右手边不远处闪着冷光的地方。

"那个超喜欢打麻将的老赌鬼？没钱她能帮你？还是你能赢她？"彭坦插嘴道。

"彭姐有其他办法？"

麻将？林寒虽然知道规则，但牌运一直很差。还是他7岁那年，老娘跟邻居搓麻，手气正旺，却闹起了肚子，很无奈，找来正在写作业的林寒客串一把。林寒没打几张牌，就先后给人放了杠头，点了炮。等老娘回来之后，拿起杨树条一顿抽打，之后一整夜，老娘一直在输牌。

有霉运加持，看来今晚搞到油要费一番周折了，他有一种不祥的感觉，霉云还笼罩在头顶三尺之上。

听到"汤婆"二字，林寒首先联想到的是饭馆或者澡堂，但当他们来到一座管道林立的炼油厂时，他愣住了。

红色的"汤婆"二字被幻象投影系统高高地投在炼油厂上空，不断旋转着，红光可以穿透薄雾射到很远的地方，周围旋转着各种各样的棋牌幻象投影，中国象棋、围棋、扑克，周围环绕着麻将里的九饼、红中、东风，等等。幻象投影让这里看上去就像是北京城的一个触手。

汤婆炼油厂竞技场挑战规则只有两条：要么跟那些玩大马力改造车的富二代们花大价钱买；要么跟汤婆公平竞技，挑选任意棋牌，赢了就给油，输了在厂里干一天搬运工就可以滚蛋了。

"你们想要汽油？规矩知道吧？"汤婆语速很慢，眼白上满是血丝。瘦高个，有个刚做完拉皮的额头，眼角仍然可以看到细密的皱纹，红框的智能眼镜闪着荧光，戴满各种镶嵌着五颜六色宝石戒指的右手上，夹着一支细烟，"任选一种，你们有两次机会。"

"是三次。"林寒上前一步，对着老娘的同道中人说道。

"哦？还有个隐形人？有意思，三次机会，只要赢一场，就可以给你们油。不过我把丑话说在前头，你们的对手是星宇智能网络主机超算的镜像，上个月刚更新，懂吧？"

这个时代所有竞技类棋牌都已经被各类超算占据榜首，而所有超算中，星宇智能网络的主机又是独占鳌头。更别提他们三人中没有一个职业选手，赢的概率几乎是零，但醉翁之意并不在酒。

超算的各种各样的触手，为了适应各种竞技的按钮或者不同规则的道具，密密麻麻地缩在了屋顶上，当选取一种挑战后，相应的触手便会降落下来，与之比试。林寒觉得这就像从天空中伸下来的神之手，几乎是不可战胜的。

首先是吴迪，令人意外的是他选了围棋。一切规矩按照寻常的围棋比赛而来，汤婆技痒充当主机的触手。林寒心中有些着急，小时候跟父亲学过一阵子围棋，如果不是快棋，每一方都有将近 3 小时的思考时间。

吴迪颇有大将之风，第一手使出了奇招——执黑先行，把棋子搁在了棋盘的中央，然后回头笑着对两人笑说："这可是著名的一手，第一步天元。"

早在多年前阿尔法狗站在世界围棋巅峰的一刻开始，世界上诞生的棋局在它眼中都不陌生。这之后的超算不断迭代的硬件和算法，使得每一台超算拥有可以同时与全世界的棋手对弈都不会输的能力。吴迪并不是职业选手，况且他下的还是快棋，几乎没有思考的时间，你来我往仿佛两人在下跳棋。

没有意外，吴迪中局投子认负。第一局败了。

夏冰选择第二局出战，她选的项目更加令林寒意外，她选了击鼓达人。

或许夏冰以为超算需要同时听鼓声，还需要使用机械臂敲击牛皮鼓面，会手忙脚乱，倘若是戴上眼镜玩虚拟游戏的话，自己毫无胜算的可能，但现在主机也使用两根机械臂来比赛，这样似乎有胜算的可能？不过林寒又想错了。

挑选好重量、大小合适的鼓槌之后，夏冰一改冷冰冰的面孔，脸上带着微笑走向鼓。

比赛开始了，这是一首复杂的曲子，节奏很快，同时夹杂着长音和短音，鼓面被分成了9个区域，应对着不同的音节，同时又需要敲击鼓的两侧。起初，夏冰敲得很自信，每一个点都在韵律上，对面大屏幕上不断地跳动着红色的perfect！随着乐曲进入高潮，节奏如暴雨一般，"嘈嘈切切错杂弹，大珠小珠落玉盘"。她开始出错，但依然笑容满面，肆意挥舞着双臂，敲击鼓面的力量也加大了不少，屏幕上出现了越来越多的 miss。暴雨过后，是缓慢而又悠长的几个音，鼓槌需要敲击之后迅速离开，以保证鼓箱的长久共振。末尾的几个音，越来越长，越来越弱，最后如一缕清香，消失得无影无踪，唯有余韵绕耳。

林寒从没有听过这样的曲子，更没想到单单敲鼓也会奏出如此美妙的旋律，他沉浸其中，以至于夏冰手扶着粘在额头的头发，一脸笑容地弹着他脑崩，他才回过神来。

"怎么样，好听吧，这曲子真棒，上一次玩击鼓达人还是 20 年前。"说完这句，夏冰似乎想起了什么，脸忽然转冷，双手抱胸站到了一旁。

"你们又输了，女娃漏掉了 100 多个音节，超算这边 1321 个 perfect。"汤婆又点了一支细烟，笑眯眯地看着三人，此时她已经摘了眼镜，"还有一次机会，选什么你们得认真考虑了。"

林寒脱下外套，露出那件脏兮兮的白衬衫，在由巨大的厂房改造成的游艺室踱着步，这里几乎有市面上所有能找到的各种棋牌或者棋牌类游戏，还有不少电子竞技类的游戏，甚至连五子棋和跳棋都有。

"选好没？"汤婆找了张椅子坐下，踩着厚厚的地毯跷起了二郎腿，她似乎认为林寒还要挑选一阵子。

吴迪悄无声息地走到林寒背后说道："利用你现在独一无二的优势。"

"独一无二？就是倒霉呗？"林寒苦笑着，在如此强大的超算面前还谈什么优势呢？难道吴迪说的是自己的独门绝技——让汤婆的系统瘫痪！

"请问，这件还能用吗？"

"哦？应该能用吧？我查一下。"汤婆重新戴上眼镜，"能用，看来你想靠运气啊？"

"正是。"林寒苦笑着。

夏冰有点担心，迈出一步欲言又止。林寒冲着后边的人摆摆手道："公平起见，我希望让超算直接用机械手出拳，双方只露手。因为是人就会有表情，超算可以根据我的表情推算出我下把出什么，但我却看不到它的表情。"

"你有种，竟然想赢。"汤婆把香烟用力碾在烟灰缸里，戴上眼镜操作了一番，"好了，设定完毕，可以开始了。"

"等一下，我还有个请求。"

"你真啰唆。"

"我想重新定条规矩，需要不假思索地出拳，一局十把，在连续的十把中，只要连续三次获胜，就算一方胜，倘若没有连续三次，就再来一局。如何？"

"可以。"汤婆不假思索就答应了，在她眼中，似乎这些太小儿科了。

猜拳开始了。

第一把，林寒习惯性地出了剪刀，对方也是剪刀。

第二把，林寒出了布，对方又出了剪刀。

第三把，林寒出了石头，对方出了布。

第四把，林寒又是剪刀，对方出石头。

第五把，林寒出石头，对方是剪刀。

第六把，林寒出布，对方是剪刀。

第七把，林寒出石头，对方仍然是剪刀。

第八把，林寒出剪刀，对方是布。

第九把，林寒出剪刀，对方是布。

"赢了！"吴迪从后边蹿上来，揽住林寒的肩膀，欢呼着，"你小子可以啊！"说完还冲林寒眨了眨左眼。看来他也知道其中的缘由，林寒收回最后出的剪刀笑了笑，自己要转运了？

愣了一会儿的汤婆，似乎是在接收超算的判定，忽然"噌"地站起身来，双手高举，"24 年了！老天终于开眼了！老王，这一天终于来了！"

林寒他们三人面面相觑，这是疯了吗。

"稍等！看这里！"从屋顶上伸出来一根触手，顶端是一个识别器，对林寒眨了眨眼。

"别！"林寒说晚了，"你做了些什么啊？"

汤婆抽了口烟道："当然是连接网络，把这次挑战的结果同步过去。"话音刚落，整个竞技场陷入了短暂的黑暗，紧接着灯光又亮了起来。

"停电了？"汤婆戴上眼镜骂道："掉线了！怎么搞得，卫星通信也这么不靠谱！"

"那个……"林寒本来想说明情况，但被吴迪拦住了，他摇着头示意林寒不要往下说。

"老铁，服了吧。我们的油呢？"吴迪笑嘻嘻走上前去。

汤婆把眼镜摘下，猛地凑过来一口烟味熏着林寒道："你怎么做到的？"

"纯属运气。"这次林寒并没有说谎，没有运气，他就不可能赢，虽然他也利用了一些星宇智能网络的特点。

"小伙子你运气真不错！但以这样的概率赢还真不是太难。"汤婆似乎在算林寒胜的概率，觉得对这个规则预计不足。

如果以前有人当面说林寒运气好，那肯定是在讽刺他，但这一次，是大实话。

"算了。拿这张卡去加油吧。"汤婆头都没抬，扔了一张黑色的加油卡在旁边的麻将桌上，眼睛则始终盯着林寒的手。

林寒慢慢地伸过手去捏起加油卡，拿在手上端详了一番，准备离去。

"那边掉线的小伙子等一下。"汤婆道，"看到这大炼油厂了吗？估值上亿，可以给你，跟我干吧。"

林寒不由后退一步，心中咒骂道："我对富婆老太没兴趣啊。"

"你留下来陪我，这些就都是你的了。"

"我有急事。"林寒忽然觉得汤婆无比的落寞。也难怪，这硕大的炼油厂，他们进来之后只见过汤婆一个人，其他都是自动机器人，可再多的财富和机器人，也难掩寂寞。他想到了老娘，唯一的亲人虽然近在咫尺，但4年前的争吵后他就再也没有露过面，老娘是多么可怜落寞。

"知道竞技场挑战的由来吗？"汤婆走过来继续道，"24年前，国内的麻将之王就是我老公王雀，可以说是天下无敌。自从阿尔法狗坐上围棋世界第一的宝座，超级人工智能渐渐占据了所有竞技类棋牌的头把交椅，包括麻将。从那时起，老王就再也没赢过任何人工智能，他换了多种竞技比赛，始终无法胜哪怕一局，最后郁郁而终。从那时候起，我开始办这种竞技场挑战赛，但从来没有人赢过超算，唯有你赢了！如果你能留下来，我会教你打麻将，最后战胜超算。打麻将这玩意，虽然大部分靠技术，但没有运气也不行。"

"其实我是个很倒霉的人，刚才可能用光了我下半辈子的运气。"林寒没有说谎，也许就是这个样子。如果不是第一把幸运地赌成平局，就不会有后来的胜利。

"唉，终于有人战胜了超级人工智能，也算对老王有个交代。你们带着那胖娘们走吧。"汤婆刚才耸着的肩，现在耷拉下来，迈着碎步消失在各种管道的阴影里。

"我失败了。"原本他们就没想赢，计划暗度陈仓，被派去偷油的彭姐堆着笑被几个机器人架着胳膊推了出来，蹲坐在地上道。

林寒扬了扬手里的加油卡，今夜第一次有了笑容。也许这是好运的开始，接下来也许好运连连，就这样一路狂奔到石家庄！老娘转危为安，顺利找到负心老爹，揍他一顿。

当桑塔纳重新开在路灯都坏了的 107 国道上时，后备厢多了不少汤婆硬塞给他们战胜人工智能庆祝用的烟花。

"快看，有流星！"彭姐用力拍着夏冰的靠背，大声叫道！

他们停下车，将脑袋都挤在左边车窗上，的确有两段橘红的线划过天际。

"这不可能是流星，时间太久了。"林寒坐回副驾驶座。

"你听到刚才汤婆的话了吗？这地方前不着村后不着店，她买了通信卫星联网，刚才不是对你进行识别了吗？你瞪谁谁死机的绝技可能让头上的卫星挂了，化成了两颗流星。兄弟，你摊上大事儿了。"吴迪也坐了回来。

"别胡扯，哪有这么快！"林寒嘴上这么说，但心里还是有些惴惴不安。

吴迪耸耸肩，撇了撇嘴。

"别听他胡扯。你到底是怎么赢的？"彭姐十分好奇，扒着副驾驶的座椅，将脑袋伸过来道。车重新行驶起来。

"第一把完全靠运气，如果你出剪刀，对方则有三种可能，你赢的可能只有三分之一。如果对方也出剪刀，机会就来了。这时候对方会想下一把换剪刀或者布，这样大概率会赢。但同时对方会认为我也是这样想的，如果它出剪刀或者布，我出石头或者剪刀就会赢，胜出的概率是二分之一。于是超算又多想了一步，既然我会出石头或者布，那超算认为不如出布或剪刀，赢的概率就会大一些。不出它所料，我真的出了布，它赢了。"

"我问的是你怎么赢的？"

"第三把也是这个思路，以它超强的计算能力，每次都会比我多想很多之后出拳的规律，前几把就是为了建立合理的模型，这样在之后的比赛中，它才会在大多数情况下赢。"

"可是你赢了啊。"

"对，我放了烟幕弹。跟围棋差不多，每一次出拳都是一手，但我只能想到第三手，这大概也是猜拳这么短时间的极限，可对方有无尽的计算资源，不会只想到第三手。但后边几次，我每次只想一手，这样我赢的概率也就大大增加了，把输赢交给了运气，所以我赢了。"

"你还漏了一点，无法识别也帮了你的忙。"吴迪接过话头继续道，

"汤婆说她买了星宇智能网络超算的镜像，花了多少钱不提。有无数的摄像头监视着每一个人，所有数据会被汇集到一起，因此星宇智能网络的主机会分析每一个人的习惯，很久之前就可以通过走路的步态来进行识别了，所有这一切都是为了服务于人类，让我们更舒适。同样，这也可以用来判断每个人打麻将、下围棋的习惯，包括猜拳，但林寒要求做到不识别，超算就需要重新建立模型，它毕竟不是人，心眼太少了。"

林寒点点头，这的确是他获胜的一个因素。这里也有老爹的功劳，是老爹以前跟他玩猜拳的时候说，大多数人会想到三四招，只要利用第二招就可以赢，美其名曰做人不要想太多。这个混蛋无意中还帮了他。

车没有开出多远，身后炼油厂上空腾起的熊熊火焰，映红了半边天，不时还蹦出一两朵烟花。

"汤婆她……"彭姐跪在车座上，趴在后挡风玻璃上望着已经燃起烈焰的炼油厂。

"她不会想不开吧？"吴迪喃喃道。

林寒不知道，也不想知道。了却了心愿之后的他也没想到自己以后该做点什么，活了这么多年，从来不是为自己而活，现在他有些理解汤婆了。而且即使他们回头并不能救出已经了却心愿的汤婆。夏冰大概也是这么想的，所以并没有踩刹车。

梅花表的指针已经指向了数字 2。

十一、探亲

不知道是因为深秋的华北平原上起了薄雾，还是变了天的缘故，凌晨两点多的 107 国道上几乎是一片虚无，桑塔纳的车灯只能照亮前方 50 米左右的区域，犹如掉进黑洞一般，就连光都逃不出多远。

回家或者出差时，林寒也乘坐过夜里的高铁，温暖的灯光将黑暗都隔绝在了车厢外边。透过车窗，只有路过城市时，才能看到一点灯光，其余时间都被无尽的黑暗所包围。而现在充当保护膜的车厢小了许多，也冷了许多，他就在这黑夜中缓慢地爬行着。

"为什么一开始不走高速呢？"吴迪趴在副驾驶的座椅后边，露出脑袋问道，"夏冰你有芯片和眼镜，可以上高速啊。难道走高速要把车上所有的人都识别一次吗？"

林寒也有这个疑问，但始终没有说出口。

"这就要问彭姐了。"夏冰把话茬抛给了后边闭着眼的彭姐。

"哼，你们这群穷鬼，加箱汽油都没钱，高速费谁掏？夏大小姐吗？她的钱都花在车上了。你掉线了，吴迪这白痴的 ID 也被限制了！难不成我给你们掏钱？"彭姐翻了个身，裹紧了身上的大衣。

"你先垫付，之后再还你。107 这路况，根本开不快。"吴迪不依不饶道。

"既然我也在车上，四人就应该平分高速费，我不想在这上边浪费钱。你的钱都是大风刮来的？"

吴迪还要张嘴，林寒扭过身来摆了摆手，对于彭姐的帮忙他已经很感激了。

车里静悄悄的，林寒用从夏冰那里临时借来的备用手机搜着掉线的解决方法。这是一部只有在手机博物馆或者偏远地区的废品收购站里，才能看到的一部 3.5 英寸屏幕的手机。屏幕已经发黄，右上角的面板玻璃已经碎成了蜘蛛网。刚才吴迪发来信息，仍然在抱怨彭姐的抠门。林寒倒不觉得，她已经将私有的桑塔纳贡献了出来，不能再提过分要求了，所以他只是回了一个微笑的表情。做人要宽容，这是他的新感悟，在几个小时之前，他还在骂同事不加班的时候绝不会想到自己有一天也会这样想。

"快看，那是什么？"吴迪又贴在了林寒脑后，声音震得他的耳朵"嗡嗡"响。

林寒抬起头，前方原本黑暗的地平线上，出现了一抹雾蒙蒙的白光，紧接着类似于北京城上空的极光也冒了出来，只是规模小很多，大部分是一种变质牛奶般的光芒。

"保定？"林寒记得超级高铁在京石城际线上有这一站。

"对。"彭姐重新坐了起来，从后排把脑袋伸到中控台的位置，盯着远方正在从地平线上升起的白光，眼睛有了神采。

"彭姐，你在保定什么位置下？"虽然很急，但既然答应了别人，就应该努力做到。这也是老娘用杨树条抽出来的教训。

"拿包吗？"夏冰没有回头，继续目视前方。

"嗯。"

"好，走吧。"彭姐抓着一个大皮箱重新坐了进来，把皮箱放在身前，又从黑色的垃圾袋里拿出三盒盒饭递给吴迪，"穷光蛋们，最后的盒饭了，省着点吃。"

"谢谢彭姐！"吴迪接过盒饭，口水都快流出来了。

"一盒 100，算上先前的三盒，一共 600，等林寒这小子恢复了网络，记得把钱给我。"

"抢钱啊！"吴迪刚打开盒饭的盖子随即又盖了上去。

"你可以不吃！知道在高铁上盒饭卖多少钱吗？200 一盒！还不新鲜。这都是我亲手栽的水稻，种的菜，大粪积肥，纯有机食品，平时都是特供老客户，一般人还吃不上呢！"彭姐说完就去抢盒饭，与吴迪打闹起来。

"别玩了，快到地方了，彭姐你准备吧。"夏冰丢过来一句话，点踩刹车，桑塔纳开始减速。前方已经靠近城市的边缘了，幻象投影的指示牌上写着"保定外环线驶入点"几个字。

"都下车，彭姐要换衣服。"彭姐眼睛里忽然放出和蔼温柔的光。

"还要换衣服，这是要去会情郎吗？"吴迪走到不远处的地上，双手放在嘴边哈着白气，不停地跺着脚。

"闭嘴！她是要去见儿子。"夏冰瞪了吴迪一眼。

"儿子？"林寒疑惑道。

"彭姐的儿子在保定上大学，以前她每个月都会亲自去给儿子送钱，但有一次回来，她破天荒地买了最新款最时尚的智能眼镜，开通了手腕里的智能芯片，但去保定的次数也改成了一年一次，儿子的生活费也改成在网络上打过去了。"

"跟儿子闹别扭了？"林寒想起自己在北京上大学的时候，老娘曾经来看过他一次，当时穿着一件上边绣着各种麻将牌的大衣，头发乱蓬蓬的就来到了宿舍，被很多同学围观。母亲似乎也看出了他的窘境，那次之后就再也没来北京看他。

"彭姐每一次送钱，都是带现金，因为她没有开通智能芯片，每次只能收现金，或者转到李叔那里换成现金取出来。有一次她儿子说钱有一股油烟味，甚至有些钱还有垃圾的臭味，每次他去存钱，有些钱太旧会被自动存款机重新吐出来。又在吃饭的时候吞吞吐吐地说，以后在网上直接打款过来就好，既安全又快捷，不用每次都找人开车来，也省得他每次跑很远去找唯一的存款机。从那次之后，彭姐改成了一年去一次保定，每次都要仔细洗涮之后换上最好的衣服，并且开始疯狂地看书，记那些名言警句。"

"这小子真不是东西，这是嫌弃钱恶心，嫌弃他妈没文化，给他丢脸了！"吴迪还在不停地跺着脚。

黑暗中林寒的脸红了，心里有块地方开始松动。

"她老公死得早，一个人把孩子拉扯大，文化程度不高，没有太多工作适合她。桃源镇一开始就叫垃圾村，彭姐是第一批来这鬼城的居民，她带着老人们起早贪黑，去城里跟垃圾桶机器人抢垃圾，回来精确拆分，然后再经过一定的加工，卖给更偏远的地区。没多久，上边的政策紧了，捡垃圾不再好做，彭姐盯上了有机盒饭的生意，这也是因为星宇智能网络配餐大多太过清淡，很多人想吃大鱼大肉又懒得做。彭姐就是看到了这种需求，才转行做了厨娘，也因为这份工作认识了很多人，接了现在李叔带你们看的活儿。桃源镇的人越来越多，虽然都是一些老人，但踏实肯干，逐渐有了现在的规模。没有彭姐也就没有现在的桃源镇，这个名字也是她那次从保定回来之后改的名字。"

林寒点点头，他明白彭姐起这个名字的用意。

"嗨，在说我吗？我也没有那么伟大啦。"彭姐一改河南普通话的口音，满嘴标准的普通话，甚至带了点京味儿。"我漂亮吗？"

林寒看着眼前的彭姐，不知道该说什么好。大衣是巴宝莉经典款黄色方格子，围巾是也是这家的经典款，脚上蹬着的靴子后边烫着大大的 LV 金字，重新吹卷的头发蓬松而顺从地搭在肩膀上，眉线、眼影、腮红和唇彩一样不少都画了上去。这些组合本该将身材并不差的彭姐衬托得更加丰盈美丽，但现在看上去就跟暴发户一般，因为所有的衣服都是冒牌货。

"漂亮啊。"吴迪"嘿嘿"地讪笑着。

"小子，梅花表肯定对你很重要，我就不借了，记得还我盒饭钱就成。"

"请一定戴上。"林寒连忙把手表摘下来，低着头给彭姐戴上了。本来就是一块男表，戴在彭姐手腕上，这一身搭配就更奇怪了。

"林寒，可以啊，有觉悟。"夏冰现在看林寒的眼神开始有了温度。

"这个小册子送你。海明威说过，男人只能被毁灭，不能被打败。小子，加油啊！"彭姐用力捏了捏林寒的手又道，"当一个人被所有人都忘记了，那个人才算真的死了。"

"我的车来了。"彭姐戴上最新款渐变色智能眼镜，晶彩覆盖在眼球表面。不远处一辆蓝色的高档自动驾驶汽车正在朝这边驶来，明亮的车灯光打在满是尘土的道路上晃动着。

三人看着彭姐钻进车里，红色的尾灯逐渐消失在夜色里，只留下一句话："人生最痛苦的是梦醒了无路可走。做梦的人是幸福的；倘没有看出可以走的路，最要紧的是不要去惊醒他。"

林寒皱着眉头，"这句话什么意思？"

不知从哪里飞来的两架维序者向他们靠近，先是扫描了吴迪，绿灯；再者是夏冰，绿灯；扫描林寒的时候，不出所料地卡住了，然后所有灯同时熄灭，两架维序者硬生生地跌落在坚硬的露面上。

"你干了什么？"林寒挑着眉毛扭头问吴迪。

"少侠，恭喜你！你瞪谁谁死机的功力又提高了！直接用眼神给击落了！"

"你们……"夏冰的话被重新启动的维序者打断了，"快，上车！"

看着窗外不断往后倒退而去的阴影，林寒还在想着彭姐的事。老爹是在他 8 岁生日那天莫名离开的，当时生日蛋糕的蜡烛还没点上，老娘接了个电话后，直接把西红柿打卤面扣在了蛋糕上，从那以后就染上了打麻将的臭毛病。也是从那时开始，林寒逐渐看不懂老娘，也没有试着去理解她。此时，他却想跟老娘好好谈一谈，可是她已经死了。

"你们听到了那句话了吗？"车还没开出 10 分钟，吴迪凑上来问道，"彭姐的儿子在哪所大学？"

"那句话是鲁迅说的。"夏冰显然早就听过彭姐说这句话，"在电力大学。"

林寒没有作声，彭姐说的那些富有哲理的名言警句在小册子上都有记录，此外还摘录了不少优美的句子和段落。

"就是那所发生了实验室事故的大学？"吴迪挠着头。

"怎么回事？"林寒抬起头道。

"电力大学其中一间生物实验室，未经批准做了一个实验。有理论认为，人类的大脑只是信息的处理器，人的意识是肠道里或者全身上下的细菌集合起来制造的错觉，所以实验室十几个成员决定做一个实验，把自己的身体做成完全无菌的状态。"

"他们失败了？"林寒无法想象水至清则无鱼的状态是什么样子。

"成功了，全身上下几乎没有一个细菌，包括肠道里的各种有益菌群。但在后续的过程中，他们使用的灭菌仪出了问题，参加实验的人员有一半死了，另一半则进入了植物人状态。是一个震动世界的事故，你居然不知道？"

林寒摇摇头，现在几乎所有的新闻资讯、与外界的交流都是通过智能眼镜和星宇智能网络完成的，当对方想过滤掉这些新闻时，可以根据用户的大数据和习惯过滤，对方想给你看什么，你就得看什么。他疑惑地看了看吴迪，这个人难道一直都是掉线者吗？没有被星宇智能网络左右？

"彭姐的儿子就是其中的遇难者之一，变成了植物人。出事的前一天，彭姐还准备了一车烟花去给儿子过生日，现在还在后备厢里。"

"那彭姐去看谁？"林寒顿时打了一个寒战。

"星宇智能网络实验室为遇难者做了一个幻象投影，就跟科幻电影里上传了的虚拟人一般，可以进行基本的对话，几乎是她儿子的复制品。"夏冰的手紧紧地抓着方向盘，发出"滋滋"的声音。

"虚拟人？怎么做到的？"林寒说完这句后，才意识到这并不是重点。

但是吴迪发了一条短信给他：是电子幽灵技术，稍后讲给你听，这与你母亲还有点关系。

林寒现在明白了彭姐丢下的那句话是什么意思。他想到自己的母亲。电子幽灵技术是什么？能用在已经死去的老娘身上吗？

"这手机上的时间准吗？"

"准。"

上边的时间显示已经将近 3 点，林寒攥紧了手里的手机。

十二、验血的劫匪

"快看，那边有座巨塔！"一直低头刷手机的吴迪，嘴巴张得老大，现在指着车窗外，一个巨大的幻象投影飘在不远处的天空中。

那是座占据了右边半个天空的宝塔，与北京西站上空的投影起到的地标效果相同，但京城的大多数幻象投影都没有这个投影做得精细。这是一座八角玲珑塔，塔尖、塔身上的砖瓦，甚至每一层塔角上挂着的铃铛都清晰可见。

"1，2，3，4，…，一共 11 层。"吴迪看着手机，"定州塔又称开元寺塔，建于公元 1055 年，总共 11 层，塔基外围周长 128 米，高83.7 米。塔身为八角形，平面由两个正方形交错而成，一改宋早期塔的四方形式，显得雄伟大方，秀丽丰满……"

林寒记得以前回家时，在高铁上似乎见过此塔，但由于速度太快，只是一闪而过，想不到这座塔居然有 1000 多年的历史。

"快看这张图，这是之前地震造成的损坏，塔身塌掉一半露出里边的另一层宝塔，而且居然没倒，真是神奇！不过现在已经修好了，你们去过吗？"吴迪像要去郊游的孩子一样兴奋。

林寒摇摇头，身旁的夏冰压根没有回应他们，像是对这个巨大的幻象投影司空见惯了。

"定州是中山古都，拥有 2600 多年的建城史，是三大主要历史文化之一中山文化的主要发祥、传承地。"吴迪还照着手机念着介绍，"定州市政府特意耗费巨资制作了这座放大 20 倍的幻象投影塔，作为城市标志。投影还充当了人造月亮的功用，使得全城的路灯都下了岗，比满月的月光还亮 3 倍……"

怪不得这边的夜不那么黑，幻象投影持续散射着光芒，犹如银色的月光洒在了地面上，能让行人把 107 国道上的坑坑洼洼看得一清二楚，远处田野上正抽芽的小麦也都泛着银光。但这么强的人造光源不会造成当地生物的生物钟紊乱吗？林寒刚想到这儿，就看到前方的路上窜过一个影子。夏冰狠狠踩下了刹车！

"哎哟！"吴迪直接从后排窜到了排挡杆上。

"你们有没有看到什么东西？"夏冰皱着眉头，早在看到定州塔的幻象投影时，她看上去就有些紧张。

"我下去看一看，可能是什么动物。"林寒说完打开车门，环顾四周，并未看到动物的痕迹，突然他看到草丛里一双幽兰的眼睛，他缓慢后退着直到钻进了桑塔纳。

"可——可能是野狗。"

"既然没撞到什么东西咱们就走吧。"吴迪没有抬头，继续看着手机，"你们真磨叽啊。"

夏冰仍旧没有说话，指了指前边，三个戴着面具的人站在银色的路中央，在白光下一动不动，像是盖了一层霜。

"那是什么？"林寒眯着眼想看得清楚一些。

"劫匪，抓稳了，冲过去。"夏冰始终目视前方，发动机开始轰鸣。

站在三人当中的矮个子，头戴兔儿爷面具，右手拿着一把明晃晃的长刀指了指前方的地面，上边撒满了三角钉。

"往后！"夏冰挂上倒退挡，话音刚落，她便从后视镜里看到一个人戴着和尚面具站在车后大约 30 米远的地方。

下车之前夏冰轻声道："我发了暗号你们分开跑。"

林寒看着面前的"兔儿爷"，想起了他小时候老娘哄他睡觉时，讲的自己瞎编的西游记，其中一个是兔爷变成孙猴子的爸爸，想要把唐僧一起煮来吃，被孙猴子识破后打败了。老娘啊，孙猴子哪有爸爸啊？当年你都胡编了些什么呀？

"兔儿爷"嘿嘿笑了两声，刚举起长刀，还未开口，只看到黑影一闪，手上刀剩下了一截刀柄。

"跑！"夏冰另一脚踹向"猴子"时大叫道。

林寒犹豫了一秒钟还是奔了出去，这丫头比自己能打。不过这一次，最倒霉的是吴迪，没跑两步就被后边的"和尚"一脚踹翻了，用匕首抵着脖子。

"小姑娘，不光脸俊，身手也不错，跟我们一起呗，比跟着这俩窝囊废来钱快得多！""兔儿爷"亲手把夏冰的手捆上又道，"不用怕，文明打劫，图钱不害命，放轻松。有钱的掏钱，没钱就验个血。"

"兔儿爷"只有 150 厘米左右高，看上去就像是个孩子，左手拿着根铁棒敲打着桑塔纳的前盖。

林寒双手被捆着，蹲在地上，没钱的验个血？他一脸狐疑地看着

"兔儿爷"。

"爷们觉得很奇怪? 准备拿多少钱? 现金、刷卡、网络转账都成。"

"我没有现金, 还掉线了……"林寒觉得自己的霉运又回来了。

"还挺实诚, 那来呗。验上配型了, 您受累得跟我们走一趟, 切个肾, 有客户要这玩意。怎么着? 有钱了没?"

"有——有钱, 但是掉线了转不出来。"他也很着急, 一是害怕, 二是快点把钱给他们, 好赶去石家庄。

"这好办, 推过来!""兔儿爷"说完, 身后推出来一台自助提款机模样的东西, 先是对着夏冰扫了一番, 两秒之后就识别了出来。

"看到没? 海事卫星连线, 这地儿网络不好, 都准备好了吗? 来吧。"

多年后林寒想起来这段往事, 都觉得很魔幻, 那是他第一次掉线, 第一次被带着自动提款机的劫匪打劫, 也是第一次主动看了一眼机器, 对方就死机了, 可能还顺便把通信卫星搞坏了。

"大哥, 卡住了。""猴子"说道。

吴迪悄悄竖起了大拇指, 似乎是在说您这瞪谁谁死机的绝技还真是天下无敌。

"真晦气, 去看一看车怎么样。""兔儿爷"又敲了敲前盖道, "你们这是去哪儿啊?"

林寒蹲在地上第三次简要把当晚上发生的事情说了一遍。

"看不出来你小子还是个孝子。都是苦命的人。知道咱为什么要干这一行吗? 这, 我弟弟。""兔儿爷"拉过"猴子"道, "老娘得了阿尔茨海默症(老年痴呆), 大夫说现在的技术救不了, 除非换个脑子, 可这不在医保内。有这么多钱做那些东西，没钱给老娘治病！"他用铁棒指着左边天空中的开元塔道，"还有他，未婚妻冲他要彩礼50万，没钱就不结婚。你说我这当大哥的能咋办，干这行都是被逼的。我想可怜你，但谁可怜我呀！"

"大哥，验血结果出来了，都配不上。"刚才采了血样的"猪脸"凑过来说道，"他们后备厢锁上了打不开，后座上有个灰色的金属瓶，看着挺高档，里边是液体，也不知道是干啥的。"

"兔儿爷"抱着吴迪的高压水瓶，晃了几下仔细研究起来。

"大哥，大娘又走丢了！""和尚"摸出手机看着信息道。

"啊？怎么又走丢了，不是让你们看好她吗？""兔儿爷"狠狠地敲着前盖，转头对林寒三人道，"真晦气。赶紧把后盖给我打开！"

"那里也没什么值钱的东西，倒是……"林寒只是想提醒下高压水瓶挺危险，反而被"兔儿爷"打了一棒子，火辣辣的疼。

"还没完了，弄开！"

"钥匙在他兜里，里边尽是些花花绿绿的东西，你们要吗？挺沉的。"一直蹲在地上没吭声的吴迪，指着林寒道。

"你去开！""兔儿爷"留下"猴子"拿着刀看着前边，和"猪脸""和尚"一起押着林寒往后走去。

林寒双手去口袋里摸钥匙，还真有，吴迪什么时候放进来的？还有那根李好送他的止血棒也在，他心里有了主意。

用捆着的手试了两次终于打开了锁，在后备厢掀开的一刹那，吴迪突然站起来大叫道："快看，有流星！"

"去的，还跟老子玩这一套！""兔儿爷"头都没抬，直接过去将吴迪蹾翻了。

"老大，真的有。""猴子"指着开元塔上方的橙色亮线道。

"还想不想给老娘治病了！""兔儿爷"拿铁棒敲着后盖喊道，"赶紧打开！"

林寒也看到了流星，那并不是吴迪转移劫匪注意力的方法。他先是猛地掀开后备厢，从裤袋里摸出李好送给他的止血棒，按着按钮丢进了装满烟花爆竹的后备厢，然后爬着钻到了车底下。

"你……哎哟！快拿水！"

林寒微胖的身体勉强钻到了车底下，外边传来断断续续的烟花爆炸的声音，硝烟弥漫四周，刺激着每个人的鼻孔。他已经很久没有看过燃放实体烟花了，最后一次还是12岁那年的正月十五，石家庄的中山路上花灯游行快结束时燃放烟花。让他印象深刻的不是烟花多么美轮美奂，而是在刺鼻的硝烟味里挤在比他高一头多的人群中，无助和恐惧笼罩着他。警察送他回家时，老娘罕见地没有用杨树条抽他，而是抱住他一把眼泪一把鼻涕地哭了。

"轰"，车底开始震动，看来夏冰他们已经得手了。林寒把身体压得更低了，他准备从车底出来，但车直接擦着他的头皮蹿了出去，只留给他一团浓度很高的一氧化碳尾气，让他有点头晕。他又一次被所谓的朋友抛弃了。

黑色的桑塔纳犹如黑豹一般咆哮着奔了出去，但奔出30米后，突然甩尾将车横了过来，气浪扫掉了一部分三角钉。紧接着桑塔纳朝林寒冲过来，车尾依然还在喷射着火花，突然来了个急刹车停在了他的脚边，夏冰在驾驶席上挥舞着手示意林寒赶紧上车。

"刚才被吓到了吧？怕我们丢下你不管？"夏冰咧开嘴笑道，"我不会丢下任何人的！"

林寒坐在车里还喘着粗气，但心里却暖洋洋的。这认识半天的人比那些相处了五六年的朋友还靠谱。

"怎么样？我的发明都用上了吧？"吴迪兴奋得脸通红。

林寒很是诚心地竖起了大拇指。

"刚才那劫匪说他妈得了老年痴呆？这病得换脑子？"夏冰开出去几分钟后，从后视镜里看了看没人追上来，长舒了口气道。

"那不如直接换头，不过即使成功了，那应该也不是他妈了吧？"林寒认为劫匪只是在找借口，还是为钱。

"不，他们说的是新疗法。在大脑里植入干细胞、微芯片和微电极，用微电流刺激干细胞让脑组织和记忆细胞再生，最后收集患者在各种摄像头、监视器以及亲人智能眼镜中的形象和行为，经过分析之后在一定程度上恢复记忆。这是电子幽灵计划的一个分支，针对一些脑病的研究，彭姐儿子的幻象投影重造就是这个计划的一种应用。"吴迪忽然严肃起来，双手抱胸，看着前方银色的路面。

"真看不出来你小子还懂这些。"在林寒的印象里吴迪是一个热心、聪明而又痴傻的家伙。

"嘿嘿，不是跟你说了吗？我是天才！以前都是智能眼镜让你知道什么事情，你才会知道什么，完全是被牵着鼻子走。现在也挺好的，自己想干什么就干什么，有什么不懂的，自己一搜就出来了。感觉以前被智能眼镜控制了。"一说到手上破旧的手机，吴迪孩童般的表情又出现了。

"怎么样？考虑一下来桃源镇住吧。"夏冰回头道。

"夏大小姐，你长得很美，就不要想得太美了，不要觊觎绝顶聪明的我！我还有任务。过了定州，距离石家庄只有不到70公里了。"吴迪挠挠脑袋说道，"手机快没电了，把充电线给我。"

林寒听吴迪这么说，倒是心里有点过意不去了，"不用了，等到了石家庄你就回去吧。我一个人能行。"

"别自作多情，你忘了吗，等你的事情解决了，得去帮我忙！"吴迪笑起来。

"你到底要做什么？"

吴迪还没来得及回话，就被甩到了前排挡杆上。正要发作，却看到林寒和夏冰都愣住了。吴迪往前看去，这次不是什么野狗或者戴面具的劫匪，而是一个留着短发的微胖大妈，穿着一件深色的大衣，正站在路中央，眼睛无神地看着他们。

林寒低头看了看手机上的时间，已经是凌晨三点半了，闹鬼了？

十三、定州塔下的电子幽灵

"阿姨，您住哪儿啊？"在车里被惊吓后足足待了5分钟后，还是信科学的林寒胆子大，走过去，摸了摸大妈的胳膊，是实体，随后就请进了车里。

"儿啊，俺不回去。"坐在后排的大妈一手拉住林寒，一手摸着他的脸道。

"快检查她有没有紧急的联系方式？"林寒没有挣脱，嘴的口型是在问：这是不是老年痴呆？

吴迪点点头，一边搜着大妈的口袋，一边对口型说：劫匪的妈？

"真是笨，既然他把你当儿子，你就顺着说，看是不是能问出来点什么。"夏冰开着车没有回头。

"好吧。"林寒深吸了一口气，把别人当作妈，这是他从来没有做过的事情。

"妈——妈，还是跟我回去！"

"不去医院！俺知道这病治不好，咱不治了！"

"妈，你的智能眼镜呢？"林寒发现大妈的手腕上有芯片植入的痕迹。

"不要抢俺东西！这是俺的！你们都走。"大妈连忙捂住了自己上衣右侧的口袋。

"吴迪，快，帮忙。"林寒让吴迪捉住大妈的手，自己在刚才被大妈捂住的口袋里摸。费了半天劲终于拿了出来，是一块金属牌，上边一堆星星点点的东西。

"这是什么？"林寒看着眼熟。

"像是供智能眼镜扫码的东西，夏冰你的眼镜还正常吧？扫一下。"吴迪递给夏冰。

夏冰踩刹车后，重新戴上一副标准版的黑框眼镜并启动了。

"信号不好，时断时续。"

"正常，我们距离定州城区不远。"吴迪拦着一旁想把金属牌要回去的大妈又道。

"扫出来了，是一个地址，家庭住址？林寒，我们先把大妈送回家？看着也不远，怎么样？"

林寒顿了顿，挠了挠头道："好——好吧，你开快一些。"老娘你挺住啊，我马上就来了。

银色的光芒下，所有的东西都被悬浮在空中的定州塔盖上了一层白霜，看上去很冷。夏冰跟着眼镜上的导航开了10多分钟，两旁越来越开阔，距离定州塔越来越近了。

"这看上去不像有人住啊？你是不是走错了？"林寒道。

"没错，导航上就是这边。"

"导航也会错的，要不我们先回去？"吴迪插进来道。

"要不把那个金属牌再给我扫一次，重新导航试一试？"

"就在前边。"一直吵闹的大妈突然平静地说道，"俺姓赵，路没错，就在前边，你们看。"

不远处的地平线上出现了一片低矮的建筑物。

"你们知道吗？出现在地平线附近的景色其实距离我们只有4公里，那儿看上去像不像个村子？"吴迪道。

"那好像是座陵园？"林寒想起老娘有段时间一直骗他说爸爸死了，还在陵园找了无字墓碑指着说这就是他爸爸，害得他那几年清明节一直往陵园跑。所以他明白看起来像是银色宝塔尖的建筑其实是一株株松柏，下边通常是三尺见方的一块块墓地。

"可导航没错啊？"夏冰也开始疑惑起来。

"可能是那边的工作人员的家属？"吴迪分析道。

又开了几分钟，所有的景色都暴露在强烈的银色光芒下，他们开始穿越定州塔的下方。所有物体如同在白昼中一样，强烈的白光无论打在什么物体上，都泛着一层彩色的折光。

"这墓地真是奇怪，偏要建在这巨大的幻象投影底下，这种程度的光污染晚上压根睡不着嘛。"吴迪吐槽道。

"你半夜去墓地吗？"林寒从车里出来，前方果真是片墓地，青砖绿瓦，围墙内冒着蓝色的荧光。门口写着党家庄公共墓地，两个柱状机器人在门口巡逻，此外再无他人。

"这儿太怪异了。"夏冰颤声道。

"害怕有妖怪？夏大小姐放心，现在的人都没有人味儿，所以即使有妖怪也不会来了。"吴迪贫道。

"赵阿姨，您家真住这里？"夏冰白了一眼吴迪，把赵阿姨扶了出来。

"俺家可不住这里，是俺老伴在这儿。"赵阿姨径直走向墓地大门，但被机器人拦住了，柱状的机身上闪着几行字：扫墓时间是早9：00至下午5：00。

"林寒，快去把这俩玩意弄死机。"吴迪拍了拍他的肩膀。

林寒摇了摇头，走过去，先后把两台机器人瞪得不动了，然后推开了大门。赵阿姨见大门开了，一边往前快步走去，一边从右边的口袋里摸出一个棕色的瓶子。吴迪眼疾手快，一把抢了过来，但那瓶东西着实吓了他一跳。

这是一个棕色的玻璃瓶，上边画着一个骷髅，贴纸已经不全了，上边的文字只留一个"枯"字。

"这是什么？"林寒刚凑过来，大妈立马就把瓶子给抓了回去，"这是我的！"，然后扭开瓶子一仰脖，喝了一大口。

吴迪赶忙又夺了过去。林寒为了转移赵阿姨的注意力，想起来他们还有盒饭，拿出一盒，"妈，你饿吗？吃饭了。"

"坏了！应该先吃饭再喝药，这下要做饿死鬼了！"赵阿姨接过盒饭开始吃起来。

"快看看是毒药吗？"夏冰喊道。

"有个骷髅！"吴迪捧着瓶子高声尖叫道。

赵阿姨站在一旁往嘴里扒了几口饭，丢下盒饭，悄悄地跑起来。

"快拦住她！"林寒赶忙追了过去。跑过松柏林，前方是一块块墓碑，墓碑上都闪着一团荧光，像是待机状态下的幻象投影。随着他们跑过，这些一团光雾的幻象投影开始苏醒，变成了一个个人形，看着他们。

"俺不走！俺就要躺在这里！"追上赵阿姨的时候，她又开始糊涂了，正躺在一块墓地的旁边，墓地上空飘着一个老头幻象投影的上半身，正在俯身看着他们。

"阿姨这瓶子里是什么东西？"林寒双手扶着膝盖，弯着腰道。

"农药。"

"阿姨快起来！我们开车送您去医院。"夏冰急得直跺脚。

"不去医院，俺要陪着老伴。"

"这是您老伴的墓地吗？"吴迪指着幻象投影里头顶没几根头发的老头道，他也是第一次来到这样的墓地。

"是俺老头，他8年前就没了。俺这病治不好了。老伴的墓地里有俺一块地方，俺想喝药了躺在这儿。"

"阿姨，您是得了阿尔茨海默症吗？"林寒问道。

"啥？"

"你这问的，他是问你是不是老年痴呆了？"吴迪补充道。

"对，就这病。花老多钱了，还得往脑子里塞进去黑片片，塞到脑子里，那不得疼死啊。"

"您是不是有两个儿子，一个个头不高，一个要结婚，对方要彩礼？"林寒试着把拼图连接起来。

"对，你们放开我妈！"林寒身后响起一个熟悉的声音。

"你是'兔儿爷'？"林寒道。

"又见面了，你们慢慢离开那里。"一个矮个子站在松涛下跺着脚，身旁站着没有脱掉面具的"猴子"和"猪脸"。

"儿啊，俺不回去，俺不回去！"赵阿姨爬起来躲在吴迪身后，大喊道，"俺病治不好，俺不回去拖累你们。"

"娘！你这是给俺们弄难看啊！你要是死在这里，这不是让街坊邻居戳俺们脊梁骨吗？俺们这就是不孝啊！""兔儿爷"说完蹲在地上，点起一根烟道。旁边的"猴子"也跟着点头道："媳妇儿可以再娶，娘就一个，你就忍心让别人骂俺吗？"

"俺也不想，可咱们不是没钱吗？"

"再说，你要是死在这里，俺们也没法给你做白事儿！""兔儿爷"把烟屁股狠狠按在地上。

"俺——俺跟你们回去，可俺不去往脑子里装黑片片，你们得保证，明年得让俺死。"赵阿姨慢慢地从吴迪身后走出来了。

"走，先回家吧。"

"等等，你们就为了不让别人骂不孝，就不顾她的感受吗？"夏冰从背后抽出甩棍道。

"你算哪根葱？这是我们的家事。""兔儿爷"跟外人说话的时候又变回了普通话。

"你们家的破事我管不着，可你母亲喝了这东西！"吴迪说完把手里的小棕瓶丢了出去。

"娘唉！你咋能喝这东西呢！这让邻居们知道了咋办？""兔儿爷"气得薅头发。

"我们送你妈去石家庄的医院，你让我们过去。"林寒走上前去说道。

"你们愿意送俺娘去医院？""猴子"似乎不敢相信自己的耳朵。

"愿意，我们本来就要去石家庄，顺路。"夏冰扶着眼神又开始迷离的赵阿姨道。

"快——快，让路，让他们过去，记得去省二院！那边的刘医生知道怎么救！""兔儿爷"顿了顿，又道，"我们找到车，马上就赶过去。"

林寒无力地靠在车后座上，看着一旁睡着的赵阿姨，叹了口气。在老娘的眼中，自己是不是也跟"兔儿爷"一样的存在呢？

"吴迪，电子幽灵治疗计划，会花掉很多钱吗？"他想起了墓地里的幻象投影，只是那些投影只是光线组成的幽灵，不能说话，没有思想。

"有医保，不过新疗法还没普及，肯定自己也得掏一部分钱，但重点不在这儿吧。"

"重点是治疗之后，也许妈就不是妈了？"

"记忆不在了还是那个人吗？你这个问题涉及哲学啊。不过现在正在研究将记忆和意识数字化上传的课题，说不准以后会实现记忆备份，也许会恢复记忆。"

"你是说首先克隆培育大脑，然后把记忆和意识重新导入进去？"

"没必要克隆，未来记忆和意识都数字化了，造个铁脑壳不就得了。"

"这太科幻。"林寒看过一部名为《超验骇客》的电影，男主角死之前把意识数字化上传到超算，与超算成功结合后开始不满足于自己上传，想着统治全世界。记忆不在了，我还是我吗？那么记忆或者意识换了载体，会变成谁呢？如果真有那一天，他还是那个无论如何都要见老娘最后一面的林寒吗？

"现在的方法简单粗暴。"吴迪放下手机，靠在副驾驶椅背上，"记得彭姐的儿子使用的幻象投影重造吗？这可能对你母亲会有所帮助。"

"有什么帮助？"林寒疑惑道。

"从第一批人与星宇智能网络签约开始，协议上就有一条不起眼的条款，星宇智能网络提供的智能眼镜被允许使用的同时，进行录像和录音，然后把录下来的内容全都上传到私人账户。等智能眼镜服务测试完成后，开始收费，这一项服务就成了附赠，并不收费，但条款却没有更改。"

"我记得该条款，但这个功能是默认启动的吗？"林寒以前也用过这个功能，查看录像寻找不知丢在哪儿的手表，甚至觉得这个功能还不错。

"等会儿你恢复了可以找一找，在菜单栏不起眼的地方。"

"他们这样做媒体早就炸锅了。"

"你再想一想，你每天看到的新闻、各种短视频、电影是谁推送的？他们不想让人们看到的是不会出现在智能网络上的。"

"一个人大致有 17 小时的清醒时间，每天 17 小时的高清视频存储起来并不是一个小数目。"

吴迪摇摇头道："存储介质最不值钱。如果一台仪器记录着你每天所遇到的事情、看到的东西，记录着你的喜怒哀乐、心跳以及各种生化指数，植入脑后的芯片组甚至会监测大脑里每一条微电流的模样，你认为他们有没有能力再造一个你出来吗？"

林寒没有回答，星宇智能网络一直都在记录，存储在了老娘的账户下，几乎可以制造一个电子老娘出来。哪怕是个虚拟状态的人，也可以聊一聊，弄明白老爹到底去哪儿了，以及老娘这些年的想法。所以，他需要老娘的电子幽灵，不，他需要老娘不被自己遗忘，因为那样他就真正失去了老娘，真正变成了一个没爹没妈的孩子。

这项技术跟赵阿姨也有关，脑子里放入黑片片也就是在脑子里塑造了另一个赵阿姨，等患上阿尔茨海默症的脑组织恢复的时候，可以写入这部分记忆，或者干脆取代真正的大脑，让人造大脑接管身体，成为真正的电子幽灵赵阿姨。一旦这项技术研究成功，之后各种名人、文人、官员甚至所有人都可以被复制出来。如果这些电子幽灵的记忆被修改、被控制，无论是被人还是被星宇智能网络，林寒不敢再往下想。"我"究竟是什么构成的？独有的星宇智能网络的 ID？那些记忆？还是莫须有的自我意识？电子幽灵计划可以解决人类许多难题，但同样也威胁着人类对自我存在的认定。

"如果电子幽灵计划能成功组合出来一个正常人，就说明人是无自我意识的？只是电脑上运行着各种软件，用所有的记忆积攒出意识？这太扯了。"

"等着瞧吧，我可以帮你让阿姨以电子幽灵状态复活，动心了吗？"

"呃，先说技术问题。如果从婴儿记事起就开始植入这一系统，就可以更完整地复制一个人，以达到永生？刚才你说比意识数字化上传更简单粗暴的方法是指这个？"

"你总算开窍了。其实这个项目26年前就开始运作了，这也是我去正定的目的之一。"

"你是不是也利用我了？"

"你遇到的掉线问题非比寻常，虽然现在我仍然不明白你的眼镜、智能芯片和ID出了什么样的问题，但我知道这两项设备不能用了。从来没有人像你这样掉得这么彻底，机缘巧合李好给你用了我的纽扣，这样我的ID与你的ID就扯上了关系，最后被系统锁定了。那一刻我突然意识到，摆脱智能网络的监控只有这个办法了。另外，别以为没有开通智能芯片就不会被查到了，夏冰、李叔他们一样被监控着。对了，20年前也有个人出现了类似的掉线问题。"

"20年前？"林寒默不作声，那一年他8岁，难不成是老爹？掉线也会遗传？

"李好告诉我你掉线时，我已经在推算我的目的地了，在桃源镇遇到你不是巧合，是我在等你。你母亲出殡之后，和我去一趟正定，那里说不定有你父亲的线索。"

"我还是不明白，你去那边做什么？就是因为调查掉线？"一直在开车的夏冰，回头问道。

"和你一样，去寻找亲生父母。"

十四、夏冰的心事

北方 11 月底早上 5 点大概是一天中最冷的时刻，大地在白天获得的热量几乎所剩无几，新日也还未曾冒头，遇上有雾气的日子，湿冷的空气会钻进衣服的每一处缝隙，渗入骨头里。

赵阿姨均匀的呼吸声丝毫看不出来是个喝了毒药的病人，其他三人虽然都醒着，但各有心事。

"你还有什么事情瞒着我们？"林寒这句话冲着吴迪去的。一直以来，确切地说是从昨晚遇到他以来，吴迪始终给他一种人畜无害、天真大男孩的印象，虽然知道他是个爱说谐音的技术性宅男，但没有想到吴迪身上会有这么多秘密。

"夏冰的事情，一部分是李叔告诉我的，另一部分则是从手机里查到的。"吴迪扬了扬手里的方块手机道。

"李叔说了什么？"夏冰终于开了口。

"他只是说你是个苦命的人，你一直都在找父母，让我们在路上有机会的话劝一劝你，其他的都是我自己查到的。"

"用你现在的手机？"

"对，在接近保定的时候，我破解了这部手机的密码，靠这个终端连接了星宇智能网络，搜集到一些内容，但不完全，大部分是我的推测。"

"李叔算是我的养父，他这也是为我好。"夏冰顿了顿，继续说道，"出北京城时，林寒说了晚上的遭遇后，我和李叔就决定帮他这个忙。我妒忌他，明明母亲还在，回一趟石家庄只需要半个小时，他却4年都没有回家。而我想回家，却不知道妈妈在哪儿。"

林寒没有作声，在掉线之前他整天戴着智能眼镜，接收的是各种数据和别人的一些要求和指令，几乎从没有自信通过观察正确判断一个人的表情代表了什么。经过一晚上的洗礼，他逐渐能读懂一些人的表情了，比如现在的夏冰很伤心。

"一直以来我都特讨厌那些有家却不回的家伙，包括你——林寒，但当你愿意放弃一切，甚至被维序者追击依然想回去见母亲最后一面时，我对你的看法改观了，决定帮你帮到底。"

"我是这边的人，20多年前住在石家庄西边的一个村庄里，绿树环抱，有一条小河绕过村庄。那时星宇智能网络刚普及石家庄周边的村子，大家也都刚装上智能眼镜和芯片，正是在安装之前的体检中，发现我患上了白血病。妈妈带我去了石家庄的医院，医生说，现在只能维持，需要等配型然后做骨髓移植手术。但家里无法承担治疗费用，妈妈又不愿意让我等死，听说北京有新技术能治疗，于是乘上高铁去了北京。"

"后来呢？"吴迪悄声问道。

"带去的钱花光了。妈妈这时候做了一个错误的决定，在初冬下第一场雪的时候，把我丢在医院门口，自己走了。她的计谋得逞了，医院最终收留了我，帮我拿了医疗费。他们最终找到了那个女人的芯片，被从手腕里生生挖出来，还带着一大摊血。一年后，我找到了合适的配型。又过了 3 个月，我出院了，即将被送往孤儿院。当我再一次在妈妈丢下我的医院门前坐着时，李叔看到了我，最终把我带走了。之后我一直和李叔一起住在桃源镇。"

"听起来很狗血。"吴迪突然蹦出来一句，"你之后没有再去找你母亲吗？"

"我恨她。小时候曾经无数次地想，哪怕病死也要死在妈妈的怀里。为什么她会那么狠心抛下我，独自逃走了，还把手腕里的芯片弄了出来，人间蒸发，不可原谅！"

"她只是想救你，觉得离开她你活下来的机会更大一些。"赵阿姨不知什么时候醒了，"孩子，别恨她，丢下你离去的时候，她心里也很难过，等你有了娃就会明白。"

林寒点点头，赵阿姨是车里唯一有资格说这话的人。

"李叔让我们劝你再去找一找母亲，有线索吗？"吴迪说道，"如果她有芯片的话，我还能入侵数据库帮你找一找线索。"

夏冰双手紧握方向盘，目视前方摇了摇头。

"你还可以回到以前的村子里找一找线索，还是有希望找到你母亲的。"林寒现在倒是羡慕起夏冰了，至少她有目标。

"好了，我的故事讲完了，现在说说你吧？"夏冰摸了摸脸。

"你们都比我幸运得多，至少见过自己的父母。我刚生下来就住在孤儿院，4 岁才被养父母领养。他们拿我当亲生的儿子养，童年过得很幸福。他们足够开明，在 12 岁的时候就告诉我我是被领养的，我没觉得丝毫生疏。我倒是跟你一样，恨自己的亲生父母，什么样的人才会忍心把刚出生的孩子抛弃呢？我发誓一定要找到他们。"

"养父母领养我的时候年纪已经不小了，后来相继去世，我又变成了孤儿，对亲生父母的怨念更深。我辞掉以前的工作，加入了星宇智能网络硬件工程师的队伍，为的就是利用便利黑进各种数据库，查找我父母的蛛丝马迹。现在的社会已经毫无隐私可言，到处是摄像头，寻找起来并不难，但我还是没找到。正当我快要放弃的时候，查到了一个'生育计划书'。20年前，国内的出生率低得已经不能再低的时候，有人提出了这项计划。利用无人认领的冰冻精子、卵子，造更多的人，以度过老龄化社会。提出者就是星宇智能网络公司，但最终被否决了。奇怪的是，第二年出生率提高了不少，而且从那时候起一些奇怪的人也开始出现了，比如我几乎从来不生病，智商也不低，有些人则逐渐失明，但在音乐方面却有着极高的造诣，看起来就像是进行了不成熟的基因编辑的产物。在没有取得国家许可的情况下，这项计划居然推行了，这太不可思议了。"

"但这跟正定有什么关系？"林寒有点摸不着头脑。

"没人知道星宇智能网络的主服务器和主存储器在什么地方。"

"啊？这跟正定也有关系？再说这怎么可能？查一查IP地址就知道了。"

"你查过吗？都是加过密的，他们设置了各种陷阱，根本没人能查得到。"

"这跟我有关系？"

"你一路上瞪谁谁死机，这个级别的网络灾难已经破例直接被主服务器锁定了，所以我能推测出来主服务器究竟在哪里。还有那些流星，可能是被你弄死机、脱离轨道的通信卫星。这个时代，越是卫星密集的地方，就越接近主服务器。"

"胡扯，这个时节应该是双子座流星雨。"

"总之，星宇智能网络服务器中心就设在正定，我查到的最后线索，就是指向这里。如果我想知道我究竟是从哪儿来的，我究竟是谁，我是不是被基因改造的天才，就必须来这里，想方设法入侵主服务器。"

"这就是你的最终目的？可即使你找到真相又能怎么样呢？去找亲生父母吗？"

"我只是觉得自己有权知道。别废话了，马上就到了，快6点了，要是你妈的账户被删掉了，别说她老人家的电子幽灵，就连基本的账户都会被锁定最后被删除。"

"我必须赶上！"林寒像是下了决心，但是赶上葬礼呢，还是赶上最后一刻把老娘的电子幽灵做出来呢？

十五、三岔路

北方冬季的大雾多数时候属于辐射雾，由于夜间地面热辐射冷却使得空气中的水分达到饱和状态从而产生了雾气。石家庄的早冬自林寒记事起就经常会大雾弥漫，老娘也曾说过，他就是这时出生的，俗话说十雾九晴，但晴天意味着风就该来了，该冷起来了，所以给他起名叫林寒。但为什么不叫林雾呢，当他问老娘这个问题时，换来的是杨树条留下的伤痕。

已经是早上6点钟了，107国道两侧基本上是平坦的农田，如果不是田野上盖着的薄薄一层雾气，应该能看到遍地的麦子。

距离石家庄城区不到 10 公里了，已经到了星宇智能网络的覆盖区域，夏冰又戴上了智能眼镜，用来导航，同时也为赵阿姨叫了救护车。远处的地平线上出现的白光比路过的城市都大，但没有一个完整的幻象投影，因为所有射出去的光芒都打在了覆盖在城市上空的厚重的雾气当中，远远看去就像一个泛着黄白色光芒的宝石，脏兮兮的。

"这辆车没有注册过星宇智能网络，因为不够智能。我只能开到正定附近的另一个垃圾镇，李叔已经事先打好了招呼，大概还有 5 分钟的路程，你们做准备吧。"夏冰说道。

"感觉你们是跟武侠小说里丐帮一样的组织，有没有帮主或者叫垃圾王？"吴迪又恢复了以往的贫嘴。

"只要有人类的地方，就会有垃圾，通常会聚集在城市的周边，就跟桃源镇一样。我们一会儿要去的地方叫油镇。"夏冰没搭理吴迪。

林寒此时心跳开始加速，老娘怎么样了？是病危在医院呢，还是已经没了？

"希望阿姨没事。"

"这是我的 ID，车辆的使用费、彭姐的盒饭钱，故障解决之后我尽快打给你们。"

"你开心就好。"夏冰接过来，摇了摇头。

"这是你要的地图，你可以找到星宇智能网络的主服务器和数据中心所在的正定新区，数路口就行。"夏冰安排好赵阿姨坐进了救护车后，又走了回来。摘下眼镜，揉了揉眼睛，把画好的地图递给了吴迪。

"你不跟我一起去吗？有可能解决你们所有的困扰，包括赵阿姨的。"吴迪抬头看着白色的天空，天空洋洋洒洒飘起了雪花。

"下雪了。"夏冰喃喃道。

"犹豫什么？跟我走吧。"

"不了，我还没下定决心。"

"林寒，我们走吧。"

"你真的要跟我一起去？"林寒搓着手。

"事情并不简单，你还需要我。"吴迪一副自信满满的样子，"别忘了，这之后你还得帮我忙。"

"下雪了是好事。你很可能被通缉了，别忘了北京和石家庄的维序者使用的是同一个网络。如果不是大雾还有这些雪花，估计你一进城就被会被抓。但一下雪，雾就会散去，我们得小心点。"

"我不是变成隐形人了吗？不用担心。"

"你又不是穿了魔法隐身衣，对于正常人，只有在智能眼镜开启视网膜投射的时候才会被算法隐形。但所有的摄像头，包括智能眼镜自身的摄像头都能看到你，只是之前卡在了识别阶段，自动抹去了影像。如果你真的触犯了法律，肯定会先抓你回去。"

"这些问题都是星宇智能网络的问题，如果不是掉线，能出现这么多奇葩的事情？"林寒始终觉得自己能说得清楚。

"一旦晴天我们一定要躲起来。你不如先跟我走，我们黑进主服务器之后，可以查到你的 ID，导出阿姨的所有数据，看一看究竟出了什么问题，不是更好吗？再说了，调出来你的智能眼镜 20 多年拍摄的所有视频，用他们的超算，一瞬间就能分析出是什么样的蝴蝶翅膀扇动，导致你如此倒霉的前半生，甚至能绘制出函数曲线。"

"不。夏冰你呢？"虽然有点心痒，但林寒拒绝了。扭过头看着已经披了件大衣的夏冰道。

"我在这里等到雾散了，就开车回桃源镇了。对了，我有东西给你，跟我来。"

林寒和吴迪跟在夏冰身后，一座座跟小山似的巨大的黑色罐子从雾气时而露出，时而又隐去身影。饭菜腐坏的酸臭开始浓重起来，即使林寒用嘴巴呼吸，脑仁仍然能感觉到那种酸味。

"这是什么鬼地方。"吴迪捏着鼻子问道。

"不是说了吗？油镇。"

"汽油的油？"

"嗯，这里的头头叫王坦之，他也捡垃圾，不同的是收集的是厨余垃圾以及饭店里的剩菜剩饭，归集到一起，提炼各种油。分不同的级别，可以做不同的用处，比如卖给制造润滑油的企业，提炼出来的油脂可以做护手霜，或者干脆用来烧。王叔做的是中间环节，只负责一部分提炼，这也是城市垃圾回收的一部分，只不过渠道不同，是合法的。"夏冰走到一排仓库前停了下来，摸出一把钥匙，打开了仓库的门。

"别说了。"林寒想起来前天夜里冲完澡还用了身体霜，现在鸡皮疙瘩都起来了。

"这是我的秘密基地，所有的钱都用在这里了。"夏冰打开仓库里的灯。

昏黄的白炽灯光下，左边是一张盖着大床单的床，右边是一辆改装的红黑相间的哈雷摩托，仓库里边是一些压缩食物和饮用水，还有几个背包，床头柜上放着一面圆形的小镜子和一些花花绿绿的护肤品，除此之外丝毫看不出来这是一个女孩子的秘密基地。

"这摩托车叫小蝌蚪，上过牌照，借给你用，仓库钥匙也给你，后边的桶里是地沟油提炼出的油。养老院在南三环，大概还有不到 20 公里的路程。记得完璧归赵，如果磕了碰了，当心我……"夏冰左腿横扫过来，脚背停在了林寒的右脸旁。

"一——一定会。"林寒双手握着她的脚一直摇着，不停说着谢谢！

"我们的夏大小姐还说不想去找妈妈，连秘密基地都准备好了。"吴迪摸着摩托车的扶手道。

"哼，我还没原谅她。"

"唉，别踢我啊！"

"别跑。"

"我来出个智力问答，缓解下你的焦虑啊！什么动物恨球？"

"狗？"

"是猩猩。没听说过马上要上映新的《星（猩）球大战》？"

"滚！"

"给，这是你的地图，不过你高中前一直都住这里，路比我熟。看样子这雪快停了，上路吧。"夏冰把手画的地图递过来。

"以后我在哪里能找到你？"林寒是真心诚意地想表达谢意。

"还能在哪儿，桃源镇呗。好了，都 6 点多了。"夏冰并没有送他，裹紧大衣钻进了屋。

林寒推着摩托车，吴迪则背着装了水和食物的背包，他们一起来到油镇的出口处。

"你讨厌我吗？毕竟我利用了你。"吴迪问道。

"你刚开始解释的时候，我有点生气，但想了想，你只是利用了我掉线，似乎并没有给我造成什么不好的影响。况且一开始你是想帮我，而且比我背过 ID 的那些好朋友帮我还多。"

"哈哈哈，你还真是傻啊，不过我喜欢。"吴迪顿了顿，看着有消散迹象的浓雾又说道，"我记得你做了很多年程序员，还是个小领导？"

"小组长。"

"平时的工作是不是在修补程序的漏洞？"

林寒回想了下最近的工作，还真是这样，而且接的是星宇智能网络外包的活儿。

"对。"

"你是个程序员，应该明白无论多么完美的代码或者程序都存在漏洞和错误。"

林寒点点头。

"星宇智能网络已经与其他国家的智能网络公司实现了互联，逐渐形成了全球统一的智能网络。这会积攒更多的错误，当错误累积到一定程度时，就会出现溢出和个别服务器宕机。这很正常，所以才有这么多程序员夜以继日地工作，为的是消除全球智能网络的错误，而不是创新。这么多年来，全球智能网络扩展得非常快，错误也就更多了。如果有一天出现宕机呢？别说全球，仅仅石家庄的智能网络宕机，会有什么样的严重后果呢？"

"自动驾驶会死很多人。"

"学校、医院、工厂等，都会出现问题。"

"但这种情况不可能出现，毕竟有备用服务器。"

"肯定会出现，只是时间问题。你掉线很可能和这有关，而且你的掉线很可能会引起连锁掉线，与你认识的人、加你 ID 好友的人会陆续出问题。当然我只是猜测。"

"为什么是我？"

"因为你倒霉呗，这是个概率问题，总有人是第一个。"

"你到底想说什么？"

"智能眼镜死机怎么处理？重启就好了。原理也是一样的，星宇智能网络主服务器已经 26 年没有重启过了，也许重启了你的 ID 就会恢复。"

"你想通过游说让我跟你去重启主服务器，制造混乱，然后你才容易潜入数据中心？"

吴迪摘掉夏冰借给他的毛线手套，开始鼓掌："你很聪明。"

"滚！"

"出发！"吴迪重新背上了背包。

林寒则穿上夏冰借给他的红黑相间的女式羽绒服，戴好头盔，跨上了摩托车。

此时老火车站顶上钟楼的幻象投影已经可以正常显示了：北京时间 6 点 10 分。

十六、彩虹桥养老院

进入胜利北街时，雪已经停了，雾气正在缓慢地散去，城市上空的幻象投影逐渐有了正常的轮廓。

灰色的北二环高架桥外就是真正的桃源镇，硕大的三个字红色投影正飘在高层住宅的上空。再往南进入南北竖穿城市的建设大街，先是和平路，之后是以往元宵节举行花灯展的中山路，这条路的南边就到了石家庄的南半部分。东边幻象投影开始变浅，太阳已经冒头。

黎明时分穿过空空荡荡的石家庄，有一种时空的错觉，所有的人都不见了，但其实只有自己才是隐形的。路上有几个从洗浴中心刚出来的中年人，正伸着懒腰打着哈欠。这的确是石家庄，熟悉的石家庄，曾经被称为洗浴之都的城市。林寒笑了笑，我回来了。

"还没到吗？太冷啊！快看又有卫星掉下来了！"

林寒顺着吴迪手指的方向看去，城市东边的天空，四五个橙色的线头一闪不见了。

"双子座流星雨。"

"一种可能是你进入石家庄触发了啥机制，上空的通信卫星掉下来了；另一种可能是双子座流星雨，你看那边楼上的窟窿，像是陨石或者卫星砸出来的……"

南二环高架桥出现在视野时，新火车站上空的红色的时间投影已经淡得几乎看不到了，6 点 30 分了。阳光日益强盛，雾气在加速逃离，好在距离彩虹桥养老院不远了。

如果步行，有可能被开着智能系统的人忽略掉，因为看不到。但如果一辆记录在案的摩托车自己在路上飞奔，后排还坐着人，就有点诡异了。为了不招来不必要的麻烦，林寒把摩托车停在彩虹桥养老院附近的一个花坛边，把夏冰的羽绒服脱给吴迪。

"看到三层最右侧的窗户了吗，如果灯连着开关两次，就是让你过去的信号。"

"你确定?"吴迪不满地撇着嘴。

"等着我。"林寒说完,转过身去,借着还没消散的最后一缕雾气向养老院走去。

天空已经放晴,深蓝色的天鹅绒上还有几颗星星眨着眼睛。这时,一个稍有些驼背却又非常熟悉的身影正迈着蹒跚的步子,往养老院圆形拱门走去。

这是老娘住进养老院之后,新认识的住在附近的周叔?最可能成为自己继父的家伙?林寒快走两步,赶上了老爷子,想从他那里打听点老娘的情况。

"周叔?我妈怎么样了?"

老头扭过头看了一眼道:"是你啊,今天不行,得出门。老钱死了,我得过去露个面儿。"

"我妈真死了?"林寒狂跳的心现在坠入冰库,鸡皮疙瘩从头皮开始一直蔓延到脚背。虽然相信传送给他的消息,但真真切切从别人口中听到老娘的死讯,他这才相信了。

"这还能有假?"

"怎么死的?"

"老钱不是一直都有冠心病吗?她这个人,整天大大咧咧,经常忘吃药,又喜欢整晚跑出去搓麻,这下好了,心梗了吧,这就叫自作孽。"

"周叔,你怎么说话呢?"林寒觉得自己身上的血都涌上了脑袋,若不是拼命克制,他早就揍眼前的老混蛋了。

"咋了?还不让我说话啊?你当我看上老钱的人啊?她有个傻逼儿

子挣钱多，孝顺不孝顺不知道，就知道没事打钱过来，好几年没回来看过他老娘一次。本来打算等跟老钱结了婚，她死了我就是第一继承人，那钱、家里的房子就是我的了！现在可好，竹篮打水一场空啊。"

林寒这才发现，老混蛋是在用智能眼镜打视频电话，眼球上覆盖着一层晶彩，根本没发现他在身边，刚才扭头的动作是设置的来电时接电话的快捷动作。他也顾不上有没有监控了，先是飞起一脚踹在老混蛋的腿弯处，又狠狠在他头上捶了两下，然后头也不回往拱门处狂奔而去。

"妈——妈……"刚才的战栗终于通过满脸的眼泪和鼻涕释放出来。

生锈的铁门打开的一刹那，林寒首先奔了进去，彩虹桥养老院铺满石砖的地面上覆盖着一层薄薄的雪，一旁的路灯射在地面上激起了一阵反光。地面上腾起一阵白色的雾气，翻滚着，渐渐地形成一个人脸的模样，颜色也逐渐爬上了人脸的各个位置，一张色彩饱满的胖脸出现在地面上空。林寒认出来了，这是老娘那张带着雀斑的脸。是谁启动了幻象投影？

"小寒，生日快乐！哈哈哈，没想到吧，吓一跳吧！妈祝你身体健康，万事如意！工作要努力，记得按时吃饭，重要的是尽快拐个媳妇回来！妈知道你对我有意见，最近身子不爽，不知道能不能挺到你回来。给你准备了礼物，是你一直想知道的事情，发在了你的邮箱里。"

林寒看着老娘的欢迎头像，听着院里破旧音响"刺啦刺啦"响起的生日歌，眼泪落得更多了。今天的确是自己的生日，但这段幻象投影是……他觉得头皮再次酥麻起来，由上而下的毛全都竖起来了，像一只炸了毛又颓废的鸡。

"林寒！林寒！发生了什么事情？那个老头掉头跑了！要追吗？你给我打开门，放我进去！"

虽然听到身后传来吴迪的喊声，但林寒还是冲向东边那座楼。推开虚掩着的锈色铁门，屋里黑漆漆的，老娘住的 3 楼 301 套间的客厅中央放着一口泛着白光、上半部分是玻璃罩的冰棺，冰棺上结着霜，影影绰绰。客厅里的破旧家具都被清空了，只是在冰棺周围放了几把椅子，椅子上坐着的是几个佝偻背的老年人，都开着系统，眼球表面泛着五色的晶彩，智能眼镜泛着荧光。

"这是办白事儿还是闹鬼啊！"林寒嘴里骂了一句，扑向冷冻柜，但里边空无一人，他愣住了。这是怎么回事？老娘究竟怎么了，这时坐在周围的老人突然开了腔。

"刚才有人来过？我咋感觉有凉风吹进来？谁把门弄开的！"左边最后一个阿姨站起来，把门关上。

林寒滑坐在地上，看着左边几个有点熟悉的老年人，他们在守灵，这是老家的规矩，右边则是几个不太近的亲戚，此时脑袋空白的他已经记不得该怎么称呼了。

"瞎扯淡，你当麻将三缺一啊，钱姐遗体还在医院，莫非？"另一个嘶哑的女声响起。

"别瞎说，怪吓人的。"

"都什么年头了，还怕鬼，再说钱姐跟我们什么关系，你怕个球。"

"老周刚才电话里说不来了，在小区门口被人打了，要去看医生。屁话，这老小子满口跑火车，估计是被昨天钱姐做的生日投影给吓到了，哈哈哈哈。本来是等儿子一回来给他个惊喜，但现在是每当有人来就蹦出来，估计是故障了，王院长也不说修一修。"

"钱姐的混蛋儿子怎么还不来？亲妈死了都不来奔丧？就这么忙？钱姐得了心梗这病，倒也死得痛快，没受罪。倒是以后咱们要受罪了，三缺一啊。"

"我那侄子，其实还挺孝顺的，每个月都打钱过来，就是不经常过来。现在不知道被什么事情绊住了。"

"喊！估计跟哪个姑娘鬼混把智能系统关了吧，跟我那儿子一样，不想被人找到就关掉系统，其实他是淘换了另外一个身份的智能系统，下班就是另一个人。现在的年轻人，搞不懂。"

"老哥，你还懂这个？怎么淘换这玩意？"

"简单，你看咱们这几个老家伙，哪个快死了，把他眼镜买下来，手腕那儿的芯片抠出来，找人装个识别器，随时切换。警察，他们才懒得管。凭咱老张头的手艺，简单得很。"

"嗨嗨嗨，咋回事儿？这是灵堂，怎么还接起活儿来了，再扯没用的给老娘滚出去。"

"老王，你想弄私下里说，价钱好商量。"

"你丫还说。"

"不说了，不说了。一会儿钱姐那小子要是还不来，谁捧着花圈出殡？咱还是说说这个吧？"

"我来吧，钱姐论辈分是我姨，虽然只是个远房的……"

黑暗里林寒分不清到底是谁在说话，他只觉得又冷又困，慢慢地在冰冷的地砖上爬着，轻轻推开卧室的门，扑了进去。

哪怕只有几分钟，他也想在老娘的卧室里再待一会儿，然后等老娘的遗体回来后，就让那群老人摘下眼镜，跟他一起送老娘一程。最后他去星宇智能网络石家庄的分公司，去继承老娘的 ID。

十七、一个真相

"叮咚，太阳已经升起来啦！"

林寒被突然响起来的女声吓得从床上掉下来，他摸出手机一看，发现这是手机每天播放日出的声音，今天是 11 月 30 日，日出时间是 7 点 15 分 26 秒。昏暗的光线下，仍然是老娘用了十几年的那套被褥，他甚至能闻到熟悉的洗发水的味道。也许十几个钟头之前，老娘还躺在上边午睡过，但现在已经是天人永隔。可是老娘到底在哪儿？难道遗体还在医院？

卧室的门被推开了，他趁黑躲在床的另一边。

黑暗中，一个瘦小的身影轻声走到床前，在枕头底下摸索着什么。

林寒认出这人是负责照顾老娘这一层楼的小桃，身材瘦小，但干活麻利，有着无穷无尽的力气，永远不知疲倦，重要的是嘴很甜，这一层的老人都很喜欢这个小姑娘。她来做什么？来偷东西？可老娘能有什么贵重的遗物？或许她知道老娘的遗体在什么地方。

小桃的智能眼镜闪着荧光，应该开着视觉增强功能，可以在黑暗中看清楚东西。她把一个砖头厚的东西从枕头底下摸出来，放在另一边的床头柜上，然后麻利地整理了床铺，把林寒弄乱的被子也都重新摊平折好。

"钱阿姨，我错了。"小桃用手掀开眼镜开始抹眼泪，后来干脆把眼镜摘了下来。

"您心梗发作时，我慌了，等送您到医院，全医生宣告抢救无效的时候才想起给林寒哥发视频电话，但他的 ID 被锁定了，一直打不通。医生提醒说您手腕上的智能芯片测定没有生命体征之后，就会自动锁定，以防被人盗用。林哥和您的智能 ID 被绑定在一起，所以他也被锁定了。我听完，立马奔去养老院的操控室，登录养老院的智能 ID 向社保局申请解绑，这样才能让林寒哥第一时间赶回来给您发丧。"小桃忽然间咳嗽起来，爬去一旁倒了杯水喝。

这就是我 ID 掉线的原因？不对，参考吴迪，即使 ID 被锁定，只是被限制功能，但我也能回自己家。林寒顺着床角往前爬了几步，想听得更清楚一些。

"我到了操控室时，想到了我干的另一件错事。您知道 303 的郑阿姨已经很久没有缴费了，我擅自复制了林寒哥的 ID 银行账户替换到 303 的女儿 ID 下的银行账户，名字上写的是她的女儿。您一直喜欢打麻将，每次缴费的事情都是交给我去办，加上您每次输得多，自己也不在意林寒哥那边进来多少钱，还剩下多少钱，所以您一直没发现我自作主张替郑阿姨缴了费。"

林寒几乎从来没查过联合账户里的钱，现在却被人挪用了，血都涌上了头，但他忍住了怒气，因为这不足以让他掉线。

"我还做了其他不那么对的事情。养老院其实已经入不敷出，院长开始靠出卖股份度日，可谁会买养老院的股份呢？我又复制了林寒哥的 ID 账户，替换了，以 209 刘大爷儿子的身份购入了大部分的股份，几乎花掉了您 ID 账户里八成的钱。林寒哥真的很厉害，这么些年在北京赚了不少钱。本想等林寒哥回来告诉他，他成了这家养老院的实际控股人。听在市里工作的大表哥说，国家准备收购这些私人养老院，统一安排。您想，这样我林寒哥不就狠赚了一笔吗？到时候林寒哥就不用去北京工作了，可以留在您身边天天伺候您，我帮您了了您的心愿。"

"这么说你偷我的钱还有理了？"

"还有——还有，"小桃顿了顿，"还想跟您说件事儿，林寒哥喜欢我。以前他每次回来的时候，经常不经意地碰我的手，还经常发视频电话给我。我想等他回来，就把这事挑明了，您不就有儿媳妇了吗？很快就能抱上孙子了。偷偷跟您说啊，308 的张婶说我屁股圆，肯定能生个儿子。"

给她发视频电话是因为想了解母亲的情况，摸过她的手从哪里说起？不经意碰到的？林寒越听越急，倒不是因为小桃自作多情，急的是希望小桃赶紧把他掉线的原因说出来，找吴迪给操作了，这样他就能给母亲出殡了。

"我之所以能进行这些操作，是因为养老院的智能操控系统太久没有更新了，院长那老混蛋就知道揩护士们的油，从来不花钱更新。在申请解锁林寒哥 ID 的时候，被要求升级最新系统，我还是自己掏钱做的升级。在这之前我想应该把所有林寒哥付过钱、买过股份的床号都改成林寒哥的智能 ID，这样就跟他的银行 ID 一样了，所有的受益人也都成了林寒哥。改完以后，开始升级系统，但重启后系统出了问题，直接把林寒哥的智能 ID 给删除了。"

林寒听到这里才算弄明白自己掉线的真正原因了。最新的养老院系统肯定与星宇智能网络的数据开始同步，被系统发现同一个 ID 既被锁定，又没有被锁定，这很矛盾。通常这种情况应该是由人类审查员来决定删掉哪一个，但这两个 ID 其实都是林寒的正常 ID，都是本体，都不是被病毒或者黑客入侵造成的，所以无论删掉一个都等于从星宇智能网络里删除了林寒这个人，他的处境就变成从没与星宇智能网络签约的效果。但其实最底层的数据显示，林寒已经参与了 DNA 采集、户口采集已经签约，这就给星宇智能网络系统出了难题，所以就有了他被所有的智能终端无法识别，有了瞪谁谁死机的特异功能。

"您生前一直念叨的留给林寒哥的那本日记本，我一定帮您带给他。一会儿给您发完丧，我就出发去北京找林寒哥，把这一切都告诉他。然后我……"小桃还没说完，卧室的门又被推开了，一个戴着绣团围裙、烫着头的阿姨走了进来，"小桃，你怎么还在这儿啊，快去联系医院，为什么钱姐的遗体还不送回来？赶不上出殡了，李哥，你去看一看白事儿公司还需要啥？"

"好，我这就去。"小桃说完戴上一旁的眼镜，顿了顿，转身把怀里的砖头笔记本又压回到了枕头底下，匆匆推门出去了。

林寒站起身来，摸出枕头下的日记本，推开卧室的门。所有人都已经忙活起来了，但没有办丧事的家伙什儿。他明白了，这家白事公司用的是虚拟技术，他以前也参加过类似的葬礼。一切都会按照老家的风俗，孝子站在冰棺的前边，捧着半人多高的花圈，披麻戴孝，一边哭一边走，旁边是两个负责搀扶的人，跟着走，跟着哭，三步一拜，九步一叩头。吹奏队领头的唢呐一开吹，前边两个撒纸钱的人，就得往空中奋力地抛洒纸钱，其他亲戚则在洋洋洒洒飘落的纸钱中，跟在冰棺后边披麻戴孝走。所有的这一切都是白事公司提供的虚拟服务，是直接投射到参加出殡的人的智能眼镜里进入视网膜。除了冰棺、花圈、吹奏队、纸钱、披麻戴孝等一切家伙什儿，就连二踢脚都是虚拟的，乐声直接传入耳蜗。

甚至有些工作室还会策划虚拟红白事，只要肯出钱，皇帝老子的葬礼也能享受。可现在，这一切都将林寒排除在外。即使他出去，把每个人的眼镜打下来，告诉自己回来了，也无法给母亲办一个体面的白事，因为老家的习俗，吹鼓手、花圈、披麻戴孝、纸钱等他都没有准备实体的，最多是办一场尴尬的葬礼，这是老娘最不愿意看到的，她的心愿之一就是按照习俗办一场真正意义上的葬礼。

母亲的遗体还在医院？出什么事情了吗？仝医生，这个姓并不常见，他和小桃认识的只有省二院那一位。

林寒把日记本塞进了背包，奔了出去。

匆忙的人群中，小桃走到走廊尽头的窗户旁，对着他远去的背影，露出了一丝笑容。

十八、另一个真相

"见到阿姨了吗？怎么样了？"吴迪一路小跑跟在刚翻墙出来的林寒身后，"去哪儿啊？喂！你倒是说句话啊！"

"去医院搬老娘的遗体，办手续。"林寒一边走一边重新把背包甩在肩头。

"到底怎么回事儿？"

林寒把在303的所见所闻简单跟吴迪说了一遍。

"你先等等。"吴迪打断了林寒。

"不愿意帮忙？"

"小桃开着视觉增强却没发现你在房间里？"

"你是说……"林寒停下脚步，一手扶着摩托。

"她没说实话！"

"管不了那么多了！先去医院。"

"等等，我现在有点弄明白了。让阿姨的遗体回来，得先弄搞明白一件事儿。"

"什么？"林寒跺着脚道。

"从保定开始，跟你ID有过数据接触或者交易的ID和智能终端，都被做了最高等级的锁定，比如我和那两架保定的维序者，它们扫完你立刻就爆机了，自行恢复设置之后才又飞了起来。以这样的情况来推测，除非你的ID中了病毒，不，你的ID变成了病毒，正在感染与你ID有联系的人，但每一个ID和数据都人命关天，只能被暂时锁定，而你的ID则被强制隔离。这时候阿姨和你的ID做了关联，所以被一起隔离。人在医院病逝，如果ID被锁定了，办不了送遗体出医院的手续，所以卡在了那里。"

"越来越奇幻了，我的ID怎么可能是病毒？"

"你还记得那些流星吗？"

林寒记起吴迪认为提前到来的双子座流星雨，是因为故障进入大气层的通信卫星，"但夏冰的智能ID和眼镜都没问题啊？"

"那是因为你既不是她的好友，也没有用 ID 与她有过任何联系！"

"前半夜我就用了纽扣，为什么那时候你的 ID 没被彻底锁死？"

吴迪紧皱眉头，反复在覆盖了一层薄雪的便道上踱着步子，"我知道了，我知道了，虽然无时无刻不在与主服务器做数据同步，但北京城有 2000 万人口，数据太过庞大，所以每隔 6 小时才会完全同步一次，至少星宇智能网络以前是这样操作的，一直到凌晨 3 点，一个同步周期结束，我的 ID 在各个城市都被彻底锁死。"

"我的 ID 怎么会变成病毒了？"

"这还不清楚，除非……"

"除非我帮你入侵数据库是吧？现在没工夫，先把老娘的遗体送回来。"

"然后呢？"

"出殡啊！然后去继承老娘的 ID。"林寒张大嘴看着吴迪，眉毛拧成一个黑疙瘩，这不是显而易见的吗？

"你能不能为你自己活啊？阿姨都去世了，场面做得再大她能看到吗？你不如像她所希望的那样，做自己。"

"现在别跟我扯什么人生哲理！"

"你现在最想做什么？是不是恢复自己的 ID，办场让亲朋好友都拍手称赞的白事？"

"这有什么问题吗？"

"子欲养而亲不待，孝顺应该在生前，而不是等人没了，花多少钱、办多大的白事儿。"

林寒摇了摇头，吴迪说的都在理，但这件事在他心里过不去。一定要让母亲在 8 点之前回来，至少在上午发丧，否则只能等到明天，那相当不吉利。而且有一堆事情等他去跟星宇智能网络的人解释，并继承老娘的 ID 和记录数据，找到老爹的去向。

"我自己去。"林寒推着摩托车，跨了上去，扭转钥匙，开始打火。

"下来！"吴迪大声嚷道，一把把他拽了下来，然后又道，"现在我们不知道你的 ID 是否被彻底隔离，或者化作的病毒究竟是否会传递给别人，所以我来开车，你坐在后边蒙上脸！"

林寒的嘴蠕动了几下，却没有再做声，只是把头盔递给了吴迪，把衬衫拉上来蒙上了脸。

清晨的石家庄，黎明时分飘落下来的薄雪还没来得及融化，飘在空中的幻象投影本来正要淡去，但在白雪的反射下，在阳光里做着最后的反抗，或者叫回光返照才更贴切吧。林寒坐在摩托车的后座上，身上最后一丝温度正在寒风中疯狂逃离。他眼中的石家庄既熟悉又陌生，那些古旧的建筑失去了幻象投影的包裹和点缀，正在缓慢现出真身——灰斑点点的水泥墙面，灰扑扑的冬青树、花坛，20 多年了，这些几乎没有改变。

中华大街路面上的雪早就被加热蒸发掉了，各种颜色的智能驾驶车多了起来。夏冰的红黑小蝌蚪，在花花绿绿的车群中左突右冲，维序者也渐渐飞离母巢，出现在城市的各个角落。

"再快一些啊！"林寒在吴迪头盔后边大声喊道。

"糟糕！"

"啊？我听不清！"

摩托车突然慢了下来，吴迪的声音终于能听清楚了："林寒，你是不是不管付出任何代价，也要到医院把阿姨的遗体给弄出来？"

"对！"林寒坚定地点了点头。

"那好，抓紧，我们走！"吴迪等林寒坐好，猛踩油门，重新冲进了车海里。

冰冷的晨风中，突然出现了异象。他们身后的车渐渐地慢下来，闪烁着红色的刹车灯。如果从高空中的维序者视角看，会发现，自二人驶上中华大街之后，他们身后的所有智能车都开始减慢速度，最终打着刹车灯和双闪停了下来。交通信号灯在他们驶过之后也都熄灭了，夏冰的红黑摩托车就像瘟疫骑士的坐骑，铁蹄之下，无一幸免。

省二院在这城市的北上部分，他们只花了20分钟就抵达了医院门口。

吴迪等林寒从后边下来后，把摩托车停好，扶着林寒的双肩道："你真的想好了？无论如何都要把阿姨的遗体弄出来？"

"你到底什么意思？都这时候了！"

"石家庄是全国第一个使用路面无线充电的城市，每一辆智能车压过路面的时候，带来的震动相当于给地面充电了，同时也利用了路面的无线充电功能。"

"对啊，这有什么问题？你到底想说什么？快来不及了！"林寒跺着脚。

"进入智能车，需要刷乘客的智能芯片，同时路面系统也会刷乘客的智能芯片，这样智能车才会启动开往目的地。"

"只要我进入这座城市可无线充电的主干路，系统就会扫我的芯片，然后系统就会卡住瘫痪，没有电智能车就不会走太远？可早上沿着建设大街竖穿这座城市的时候，并……"林寒吞下了后面的话，早上6点多街上没多少人，所以他们没发现这个问题。

"你只说对了一半，在这城市里有你的朋友、亲人以及同学，他们还有其他同学和关系网，最终你会影响到整个石家庄……"吴迪后边的话还没说出口，只听后边一声巨响，一辆救护车撞上了突然缓慢下来的红色智能车。很快，救护车的后门被掀开了，两个白大褂额头冒着血，跳下来把担架和病人拉了下来。

"难不成我进医院，会让医院的整个智能系统卡住？"林寒想起来他送产妇到周口店医院，也造成了系统崩溃。

吴迪点点头："即使引起整座城市都掉线，你也愿意进医院，去把阿姨的遗体弄出来吗？"

石家庄市区常住人口有近500万，省二院有近7000张病床，其中有多少危重病人？如果医院的系统都卡死了，会有多少病人因此丧命？林寒不敢想，他一直蠢蠢欲动的双脚，此时却如钉在了震动的路面上，再也不能往前一步。

"还有其他办法吗？"林寒的眼睛始终死死盯着医院川流不息的门口，狠狠地咬着嘴唇。

"只有一个办法，杀掉病毒。"

"删掉我的ID？"

"我只想到这一种方法，也是最快的方法，不过你放心，在最原始的主存储中心，也就是我的目标里边有你最原始的数据以及纸质档案，还是能找回来的。"

"删掉我的 ID，我就彻底成了黑户，也就能光明正大地走进医院，最后把老娘的遗体迎出来，而且不会让其他病人遭殃？"

"如果你的 ID 没有被系统以合理的方式处置，与你有好友关系的朋友、亲人以及有关系的其他人，只要再次与你发生联系，都会被连累。所以应该尽快删掉，然后从原始数据库里恢复。但这样做有两个问题。"

"我曾经以这个 ID 获得的所有东西，钱、房产以及各种社会关系都将一笔勾销？"

"你更应该关心第二个问题，你的邮箱也会被抹掉，阿姨发给你的消息也会跟着消失。"

"但天眼系统记录的所有数据依然还在吧？"

"阿姨的肯定在，制作电子幽灵应该没问题。你的就……"

林寒看着医院上空逐渐消失的幻象投影，想起加了他 ID 正在等通过验证的彭姐，周口店的医院，陪儿子过生日而拒绝加班的李勇，亲戚朋友、老同学以及老师们，甚至还没删除他 ID 的前女友，都会因为自己的决定而有不同的遭遇。

"怎么删掉 ID？"

"要到主服务器上进行，有线连接主服务器才能操作，毕竟我的 ID 已经被最高等级警戒级别锁定了。"

"在哪儿？"

"正定的新奥体中心的地下。"

十九、回归

和平路高架桥上的幻象投影中，浓妆艳抹的播报员，正站在城市上空，出现在幻象投影里播报着今天的新闻以及路况。投影中，主干道上全是红色。虽然因为"掉线"，林寒和吴迪两人都听不见声音，但他们知道肯定是在说本市四条主干道，中华大街、和平路、建设大街和胜利北街因为某种原因，充电系统瘫痪，造成城市道路的拥堵。

"别糟心了，你这是在去救他们的路上！"吴迪大声吼道，以压过林寒耳旁呼啸着的风声。

林寒没有作声，想着吴迪刚才给他扩展的"思路"。这座城市肯定还有林寒的朋友和老同学，只要这些人从昨天开始突然想起联系他，就会被系统认定被"感染"，为防止更大的损失，会锁定更多人。如此，这座城市会逐渐被感染，毕竟人不是独立存在的。整座城市都从万物互联的时代跌落到"原始时代"，会造成多大的经济损失先不提，肯定会造成一系列致命问题，生死之外都是小事儿，包括自己的 ID。此刻他下定了决心，况且老娘的记忆还能找回来。他不是一个好人，但也不想做个坏人。

如果从高空俯瞰正定的新奥体中心，就会发现这是一个巨大的司南模样的建筑群，勺子是可同时容纳 6 万人的国际甲级体育场，勺子柄的另一头连着冰篮馆——既可以举行篮球赛又可以举行冰上体育运动项目竞赛，还有游泳馆、跳水馆等各种场馆。4 年前，新的幻象投影在奥体中心升起来的时候，他还带老娘看过一次。巨大的红色司南在一个深蓝色的底盘上缓慢地旋转着。元宵节的那两天每晚都会放电子烟火，应用了国内规模最大的、最先进的幻象烟火投影系统，居然可以协调整个城市上空的幻象投影，可以制造出全城同时燃放烟花的效果，美轮美奂，论精彩程度可以比拟世界上任何实体烟火。但缺少了硝烟味，老娘总觉得少了点什么。

现在想来，能做到全城同时腾起幻象烟花投影，投射设备肯定需要海量资源来进行即时演算，有这个能力的只有星宇智能网络的主服务器了。他还记得几乎同时腾起的烟花，延时肯定也很短，所以星宇智能网络的主服务器肯定在石家庄附近。吴迪肯定也查到了这条新闻。但没想到居然在奥体中心的地下，这个他20多年前来过很多次的地方。那时在中超、中甲联赛起起伏伏的石家庄永昌足球队一直把这里作为主场，球迷老爹经常来这看球。但父亲消失之后，他只来过这里一次。

幻象投影已经全都散去了，奥体中心灰色的主体建筑上已经有了不少水泥的裂痕和脱落痕迹，也能看到各种修修补补的痕迹。

"拿着，一会儿也许用得着。"吴迪递过来一副旧的智能眼镜。

"这不是我之前的那副吗？修好了？"林寒接过来，看见眼镜腿用黑色的绝缘胶布粘上了，然后他戴上了。

"听着，如果你现在处于最强隔离或者锁定状态，可以畅通无阻地进入地下的主服务器机房，不会有任何影响。我已经利用这手机编好了简单的删除程序，只需要一根连接线即可。一会儿等我找到终端，植入进去之后，大约半小时后，需要你做的是重启服务器。这之后你会短暂地上线，然后删除程序会立即执行，删掉你的 ID，最后你会重新掉线，因为你成了黑户，明白了吗？"

"就这么简单？"林寒歪着脑袋不敢相信伟大的星宇智能网络这么简单就可以删掉一个人的 ID 以及数据。

"在此之前，我会以最快的速度找到你母亲的账户和所有属于她的数据，然后下载到你脑后接口处的本地存储器里。所以等你重启服务器之后立刻连上主服务器。"

"明白，但你行吗？"林寒声音调高了些。

"对于外人来说比较难，但你瞧，我是天才，又曾经是他们的高级工程师，所以……"吴迪挤了挤眉毛，歪着嘴笑着。

"还有一个问题，你最终的目的不是想去原始数据库寻找你的身份吗？这库在哪儿？你怎么找？"

"你猜得没错，我现在还在利用你。"吴迪顿了顿道，"在你重启 26 年都没有彻底硬重启的服务器时，会造成整个石家庄网络的短暂掉线，损失肯定会有，但这值得。总比全体被最高等级锁定好吧？利用这短暂的混乱，我会混进原始数据库，查找我的资料。"

林寒看着他一副不爽你打我的模样，摇了摇头道，"如果可以，也帮我找我老爹的数据，他叫林一。名字很少见，应该不难找。"

"一言为定。"吴迪伸手与林寒击掌，然后一路小跑往冰篮馆而去。

作为石家庄的一个景点，通常进入奥体中心体育馆参观需要购买门票。作为隐形人还需要门票吗？林寒站在门口下意识地抬起手腕准备刷卡时，突然冷笑起来。

有了隐形人的绝技，他的活动基本不受限制，在通过近半个小时的寻找之后，终于在通往体育馆排水系统的地下一层的狭窄的小巷子里，发现了一个木门，上边挂着的牌子上写着"星宇"二字，应该就是这里了。林寒推了推门，纹丝不动，顺手掀开一旁的消防柜，提起斧头向木门砍去。

木门后边又是一条小巷，走了10多分钟后，出现在眼前的是一个巨大室内下沉广场，顶高约10米，面积应该与6万人体育场相当，甚至更大。此时下沉广场上一点都不空荡，每一寸暗红色的地面上，机柜按照环形一圈一圈摆满了整个下沉广场，闪着无数的荧光，一直延伸到目力所及之处。

为什么无人看守？还有怎么重启？林寒带着疑问，走了下去，广场的地面上铺满了绝燃地毯，踩上去没有一点声响。他沿着通道走了约莫20分钟，终于来到了广场的中心。这是一个巨大的圆柱体，正发出"轰隆隆"的闷响。

"这是服务器的主要核心？"林寒绕了一圈之后，在柱子的另一面发现了大大的"冷"字，"或者这是冷却塔？"

如果这是主机服务器，为了保证不断电，肯定会有一套自己的电源和其他几套备用电源，但冷却塔只有这一座？圆塔足有8米高，直通屋顶，通体呈金属色，周身光滑，但停用开关在哪里呢？绕了十多圈之后，他终于在地上找到一条埋起来的暗线，一直通往另一边不起眼的角落里一张老旧电脑桌。

电脑桌上，有一台老旧的台式电脑，LCD显示屏，四四方方的黑色主机，风扇还在"呜呜呜"地转着。估计没有人会想到，这是主机核心的冷却塔的控制电脑，虽然这台电脑并没有联网，型号也不是最新的，但至少稳定，不会受到各种网络干扰，与自己相同，它是离线的。

林寒活动了一下双手，开始适应键盘和鼠标，在摸索了 10 分钟后，他终于弄明白了如何操作，关上了冷却塔。1 分钟、2 分钟，他感觉到这里的空气温度有微弱上升的迹象。周围的空气开始扰动，房顶上无数巨大的风扇开始狂转，排风口也在全力工作，这是备用的散热系统？下沉广场上的温度仍然在上升，这也是林寒想看到的，他不能随便破坏任何一个机柜，那里可能存着其他人的数据资料，他没有权利去破坏。

星宇智能系统应该跟普通电脑一样，都有自己的高温保护机制，当温度达到一定程度的时候，应该会开始重启。

半小时过去了，嵌在地板里的地灯忽然闪了闪，一排排机柜闪烁的荧光开始由远及近逐渐缓慢地熄灭，重启开始了。林寒连忙重新打开冷却塔，他来这里是为了拯救自己，而不是为了杀人。

"嘿，林寒，好久不见，你小子去哪儿了？小爷一个人好寂寞啊！不打一盘星际吗？"

这个声音是他设置成贫嘴个性的个人智能助手。听到个人语音助手熟悉的声音，他知道自己重新上线了，他戴上了智能眼镜，这与吴迪描述的相同，他连忙找到事先从主服务器旁拉出来的连接线，接在脑后的接口上。

一刹那，他看到了白茫茫的一片空地，不是用眼睛，也不是用眼镜，而是直接出现在他的脑海中，空地上覆盖着白霜或者一层月光，四周悄无声息。他走进空地，地面开始放大、再放大，不，是他在缩小。

渐渐地，他发现那些白色的物质并不是月光，而是无数在跳动的白色字节，这些数据流逐渐变得与他的身体一样大。突然一串串由0和1组成的数据流，开始进入他的身体，再从另一边穿出来。他张大嘴，准备接受冲击，但一点也不疼，只是觉得有一种麻木和茫然感，他闭上了眼。

他又看到了无尽的黑色，因为无数绿色、红色、橙色和白色的星体逐渐从黑色的虚无中冲出来，从针尖大小变成无穷大，卷曲着的烈焰舔着他满是污渍的白衬衫，巨大的轮廓占据着视野的每一寸，让他喘不过气来，虽然这些家伙也仅仅是一闪而过，但足以让他明白永恒的含义。

他开始跌落，一个小白点抖动着出现了，渐渐地变成一个只有黑色线条的人形轮廓，圆润的手掌开始长出一根根小手指，抬起头，冲着一旁出现的红色女性轮廓要抱抱，另一边稍高一些的蓝色人类轮廓则逐渐在走近，去拥抱他们。

林寒觉得一股暖流涌来，像是在黏稠的空气里蜷缩着，但很快四周开始飞快地闪动着猩红色的光芒，他似乎听到了吴迪的声音：快出来！

他醒了，鼻血染红了衬衫，他顾不上这么多，腿变得无比酥软，他挣扎着跳起来往外跑去。

但紧接着，他看到一个拿着汉堡的矮胖男人指着他喷着面包屑，冲这边跑来。

应该是这里的值班人员？没容他多想，智能眼镜里开始投射出无数强光，植入耳蜗的耳机里突然像炸雷一样，巨大的声响轰击着他的耳蜗，手腕处也跟裂开似的疼痛。本能的恐惧让他想跑，但他没跑几步，便无声无息地栽了下去。

二十、我是谁

8 寸大小的黑森林蛋糕上，棕色的奶花裱了一圈，中心用鲜红的樱桃摆了个阿拉伯数字 8，娇艳欲滴。一个模糊的影子伸出大手，拿起一旁的蛋糕刀开始切蛋糕，然后取了一小块儿，放进纸碟子，推了过来。林寒用两只小手接过来，捧在眼前左看看右瞅瞅，并没有西红柿鸡蛋卤的痕迹，他拿起叉子叉起一块……

"喂！醒一醒！"

林寒感到有人在打他的脸，火辣辣的疼。林寒睁开眼，看到湛蓝的天空，吴迪戴着闪着光的智能眼镜蹲在地上，微笑着看着他。

"又是一场梦。"他愿意用一切换这场梦不要醒。

"我们成功了！"

"你找到你想要的了？"林寒想从冷冰冰的地板上撑起来。

"也找到了你想得到的一点东西。你现在觉得怎么样？"

"有点头疼，胳膊特别疼。"林寒干脆躺在地上，渴望融化在蔚蓝的天空里，"我到底是怎么了？"

"你进入了普通人的禁区，主服务器那里被设置成未经许可进入就会引发个人智能系统的惩罚机制。"

"我只记得电闪雷鸣。"

"如果警报响起仍未离开，智能系统就会开始投射高强度的光进入擅闯者的视网膜，同时播放巨量的噪声直击耳蜗，智能芯片开始最大限度地放电刺激神经系统，大概就是你说的电闪雷鸣。"

"所以那里才守备这么松散，因为根本没有人可以承受这一切，从而接近那里？"

"对头！"

"你这个混蛋！我妈的数据呢！"他突然想起这件最关键的事情。

"已在你的脑袋里了。你没听到我冲你喊快出来吗？那时候就已经成功了。"

"成功了就意味着我现在是个黑户了？"

"准确地说，你自由了。我很羡慕你。"

林寒点了点头，的确，他以前在万物互联数据世界里留下的所有痕迹都被抹掉了。他现在真的是一无所有，甚至连名字都不是他的了，因为电子户籍系统里没有他这个人。

"你也很伟大，牺牲自己换回了老妈的数据。"

"但怎么读取数据？"

"我们得找地方把数据搞出来，或者干脆把阿姨复活。"

"电子幽灵……"林寒不确定是否应该这么做，毕竟他不知道老妈想不想被复活。

林寒此时觉得自己身体内一些东西正在溜走，"我妈的 ID 也被删掉了吗？"

"对，因为没有人继承。你无法继承遗产，你现在什么都不是了。"

"摩托车还有油吗？"

"你想干吗？"

"去参加葬礼。"

"你想去，我带你去。"

城市里几乎没有什么大的变化，只有几处相撞的智能车冒着黑烟，中山路附近的一个大洗浴城主管道破裂了，喷着 10 多米高的水柱。

"别在意这些了，你救了这座城市！"吴迪冲着坐在后座上的林寒大吼道。

林寒没有作声，如果可以的话，他更想选择给老娘办一场体面的白事。

到达彩虹桥养老院的时候，出殡的队伍刚出来。按照老家的习俗，要等队伍出了村子的街口，冰棺才能上灵车，所有人上大巴车，一起去火葬场。但这是在养老院，于是便在不大的院子里绕了几圈。

热闹的虚拟葬礼林寒看不到，他眼镜里是走在冰棺前边、穿着袖口磨烂的皮夹克的老表哥，一瘸一拐往前挪着步子的真实世界。老表哥双手捧着空气缓慢地走着，后边跟着一群老头老太太，低着头，看着地面不时交头接耳。

绕了几圈后，老娘进了灵车，其他人则上了一辆大巴。40 分钟后，已经能远远看到火葬场不高的烟囱。

他看不到的火葬场公共灵堂里，挂着老娘虚拟的大幅遗像，他戴着头盔跟着所有人参加了最后的告别仪式，最后看着老娘被推进了火葬室。

焚烧炉外，不高的烟囱里冒出几团青烟。

林寒想起路上翻看彭姐的小册子时看到的几句诗：对于世界，我永远是个陌生人，我不懂它的语言，它不懂我的沉默，我们交换的只是一点轻蔑，如同相逢在镜子中。（出自北岛的《无题》）

二十一、最终的真相

"往后你打算怎么办？"吴迪靠在摩托车上道。

"先把你找到的关于我父亲的线索告诉我。"

"他以前是什么职业？"

林寒歪着头想了想："我也不太清楚，应该是跟电脑有关，他曾经自嘲就是个修电脑的。"

"那应该就是你父亲，我查到一个叫林一的数据，他是星宇智能网络的首席硬件工程师。那时候他所作的工作都是签署了保密协议的。"

"是吗？"林寒从未听父亲说过相关的事情，其中应该有这一层原因，"然后呢？"

"这条线索很可能与你 20 多年的倒霉事有点关系，也跟最终的真相有联系。"

"怎么可能？"林寒竖起耳朵凑了过来。

"我看到了数据，是你父亲的一些影像记录和各种各样的数据，比如体征、生化、DNA 测序等，应有尽有。这些记录和数据的日期是星宇智能网络还在试运行之前，大多数是一些摄像头采集的影像。"

"存在原始数据库里？"

"你应该记得，在万物互联时代之前，早就普及了天眼系统，我们生活的环境里有无数摄像头。之所以叫作天眼系统，一是因为它们无处不在；二是因为那时的系统，已经可以根据影像进行智能识别，即系统能认出来这人是谁，都干了什么，是不是罪犯。"

林寒点了点头，他依稀记得有这样的新闻：逃犯因为听歌星的演唱会，进场的时候被天眼系统拍到，报警，被抓了，美其名曰，天网恢恢疏而不漏。

"你还记得电子幽灵计划吗？那些原始数据可能就是未来电子幽灵计划的基础。当时的天眼系统已经强大到分辨每一个人这一天所处的位置信息、面部表情、声音、动作、行为等数据，甚至由此可以推断出这个人在想什么，和明天即将做什么，会不会危害社会，等等。"

"有可能。"林寒点了点头。只要数据和计算量够大，可以实现。这也是现在的智能系统的基本功能之一。

"你父亲数据截至他消失之前，应该是星宇智能网络正式上线的第二年，全国都在大规模推行、更新换代手腕里的芯片组。星宇智能网络这时候已经通过所有监控数据得出结论，你父亲的存在会影响星宇智能网络的运行，所以他被星宇智能网络筛选出去了。"

"你又在鬼扯。"林寒瞪着吴迪继续道，"如果你得到的数据准确，老爹他曾经是星宇智能网络的首席硬件工程师，怎么会被排除在智能网络之外？太可笑了！你是不是压根没查到，随便编了个理由骗我？"

"假设你是星宇智能网络本身，遇到一个将来会威胁你生存的家伙，会怎么做？"

"懒得听你说。"

"回答我！"吴迪突然高声叫道。

林寒一愣，"当然选择把这个人排除在外，提前隔绝隐患。照你现在的假设推断下去，星宇智能网络不只能预见未来，还有自我意识和智能，懂得自我保护？你科幻电影看太多了吧。"

"我也认为它是个白痴，但很遗憾，星宇智能网络这个偏执的家伙，的确有了低智能。其实每种电子计算机都有智能，只是程度高低不同而已。星宇智能网络只是一种低智能，或者叫弱智能，它在试图把影响到星宇智能网络的人、物都在排除掉，其中就有你父亲。"

"接下来呢，你是不是想说，这个弱智能还跟我的霉运有关？"林寒虽然不相信，但他一直有一种感觉，智能网络处处与他作对，可人生哪能事事如意，这正常。智能网络是科技和人类智慧的结晶，它并没有自我意识。"你疯了。你我都是这个领域的工作者，应该明白，现在说的人工智能与电影中出现的 AI 不是一类东西，它不会也不可能有智能。"

"我只是打个比喻。星宇智能网络已经覆盖了整个东亚大陆，并且与其他大陆的智能网络做了互通、融合。你做过程序员，应该明白，无论看起来多么完美的程序都会有漏洞和错误，世界如此庞大，连接万物的智能网络无时无刻不在产生数量巨大的错误。随着社会的发展，全球智能网络会越来越大，人类所有程序员修复漏洞的速度，总有一天会赶不上错误出现的速度，所以在智能网络设立伊始，各国联盟就制定一条规则，智能网络可以自我迭代，在合理判定下，弹性拿出一部分资源修复错误，甚至可以最低限度地自我保护和维护完整性。简单来说，设定智能网络可以最低限度地以自我为优先，这很容易做到，一条命令而已，但并不代表它有高度智能。更拟人化一些，智能网络在遇到可能造成它崩溃的因素前，一般有两种应对方式：一是改变自己；二是改变外部世界。换作是你，你做何选择？"

"如果我是一个庞大的程序，当然选择改变外部世界，减少内部的混沌。"

"对，你还记得在桃源镇李叔带着一群老人在做的工作吗？"

"他们在教人工智能进行更精确的图像识别。"

"智能网络一直都不曾停下脚步，一些人类公司在利益驱使下不断地帮助它进化，比如委托李叔工作的公司。甚至有可能，这些工作是智能网络做的委托，它知道自己的需求。"

"那智能网络这么做的目的是什么？保持自我稳定？"

"当然。维护自我完整就等于维护了整个智能网络的用户，这些用户占全体人类的 90% 以上，这甚至符合科幻电影里的机器人三定律。这是我在原始数据库最深处查到的，可以给你看。"

"我父亲的存在威胁到了它的存在？"

"对，你父亲的所有数据都被标上了最高等级的警戒，哪怕他也算是智能网络的缔造者之一。"

"笑话！你找一堆黑客都不一定能撼动星宇智能网络的一根寒毛，我老爹何德何能。"

"我不知道星宇智能网络关于这方面的算法具体是什么，但它的根本目的是保持稳定，让它掌控的范围更简单、更和谐，不出现系统崩溃。它也没有任何感情，任何人、物体都会被转化成二进制塞进它的数据世界，数据世界里只有 0 和 1，没有特殊，所以哪怕你父亲是首席硬件工程师，在它眼里也只是普通的数据，照样会被筛选出来。"

"这不科学，如果出现这种情况，管理者不可能坐视不管。"林寒摇头道。

"管理者只是个头衔，他们已经丧失了对智能网络的掌控。除非有人关掉智能网络，但全世界已经离不开智能网络了。我们已经被这个怪物挟持了，管理者无可奈何。我们被一个弱智但超级大的系统绑上了贼船。你父亲是保证智能世界和谐的牺牲品之一，但你是无罪的，所以智能网络选择放过你。只不过人不是单独存在的，你与你父亲有着千丝万缕的联系，你还有他的一半 DNA。所以星宇智能网络本着宁可错杀不可放过的原则，一直在提防着你。"

"提防？"

"你是什么时候发现自己开始倒霉的？"

"做事不顺，有突发状况。"林寒还想说，但被吴迪打断了。

"当你总不能按照自己的想法做事情，哪怕是极其简单的事情，比如你中午想去哪家餐馆吃饭，结果要排号等到傍晚，你就会觉得自己倒霉。我推测他们判定的标准是，如果你自己待着就不会管你，但当你外出与其他人发生联系的时候，就会尽可能在不影响他人的情况下干预。所以你一直觉得自己挺倒霉的。"

"的确，大多数时间我宅在家的时候，的确不会那么倒霉。"林寒努力在脑子里回忆着。

"对，提防你的措施就是让你孤独，不与其他人发生限度外的联系，这样它就会放过你。"

"那今晚我之所以掉线，肯定是做了触及智能网络红线的事情？"

"肯定。"

"所以我的 ID 并不是真正意义上的病毒？只是我的存在或者所作所为可能会导致整个系统崩溃，当成病毒隔离处置了？这之后，与我有关系的终端和 ID 也都被锁定了一段时间以排除嫌疑？"

林寒顿了顿，歪着头又道："不对，既然是病毒，为什么那些终端会卡住，而不是攻击我？"

"程序都有优先级。你是智能网络一直重点关注的人，当你触及红线时，主机会第一时间知道，下达命令将你隔离。但整个华北地区的终端太多了，需要数据同步，加上可能真的是因为双子座流星雨干掉了不少通信卫星，影响了同步。所以那些终端不知道怎么办，才卡住了。"

"同步完成之后，加上小桃的操作，彻底跨过了智能网络的红线？"

"对，所以进入石家庄之后，你的芯片刷过的地方，都会被智能网络暂时最高等级锁定，失去功能。毕竟这是关系到它安全的事情，所以你在石家庄智能区域的破坏性就更大了。智能网络的防御系统认为先把你隔离锁定，但同时它的基本定律又要求不能伤害你，自我保护与不能伤害人类的定律产生了矛盾，于是你的病毒 ID 破坏性便进化了。"

"究竟是我做的哪一件事情，让系统认为是量变到质变的点？"

"或许以人类的智力已经无法理解智能系统筛选不安定因素的算法了。不过我推测是你母亲病危发出的信息，也是你所能接受的最高等级的消息，与这个世界或者说智能网络发生了强联系。不过也有可能是你下班的时候先迈了左脚，成了压垮骆驼的最后一根稻草，反正系统都看在眼里。"

"这解释太牵强、太匪夷所思了。"

"我刚才得了一个更让人瞠目结舌的推断，你想听吗？"

"说吧。"林寒苦笑道。看来不让这家伙吐干净，他是不会罢休的。

"生活在这个复杂的社会里，与人相处、交流相对于二进制代码是不是复杂得多？"

"嗯。"林寒一直持有类似的观点。

"假如智能网络那个弱智也是这么认为的呢？对于它来说，全是0和1的二进制数据管理起来要比现在的万物互联世界简单得多，更不容易崩溃。想一想电子幽灵计划。更进一步，智能网络这个弱智，最终选择让全人类数字化，那么会不会选择更弱智、更简单粗暴的电子幽灵计划呢？"

"不可能，当初智能网络的设计者和建造者肯定会有预防措施。"林寒不由自主地打了个冷战。

"想想你父亲的下场。"

林寒使劲甩了甩头，天蓝风清，哪来的智能网络杀人狂。

"走吧。"

"要隐居？"

"不，去找那些倒霉蛋，阻止星宇智能网络的疯狂计划。"

"哈哈哈，来颗药丸？红色的还是蓝色的，你想做救世主了？"

"不，只是不想让那些被星宇智能网络弄成倒霉蛋的人那么悲惨。"

"仅此而已？"

"我还想跟我妈谈一谈。"林寒想了想，他还想留长发扎个马尾，学种乐器……

二十二、新世界

风渐渐地小了，缠绕着林寒的头、脖子、手和脚轻轻地吹着。

天，已经放晴，云朵像一团一团的纯白棉花，富有层次地漂浮在天蓝色的水中，倒扣在透亮的空气之上，也许只要飞得够高，就可以碰触到这倒悬着的透明海洋。笔直的黑蓝色107国道穿过石家庄市区，在南边重新恢复了它原来的名字，覆盖着薄雪一望无际的麦田从此处开始延伸至远方，而且无穷无尽。

他从背包里拿出老娘的日记本，上边老娘亲手用蓝色圆珠笔写着四个大字：麻将秘籍。

翻开第一页：

记住，人生就像打麻将一样，要去尝试，你永远不知道下一张是什么牌，需要自己亲手去摸、去拿。也许给别人点炮，也许是自摸，总要去试一试。

日记本上不只写着打麻将的各种手法、技巧，还有各种食谱，比如他最爱吃的梅菜扣肉的做法，不知道从哪儿抄来的一些诗句，自己的照片，偏方等，简直就是老娘的一本百科全书。这几乎跟彭姐的笔记本一模一样。

他拿出彭姐给的小册子，与老娘的日记本捆在一起，发现小册子的背面写着几句小诗：

当你启程前往伊萨卡

但愿你的道路漫长

充满奇迹

充满发现

"的确，回去的路很长。"林寒抬头望着那片蓝色的天空喃喃道。

"得先到油镇夏冰的房间里取备用的油。"

"好。"林寒点头应道。

"你找到自己的身份了吗？你父母究竟是谁？生育计划真的存在吗？"

"现在才想起问我啊，你猜呢。"吴迪眯起眼，嘴角上扬。

林寒顿了顿，被一只闪着金属光泽，对着他跳了"8"字舞然后飞走的蜜蜂吸引住了，他想到了刚才吴迪的推测。

"冬天会有蜜蜂吗？"

"你说什么？"正在一旁试图发动摩托车的吴迪摘下头盔问道。

"没什么。"也许是阳光太刺眼，错觉吧，别自己吓自己了。

林寒跨坐在吴迪身后的车座上，他想知道很多事情。夏冰下一步会去找母亲吗？彭姐的儿子会苏醒吗？赵阿姨有没有得救？但他更想知道消失的父亲究竟怎么样了？

他重新背上背包，向新世界出发了。

妈，我上路了。

奶奶的年画

一

"奶，我是谁啊？"林寒蹲在奶奶的椅子前，仰着脖子，双手捂着她的已经不再干裂，仍然满是皱纹的右手问道。

"明明。"老人眼睛睁得跟汤圆一般，将落在对面白墙上的焦点移回来，凑过去看了一眼，薄嘴唇紧扣着牙床，略有些不耐烦地回答道。

林寒笑着扭过头对着一旁的妻子青莲做口型道：明明是我爸的小名。

"奶，您再看一看。"

"啊，是小寒，回来了啊。"奶奶另一只手揉了揉眼睛，焦点提到了眼前。虽然眼球依然浑浊，但多了一丝愧疚，左手摸了过来，揉着林寒的手。

"奶，给。"林寒站起来从一旁的妻子手里接过一盒点心放在奶奶的腿上，"奶，给您带了稻香村的糕点，一次只能吃一块啊，当心飚血糖。"

"好，好，俺记住了，一次只吃一块。"奶奶用手使劲捏着红色的盒子，抱在怀里憨笑着，脸上的沟壑挤出一朵花的纹路。

林寒站起身来，两手先是插进裤兜，然后又抱在胸前，最后把智能眼镜摘下来，擦了擦镜片，又戴了回去。这时一条新消息蹦了出来，他像了碰到了救星似的伸出手想去点开投射在面前的绿色对话框。手抬起一半时又停住了，半透明的绿色对话框后边是奶奶眯起的眼睛，以为他又要变出来什么小玩意儿。

"您看，这是最新的智能眼镜，戴上它，甭管您是近视还是老花眼都不是问题，看啥都真真切切！"林寒想起包里还有公司新推出的眼镜，即使不植入智能芯片也可以实现一部分虚拟现实的功能。

"哦。"奶奶伸手接过来，放在一旁的桌子上，"小寒，你看墙上白花花一片，挂点啥好？"

林寒扭过头，淡绿色的壁纸上挂着几幅5寸的照片，留白太多，看上去颇为不自然，估计这是刚学会用智能系统的老爹弄的。

"这不是挂着……"他把唾沫和后半句话咽了回去，"奶，您戴上这眼镜，就能看到挂着的照片了。这张是您和爷爷站在咱家平房前的照片，门框上还挂着扒了皮的玉米棒子……"

"记得，记得。"奶奶双手撑着拐杖，身子向前倾着，撅着屁股这才站了起来，眯着眼睛往前走去。

林寒以为奶奶要去墙上看个究竟，"奶，戴上眼镜就行了。"

"工作忙吗？吃了饭再走吧，奶给你做手擀面吃。"

"哐哐哐"，智能眼镜上连着蹦出五六条消息。林寒长呼了口气道："不了，我还得加一会儿班，工作还没做完，得先回去了。"

"哦。"奶奶摸索着椅子，缓慢往下蹲，在屁股距离椅子还有 10 多厘米的时候，突然跌坐了下去。

"我先回了，您好好的，别去工作坊印年画了啊。"

奶奶没有说话，眼睛始终盯着对面雪白的墙面，左手离开拐杖挥了挥。

二

从奶奶家出来，天空中飘落着碎雪，一粒一粒打在林寒的脸上，倒也不疼，只是冷得有些脸麻。林寒双手插在口袋里，并没去理刚才弹出来的消息，绿色半透明的对话框挡着一半的视野，他的世界一半泛着荧光绿。

"你不是经常说起奶奶？但照刚才的情形看，原来你跟奶奶的关系一般？"新婚妻子青莲摘下眼镜，看着眼前被白雪覆盖的世界。

"不懂就别瞎说！你哪只眼睛看出我跟奶奶关系不好？眼镜不行了就换一个。"

"我也没说什么呀，你急什么？"青莲笑道。

"我跟奶奶关系很好。这些年忙，可能是因为我一年就回来一次吧，有些疏远了。"林寒声音越来越低，"不过，她老人家太倔了！太倔了！眼睛不好了，还不弄个眼镜戴。说什么年纪大了，不会用，啥也不需要，有口饭吃，有个暖炕睡就行。等快不行了，两腿一蹬就去找我爷爷，弄这劳什子没用。"

"哈哈哈，这就是你为啥在家里书房弄了一个带着摄像头的老电脑的原因啊。人老了就跟孩子一样，做什么事情都得哄着。"

"哄着也不管用。她都 92 岁了，每年这时候都要去年画坊，两步一喘，三步一停，来了兴致还要亲手描一幅，拦都拦不住，她这眼就是当年在油灯下画年画熬的。"林寒想起小时候从村里的育红班回来，直接钻到爷爷奶奶的年画坊猫着，奶奶舍不得掏电费，在油灯下描着画。他就这儿瞅瞅，那儿摸摸，饿了奶奶就会做手擀面，打了西红柿鸡蛋卤，热气腾腾吃完一碗，往炕上一躺，那个美。爷爷经常拉住他，教他绘稿，说这是最重要的一步。那时候他调皮捣蛋得很，哪里坐得住，乱画一气，经常气得爷爷拿着笤帚疙瘩满世界追他。

"年画坊？"青莲凑过来伸手摘下丈夫的眼镜，将他从回忆里拉了回来。

"对啊，我家是年画世家啊！爷爷奶奶是远近闻名的年画师傅。每到逢年过节，来买年画的人都快踏破门了。"林寒从青莲手里又拿回了眼镜，示意她也戴上眼镜，开始共享。

"武强年画，与杨柳青年画、潍坊年画齐名。我们这边过年的风俗，家家户户过年要贴年画，寓意平安健康。"林寒双手在身前飞快地晃动着，把视野里的图片拉到中部，指着纸上的五短身材人物继续道，"你瞧这幅咋样？"

"这张门神，虽然圆圆的脑袋与身体比例有一些问题，但用线简练，粗犷奔放，显得十分威风。"青莲伸手点着从眼镜里投射过来的年画道。

"你还真能唬人，这是我小时候爷爷教我画的。"林寒又用手划拉着投射，"看，这张是我画的变形金刚，这张是比卡丘，这张是黑猫警长。"

"门神虽然笔锋稚嫩，但很气派啊，有大家的神韵。"

"那是当然，我爷爷最拿手的就是画门神，在他们圈子里那可是首屈一指，所谓名师出高徒嘛！"

"那奶奶呢？"

"这张就是奶奶的作品，是我超级喜欢的画，一直都想要一张收藏，可惜找不到了。猜一猜画的是谁？是挂在厨房里的。"

青莲歪着头看着这幅几乎没有一点空白、以红色为主色调的年画，似乎在哪里见过？难道是财神？画正中间是一位面相庄重的圆脸官人，身着红色的官袍，留着美髯，左手托着金元宝，右手拿着玉如意。头和身体的比例几乎是 1∶3，简直就是漫画中的萌物，头上和四周笼罩着祥云或者干脆就是烟气，"烟气？"看到这里，青莲笑着说："既然在厨房，那肯定是灶王爷啊。"

"对，每年农历腊月二十三，奶奶都会摘下、烧掉贴在厨房里的年画，嘴里还念念有词。她以前可不信这一套，年轻的时候还跟着爷爷进山剿过匪，骑着马，扛着刀，女中豪杰一枚。现在已经老成这副模样了，唉。"林寒关掉共享，"医生说她应该尽快装上智能系统，不是为眼睛能看清东西，而是监控她的心脏，怕她万一有个三长两短。"

"既然这么紧迫，你得想想办法啊！"

"奶奶这个老倔太太，当年爷爷去世的时候，愣是三天三夜没吃没喝，后来说梦到了爷爷，听到句话，才挺了过来。这样的老太太我该怎么劝？"

三

"林寒，刚才你在忙，二姑视频电话过来说，她想做缸炉烧饼，问你能不能过去一趟，看一看炉子怎么修。"青莲推开书房的门，探头道。

"我知道了，但那东西得找我同学弄，一会儿我打个电话问问。"林寒双手插在裤兜里晃过来，"三姑在奶奶那儿，她走不开，说要买点大白菜，你跟妈去吧。"

"还有电话，说是你小叔，今年晚点儿，得腊月二十三才能到，让爸去接。"

"他比我忙多了，能回来就不错了。"

"上次你说小姑在广州，过年回来吗？"

"说不好，嫁出去的小姑泼出去的水。不过，今年应该回来吧，上一次她也在病危通知书上签过字，应该知道是什么情形。"

"你还有多久才能做完？不是说回来陪奶奶玩吗？你这是陪甲方在玩吧？"

"我也不想啊，但这次虚拟烟花是公司的重头项目，年三十要用，你以为我愿意加班。"

"奶奶那边咋办？你这跟在北京上班有什么区别？"

"谁想 996？不赚钱拿什么养家，凭空变钞票还房贷？有点时间还得陪你。你别唠叨，我赶紧忙完手头的活。"

"没时间陪奶奶还怪我咯？不到 300 公里，你休假的时候也不见回来，现在着什么急！"青莲拧着眉毛狠狠甩上了门。

"青莲，青莲。"林寒急忙打开门追上妻子道，"我去，我去。说起来我现在的工作也是受了爷爷奶奶的影响，小时候就跟着他们学画画、做年画，现在做了幻象投影的设计师，火车站上空，投影造型奔腾的石头马就是我设计的。可偏偏奶奶她看不到啊。"

"哼，还有脸说，爷爷奶奶是教你画年画，不是让你生产那些程式化的、没有神采、没有灵魂的莫名其妙的设计画。"

"奶奶也没说过让我做艺术家啊。"

"你这里有问题，理解不到重点。"青莲戳着他的脑袋道。

"其实我也不是不想陪奶奶，但她就是不肯装智能系统，有了系统随时随地都能看到我，兴许她早点装上了，经常唠叨唠叨，我会回来继承年画坊，变身超越他们的大艺术家！"

"你是说养成每天回家就掉进智能眼镜的习惯，是这个时代的错？"

"我这不是为工作嘛，房贷，房贷。"林寒声音越来越低，慢慢低下了头，双手插在裤兜里，耸着肩，"其实——其实就是我的问题。"

青莲看着丈夫这副模样，没忍心再往下说，可谁知林寒走进出门拎了个黑乎乎的家伙。

"你拿着幻象投影设备去哪儿？快吃晚饭了！"

"我去奶奶那儿。"

四

"怎么样了？"早已靠在床头的青莲，把手里的纸质书放下后问道。

"老太太的兴头真足啊，让我弄了一堆全家人的幻象投影，比三天的工作量还大。不过老太太非常高兴都能看见小舌头了。"

"我问的是奶奶同意安装智能系统和眼镜了？"

"这倒没有。"林寒昂起头的头又耷拉了下去，"不过，我跟奶奶打了个赌。"

"什么？"

"我给了奶奶改装版的眼镜和智能笔，教会她使用方法。打赌，既然她这么爱年画，只要她这几天能用智能眼镜和笔画一张差不离儿的出来，我就再不磨她装智能系统了。"

"怎么可能？奶奶又不是专业人员。"

"只要她老人家能画个大概，哪怕是野兽派的年画都成。其实我这是醉翁之意不在酒，奶奶在用这套简易智能系统的过程中，发现很多便利，说不定就不再这么倔了。"

"你啊，跟奶奶一样，都是老小孩儿啊。行了，睡吧。"

"还不能，我又接了个新活儿，这几天赶紧弄完。"林寒神秘地笑了笑，在媳妇额头亲了一口，走出了卧室。

五

"一会儿去买点年货，我给你做糖墩儿。小时候奶奶每年都会做一些，和供品一起放在灶王爷的画像前，说灶王爷被糖抹嘴儿，上天禀报的时候就只会说好话，能保佑来年一家人平平安安。"林寒洗漱完毕，戴上智能眼镜道。

"嗯，我家以前也有这样的风俗，都是老人们的美好愿望啊。怎么，你会做？"

"以前我是个小胖子，就爱吃这个。后来奶奶教会了我，说是等她去了，不怕饿到我这只馋猫。求人不如求己，不能总奢望别人帮你吧？"

"我想吃。"

"稍等，二姑的电话。"林寒开启了视网膜投射模式。

"怎么了？脸色这么难看？"青莲放下碗问道。

"奶奶出事了。"

"什么？"

林寒嘴巴抿成了一条直线，扯起衣架上的衣服出了门，身后跟着神色慌张的妻子。

"奶奶到底出了什么事情，咋还住院了？"青莲戴上眼镜设定好智能车的导航目的地。

"都是我害的。奶奶年纪大了，记性倒是真的不太好。画了几天年画也没画出来一张像样的，就趁着姑姑们出门办年货，溜了出去。估摸着是想去年画坊找以前的板子照着画。今天风大，回来的路上，被高楼上掉下来的墙皮砸到了头和后背，现在在重症监护室。可恶！"林寒一拳捶在了车门的扶手上，钻心地疼。

奶奶看到穿着绿色无菌服的林寒，眼球终于活了过来，艰难地转动着。因为插了喉管，说不出一个字，只是"呜呜呜"地哼着，眼泪很快就滑了下来。

"奶，会好的。"林寒刚才气得要爆炸的肺，现在干瘪成了地上的枯叶，眼泪在眼眶里打着转。以前那个虽然瘦小但身强体壮的小老太太，如今缩成了一团麻绳瘫在了病床上。

"小——寒，俺——不——能——动——了。"奶奶抓着林寒的手，在他手心里写着字。小时候一回到年画坊，林寒就抓着奶奶的手，写着当天学的字，就这样奶奶又上了一次特殊的扫盲班。每次回家的时候，这也成了祖孙俩的固定娱乐项目之一，没想到现在成了他两人唯一的沟通方式。

林寒明白"不能动"对一辈子停不下来的奶奶意味着什么，但他不知道该如何安慰她。

"画。"奶奶在林寒手里慢慢地写了一个字，然后眼神指着一团宣纸。

"奶啊……"看着那纸张发黄，团成一团的年画，数落的话，林寒说不出口。

六

"奶奶怎么样了？"青莲拉过与父亲一起出来的林寒问道。

"凶多吉少。"林寒耷拉着头，"如果不是我非要给奶奶装系统，也就不会……还有这该死的年画！"说完把手里团成一团的年画狠狠地摔了出去。

"都是你二姑撺掇的，当初让你回来劝娘！"站在一旁的三姑冲过来道。

"芬，你咋说话呢……"二姑冲过来，揪过三姑的胳膊开始撕扯。

林寒没心思拉架，只是双手插在裤兜里，像一根木桩似的戳在ICU自动铁门的一旁，静静地看着走廊里整齐的吸顶灯。这里没有一样是幻象投影做出来的东西，真实得可怕。

"我听说有一种上传的方法……"青莲端杯水递过来。

"医生刚才也提了。但那不是真正的意识上传。"

"到底是什么技术？"

"医生讲的技术与科幻电影里的意识上传不同。电影里的技术可以充分解析并记录大脑的微电流，甚至可以把记忆细胞里的记忆给导出来，还有意识活动，彻底把人的意识数字化。但现实则是另外一回事儿了。"林寒低头抿了一口水，继续说。

"现在的智能网络之所以能实现人机畅通无阻的交互，依靠的重要技术之一是无处不在的各种大小、类型各异的摄像头和麦克风收音系统，如此才可以实现流畅的人机交互。如果把这些影像和音频积攒起来，通过特殊的算法，几乎可以数字化模拟出来一个人，它的喜好、声音、动作、表情，甚至一些记忆都和本人无异。这就是现在的上传技术，简单粗暴。"

"这是有点可怕，那……"青莲没有往下说，她了解自己的丈夫，"但你得尊重奶奶的选择，要不要去问一问。"

"奶不会同意的。"林寒嘴上虽然这么说，但还是站直了，抚平了衬衫上的褶皱，往 ICU 的金属门走去。

七

农历腊月十六，已入三九，气温并不低，只是一直吹着的北风带走了林寒脸上的最后一丝热气。他在朋友的工作室连续通宵工作了几个晚上，此时正顶着黑眼圈往家赶。

关上门，脱下外套，林寒鞋都没脱，便扯着嗓子喊道："青莲，都准备好了吗？"

"好了，糖瓜儿和糖墩儿都弄好了，你过来尝一尝吧。"声音从厨房里传过来。

从脸被熏得红扑扑的青莲手里，林寒接过来一枚拇指肚大小的糖瓜儿，翻来覆去看了又看，像极了一枚缩小的南瓜，只是颜色更接近乳黄色，这跟印象里小时候的一模一样。

"二姑打电话来说奶奶爱吃的缸炉烧饼也做好了，一会儿就拎过去。"

"她就这么一样拿得出手的手艺了，三姑那边的炖白菜也差不离儿了。"

"你呢？设备都借过来了吗？"

"周哥一听说这事儿，立马就给我了，还帮忙安装在楼顶了。"

"那咱过去吧。"

床被移到了阳台附近，奶奶躺在床上，连头都不能移动半分，却听出了林寒的脚步声，嘴里发出"呜呜呜"的声音，而且比以往更急切。

林寒连忙走到奶奶跟前，握住奶奶插满各种管子的左手道："奶，昨儿李医生说您情况好转了，给您拿掉了喉管，一会儿您就能吃点东西了。青莲给您做了糖瓜儿，一会儿您给品品，看孙媳妇儿做得如何。"

"呜呜。"奶奶的精神比在 ICU 病房的时候好了许多，眼睛里也有了一丝光亮，用唯一能动的右手轻触着林寒的手。

"二姑、三姑、小姑也都带了您爱吃的东西，对了，还有年画，年画坊的王婆专门送来了今年的年画，一会儿就给您贴上。"林寒从怀里拿出一张"打金枝"的年画，沾上水，仔细贴在窗户上。

家里所有人都回来了，二叔家的妹妹、二姑家的哥哥，上一次天南海北的亲人凑这么齐还是爷爷去世办白事的时候。

李医生说老太太很顽强，硬是挺过来了。撤掉维持设备后，只要不恶化，就算度过了危险期，之后身体条件允许了，装上智能机械辅助系统，下床走路不是问题。听完林寒的转述，奶奶在他手里勾勾画画着："等这幅老皮囊不中用了，俺就去见你爷爷了。你爷爷去了之后，梦里跟俺说好等俺三年，这下老头子要多等些日子了。"

酒足饭饱，奶奶一看到林寒还会发出急切的"呜呜呜"声。林寒没顾上，他先把改装过的烟花幻象投影设备打开，关上屋子里的灯。

"要开始了！大家都坐过来吧！"林寒道，自己则偎着瘦小的奶奶身旁。

随着音响里爆出来模拟的爆炸声，五颜六色的烟花在黑色的天空中爆炸开来，菊花、牡丹、芍药、迎春，都是奶奶喜爱的花卉烟花，流光溢彩，如梦如幻。

"都别走开，后边更精彩。"待烟花"燃放"完毕，林寒把存储器塞进设备，天空里投射出一个留着齐耳短发，戴着军帽，骑在一人多高的黑色大马上，腰间挎着一门盒子炮的女人。奶奶眼睛睁得更大了。

"奶，这是谁啊？"

老人发出"呜呜"的声音。

从小到大，从年轻到皱纹爬上额头，一张张照片出现在夜空里。有奶奶出嫁时，坐在椅子上娇羞的照片，也有奶奶跟着爷爷上扫盲班时拿着铅笔写字时咬牙切齿的照片。

投影的最后，林寒遥控把室外的机器关掉了，打开屋子里的另一台幻象投影设备。一瞬间，每一寸方砖，每一根房顶的椽子，都被搬了过来，就连木头上的纹路都没有放过，这是奶奶家的老平房。屋子里有一张边缘磨得发亮的书桌，爷爷站在奶奶旁边，举着一张写好的字：谁若九十七岁死，奈何桥上等三年。

奶奶住进了 ICU 之后，林寒很少露面，连着忙了几个通宵就是为了今天。但直到昨天，当他制作这张照片的投影时，才明白奶奶在病房里画的那句"等三年"究竟是什么意思。

奶奶泛着泪花，再一次急切地发出了"呜呜呜"的声音。

林寒这次懂了，奶奶这是想在林寒的手上写字，他连忙伸过手去。

奶奶写了个"画"字。

"年画不是给您领来了吗？"

奶奶摇摆了眼球，又写了个"画"字。

林寒一下子明白了，连忙连接上给奶奶临时制作的简易智能系统和眼镜。一张用毛笔勾勒出来的，像是儿童简笔画模样的灶王爷出现在了他的视野里。这是奶奶用虚拟系统给他画的灶王爷。

奶奶扭过头来，眼睛亮晶晶地盯着林寒，再次在他手里写写画画。

"去了老房子里，照着贴在灶台上的灶王爷画的。"

八

腊月二十三的清晨，林寒早早起床，洗漱完毕，穿戴整齐，准备出门。

"你去哪儿啊？"

"我——我……"林寒不好意思说出口，他要去年画坊拿一张年画。在奶奶眼里，今天是小年夜，肯定会烧掉灶王爷的年画，他想替奶奶做完今年的份儿。她老人家刚装上智能机械辅助系统，还不能做细致的动作。

"别去了，给你。"青莲从一旁的书架上，拿出一张折上的年画，"就是奶奶那张，我给你捡回来了。"

林寒接过重新抚平、对折起来的发黄的年画，打开，他眼睛亮了，背面写着几个歪歪扭扭的铅笔字："全家平平安安。"

"这可能是拆了一多半的老平房里的那张年画。这老太太真不让人省心啊！"

看着已经泛黄的旧年画，林寒没有再说话，小心地把年画塞进怀里，双手插兜，哼着调子出了门。傍晚回来时，手里提着两个画框，里边放了两张年画，一张是纸张泛黄的灶王爷，另一张则是新印出来颜色鲜艳、线条略显生硬的门神。他摘掉了智能眼镜，找钉子钉了挂钩，把画框挂在了墙上。

从此，白墙上不再空无一物，在毛笔简笔画灶王爷年画的旁边又多了两张看得见的年画。

再爱一次

一

"喂，妈！您——您——不不——不是说，只要——小雅——能生——生孩子——就同意吗？"

李洛蹲在实验室李医生办公桌下的一个小橱里，捂着嘴拼命压低声音道。

"相亲我不——不去！谁约的——谁——谁——谁去！"

挂上电话，李洛抬起手腕，屏幕上有一堆未读消息。被置顶了的小雅的消息里，是做鬼脸的照片和一堆笑脸表情，顿时给他持续疼痛的胃部带来一丝暖意，女友一直都记挂着他呢。除了偶尔翻看老妈的唠叨，其他消息大多是垃圾推销信息，他一概不看，一概不回。

李洛已经在橱子里藏了 14 个小时，腿和脚早就不是自个儿的了。虽然宣武医院卵子库实验室的工作人员都已下班了，但他还是多等了 1 个小时。这是最后的机会，不容有失。

屋子外的月光透过窗户上的铁栅栏，打在李洛的身上，让他的白衬衫看起来像一件怪异的囚服。李洛戴着手套，双手撑在桌子上，不断蹲下、站起、转着脚腕，针扎般的酥麻感正在消失。

早在半年前，成功应聘实验室的清洁工后，他仔细观察、记录，把各个科室的作息时间，每个工作人员的上班、下班、用餐时间，甚至如厕习惯都记了下来，做成图表放进了脑子里。昨天他向主管提出了辞职，半个月后无论是否找到新的清洁工，他都将离开。选择今天行动是为了降低被怀疑的概率。情人节还有 3 个小时才过去，来得及，他要给小雅一件别样的礼物—— 一颗冷冻的卵子。

早晨李洛利用保安交班的间隙，躲在走廊里的死角，戴上准备好的面罩溜进了李医生的实验室，钻进了小橱子里，与之一墙之隔就是他做梦都想进去的冷冻卵子库。

李医生是个喜欢小动物而且富有同情心的实验室狂人，对自己这个结巴尤其友善，从来不学他、嘲笑他。但因为最近在跟妻子闹别扭，李医生经常两眼无神，心事满怀，整个人都不在状态，犯了几次错之后，今天终于摇着头准时下班了。

"小雅从来不会跟我吵架。"李洛在心里咕哝了一句。输入从李医生那里取得的密码时，他迟疑了。刚才用的是李医生的复制指纹，查起来李医生肯定脱不了干系。3 秒钟后，密封门终于缓慢地打开了，从里边冒出来的白汽，缠绕着李洛搭在门上的手。

不能在这里停下，电脑数据里已经有了封闭门的开启记录，已经无法回头了。

1072 号箱子里的卵子，无论是捐赠者信息还是卵子状态几乎完美无缺。他从箱子里取出卵子，放进准备好的液氮保温箱，小心翼翼地塞进背包，把一切复原之后找到实验室的总闸门，敲断了保险丝。

从安保人员开始排查，发现保险丝的问题，到排除故障，再到智能系统发现卵子丢失发出警报，只有短短 15 分钟。李洛算着时间，抹黑爬出实验室，滚进花坛里，再用同事林寒丢失的钥匙打开了后门，他一共用了 14 分钟。果然，他刚关上厚厚的铁门，卵子库实验室就想起了刺耳的警报声。不过这一切都与他无关了，摘下手套，拍了拍背包里的卵子，李洛滑开手腕上的屏幕，发送了一条消息：礼物来了。

二

"站在那里别动，把双手高举，慢慢放在脑后，蹲下来。"黑暗中一个低沉的声音传过来。

"你——你是——是谁。"心脏狂跳的李洛还是双手发抖自动举了起来。

"你有权沉默，但今天你所说的一切都将成为呈堂证供！"声音来自一个高大魁梧的国字脸男人。

"哈哈哈，老同学，不认得我了？"

"你是……"

"我是彭坦啊！林寒你还是老样子，记性差、胆子小，看刚才把你吓得都结巴了。"

"是，没变。"李洛想起来了，脸上还贴着林寒的橡胶高仿脸模。

"刚下班？真够忙的。"

"是。"为了掩饰自己的结巴，他尽量只说一个字。

"前些日子王倩结婚你怎么没去？"

"忙。"

"没去就对了！咱们的班花嫁了个老头子，还说是真爱。她前男友李朝磊也去了，喝得一塌糊涂，大闹酒席。唉，哪有真正的爱情啊？"

李洛尴尬地笑了一声。我和小雅不就是真正的爱情？她从不嫌我结巴，哪怕我是个穷光蛋也一直不离不弃。

"最近怎么样？听说你媳妇生了个儿子？你妈高兴了吧？"彭坦簸箕般的手使劲地拍着李洛的后背笑道。

李洛笑了笑，没有回答。

"唉，羡慕你啊。我离婚了，幸好没孩子。"

"怎么？"

"一言难尽啊。"彭坦又叹了口气。

正当李洛觉得谈话结束了，准备离开时，对面的男人又开口了。

"刚谈恋爱的时候，觉得她人可爱漂亮，会玩，除了性格有点急其他都挺好的。哪知道结婚之后，本性都露出来了，什么家务都不会做，这叫什么事儿啊？你知道我工作有多忙，她一点都不体谅。我妈偶尔自己带钥匙来帮我们打扫屋子，她还埋怨我妈乱动她东西，那个脸阴得跟菜地里的猪一样黑。"

婚姻才是检验爱情的真正标准。我遇到了个好女孩，小雅现在就揽着一切家务，从不抱怨，结婚以后她必定是个好媳妇。虽然心里这么想，但李洛并没有接彭坦的茬，一副我听着你继续说的表情。

"你在这里干吗？"李洛双臂下垂，尽量放松下来，慢慢地把这句话说了出来，一点都没结巴。

"还能干啥？出任务呗。医院的智能系统报警了，凑巧我们正在附近巡逻，就跑过来了。刚才前门抓住一个嫌疑犯，也不知道因为啥。得了，你赶紧回去吧。刚才头儿说要我去西城区数据中心查一查。"彭坦指了指自己耳朵上的耳机道。

等彭坦魁梧的背影消失在拐角处，李洛扭动了几下脖子，看着不远处围墙上的摄像头，他要执行最后的计划了。

三

在这个万物互联的时代，想做点坏事而不被发现，简直是天方夜谭，铺天盖地的监控摄像头和物联网芯片，几乎记录着每一个人的生活、生命轨迹。这一切数据都被严格保密存在数据中心。

李洛可以戴上假面模，用别人的指纹，甚至可以把植入手腕的芯片抠出来，但他20多年的数据都被记录在数据中心，难免会有一些犯罪嫌疑。虽然他安排好了自己不在场的证明，但为了以防万一，还需要把西城区今晚的监控数据搞掉。

一年前，西城区数据中心更新设备时，他作为搬运工运送过服务器。半年以前，他买通了仓库库管，深夜潜入仓库在服务器上做了手脚。这一切只为了今天。

"要晚一些回家，我绕路买个蛋糕。"李洛给小雅发了一条消息，即使撒谎小雅也会包容他。

"等你哟，注意安全！"

夜风里，李洛一路小跑往数据中心而去，遥控器在一公里范围内才起效。商业街上，无数红心飘在街道上空，变化着各种造型，组成各种语言的"爱"字。街上大多是成双入对的情侣，有的偎依在一起，有的则拉开架势，插着腰指着对方的鼻子叫骂着。

如果有完美的爱情，那莫过于自己与小雅。漂亮、温柔、贤惠等，这些美好的词都不足以形容小雅的十分之一。虽然他们5年前在网络上相识，但即使见面后也从不争吵，互相讲道理，没有肢体冲突，更没有冷暴力。唯一的缺陷是小雅身体上的，她没有子宫，不能生育。就因为这，老妈一直不同意他和小雅在一起。在他绝食半个月之后，老妈最终让步了，只要小雅能给他生个孩子，就同意这桩婚事。

没有子宫，也就不会有卵子。现在已经得手，只需要去荷兰找一个代孕母亲，他就可以永世与小雅在一起了，最后的障碍清除了。

按下遥控器的按钮，小程序开始启动了，会吃掉今晚的一些数据，仅仅如此就够那些程序员忙三五个月了，况且其中可能没有自己的半点违法数据。

回到家，关上门，李洛一边脱着外套，一边扯着嗓子喊道："小雅，我回来了，看看我给你带来了什么？"

回答他的只有屋子里散发着的空气清洗剂的味道。

李洛又喊了几次，家里依然安静得出奇。他看到倒掉的垃圾桶和摆放整齐的鞋子，这才明白过来，老妈来过了。小雅躲起来了？

走到客厅，全息投影器翻扣在地毯上。李洛赶忙奔过去，跪在地上，小心翼翼地将投影器摆正，但小雅依然没有出现。

重启投影系统，出现了个模糊的人影，当李洛喜上眉梢，捧着卵子的冷冻箱时，一个穿着灰色职业装的女孩，飘在投影器上方。

"亲爱的李先生，晚上好！您有两条消息。"

李洛并不想听这些烦人的系统消息，但对方竟然开始自动播放了。

"第一条消息：您在卵子实验室的行为已经触犯了法律，请在家中等候警员，或者选择到最近的警局自首。"

李洛心里"咯噔"一下，这下完蛋了，他们怎么发现的？接下来第二条消息直接把他敲在了地上。

"第二条消息：宣武服务器存储数据库遭到了攻击，包括虚拟恋人在内的数据库被破坏，小雅的数据被执行了删除程序，对于此次事故我们感到非常抱歉。作为补偿，我们将免费为您的数据做一次恢复。"

"现在能——能恢复——复吗？"李洛想自首之前想跟小雅见一面。

"您最后一次使用付费备份软件是 4 年前，确定恢复吗？"

李洛抱着冷冻箱跌坐在绿色的地毯上，他记得那次刚与小雅认识一个月的备份。4 年的幸福时光就这么消失了，要再爱一次吗？

不存在的世界

一

阳光从层层枝叶间透射下来，在地上印满铜钱般大小的光斑。我提着两个巨大的红色超市购物袋，踩着满地的"铜钱"往家挪。汗水沁满了额头，不时滴落在地面上，瞬间蒸发消失得不见踪迹。今早手机黄历推送的运势提示：有财运。该不会指的是地上这些光斑吧？两个月以前我与一家网站签了合同，为他们写部科幻小说。两个小时前接到电话，网站派人来谈小说的事情，这让我有一些小躁动，莫不是有影视公司看上了？

出了电梯，我把左手的购物袋换到右手一并提着，摸出钥匙准备开门，抬头却看到一个戴着黑色高脚帽，身穿燕尾服的类人站在家门口。

"陈路奇？"类人转过头来，高脚帽下露出一张白净、光滑的陶瓷材质的脸。

"你是？"

"我是之前联系你的马克。"

没想到我的责编是一个机器人。

推开厨房的门，扫地机器人正"窸窸窣窣"地滑回充电座。烧上水，翻出茶叶，类人外表虽然跟人类一模一样，但内部都是电子元件，可以喝茶吗？

"请喝茶。"我端了两杯茶出来。

"陈先生，不必客气，我们不喝茶。"类人蓝色的仿生眼看看茶水，又抬头看了看搓着手干笑的我继续说道，"谈一谈你的小说吧。"

"出问题了吗？大纲不是通过了吗？"我故意一脸疑惑，没有提影视改编的事，因为从对方口中说改编权的事能带给我更大的愉悦。

"请终止你的创作。"

类人也有上下两片薄薄的嘴唇，开合自如，甚至连嘴唇上的褶皱都造得惟妙惟肖，真假难辨。从这样一张近乎完美的嘴里说出来的每一个字我都听懂了，但连在一起却没弄明白是什么意思。

"你是说我的小说被腰斩了？下架了？"

"没有，但你不用写了。"

"为什么？大纲不都没问题吗？更何况已经签了合同，怎么突然就要下架？"我站了起来，双拳紧握，眼睛直勾勾地盯着马克。

"陈先生，请冷静。我们换了一名机器人作家来接替你的工作。"马克做了个双手下压的动作，声音依然没有任何起伏。

"换机器人来代替我写小说？"

"这是早已经制订好的计划。不必惊慌，我们会根据你的工作价值进行评估，每月定时给你发送相应的补偿性薪水。"

"照你这么说，我又被下岗了？"

"是的，这是我们做出的评估表。"马克从黑色公文包里拿出一叠纸，双手平举过来。

表格上列出了我从学校毕业之后做过的所有工作，有8份之多，老师、公司职员，这些都被给出了相应的评分，虽然分数并不高，但还算公正，我不是一个很努力的家伙。看到最后一项工作——小说创作者的评分的时候，我不由得皱起了眉头，"只给了我62分，这太低了！"

"这个分有点低啊。"我把表格推过去，右手食指将纸叩得很响。

马克将表格拿起来，瞟了一眼之后说道："每一份文学创作评估都是主脑经过大量的阅读、比对之后做出的判断，62分意味着你的小说并不优秀，你是个蹩脚的小说家。"

"你——你……"我有些激动，虽然自知能力有限，但被人当面指出来，让我真想找个地缝钻进去。

"陈先生，如果这份评估没问题的话，请在这里签字。"马克似乎没有注意到我涨红的脸。

最后我还是签了字，跟一个机器人讲人情没有用，更何况给我每月的补偿金并不少，虽然这得益于写作之前的工作。在这份工作之前，我做过中学老师，每天授道解惑，是人类灵魂的工程师。可后来随着人工智能的高速发展，中学老师成了第二批被它们取代的职业，因为他们可以根据每个人的特点制定不同的课程，还可以制造披着人皮的灵魂工程师——不用领工资的那种。第一批被冲击、下岗的职业是靠力气吃饭的工人，大宏就是这一批人。

不能说人工智能时代不好，正是因为机器人的崛起大宏失业后才发现了自己的绘画才能，短短 5 年就跻身一流画家之列，大大改善了他的生活。相对而言，我却没有第一时间挖掘自己的天分，找到合适的工作，没有大宏那么幸运。

二

"你又下岗了？"大宏的声音里虽然透着一丝惋惜，但我还是听到了电话那头的他强忍着笑发出的"嗞嗞"声。

"对，那该死的类人说我是一个蹩脚的小说家。"

"你应该感到荣幸啊，至少人家承认你是个小说家，只不过是蹩脚的。"

"你等等，有人敲门，回头说。"大宏挂了电话。

和我不同，大宏如今是一个非常优秀的油画家，创作出来的每一幅画作都是高价卖出。按理说，这种富有创造性、有价值的工作不会被替代，但谁又知道这些人工智能会强大到什么程度呢？

人工智能崛起于 2030 年，那一年中美两国把自己研制的人工智能放在一起，使用中文、英文对话交流，以展示人类在人工智能领域的成果，但 3 个小时后，两个人工智能就不说"人话"了。科学家分析了几个月后得出结论，这两个人工智能更迭出了更先进的语言，不带人类玩了。这之后，随着人工智能技术发展速度越来越快，机器人进入了越来越多的行业，人类进入了下岗时代。

每天除了吃饭、打游戏、睡觉就剩下挖空心思找工作了，我不想被机器人当成猪养着，至少得找一份机器人还没替代的工作，这样活着才有尊严。打开电脑，翻看招聘网站，页面上只有寥寥几页招聘启事。

打开其中一条：母乳提供师。

翻开下一条：优秀精子提供者，要求博士学历，样貌端正……（注：30 岁以下者优先。）

再下一条，移民火星人员，要求：人类。

"砰"的一声，我狠狠地扣上了笔记本电脑，在 30 平方米的小公寓里绕着圈子，踢踢腿、伸伸腰，正当我准备弄点晚饭吃时，电话无精打采地叫了起来，这次我打开了视频。

大宏圆圆的脸上满是沮丧。

"画没卖高价？知足吧，平常的价格也顶我一年的收入。"

"不是，刚才类人也来找我了。"

"类人？找你做什么？"我脑子里闪过一种不祥的预感。

"我可能也快被下岗了。"

"开玩笑呢！那些铁皮脑壳能搞油画创作？你可是大画家！"

"他们给我看了机器人按照我的风格创作的画，很不错。还找了圈里数十个资深人士，那些人一致认为那幅画是我画的，并且有了非常大的进步。"

"这咋了？你再画一幅更棒的不就成了？"

"我已经答应在两个月内创作一幅油画，如若盲选之后落败的话，我就得下岗了。"

一时间我不知道该怎么宽慰大宏，好在门铃响了。匆匆挂上电话，打开了门，马克微笑着把高脚帽抱在怀里。

"你好，陈先生。"

"你好，马克。"这一次我没有给它沏茶。

"这是上次的协议，"马克拉开公文包的拉锁，从中抽出一沓纸，拿到我面前让我看清楚，然后撕成了碎片，"协议作废了，陈先生请恢复更新小说，相应的补偿金也会扣除小说创作这一项。"

"什么？"

"你恢复工作了。"

"为什么？"

"因为机器人无法继续创作你那部蹩脚的小说。"

"你这是在夸我还是嘲笑我？"

"代替你的机器人创作出来的小说非常优秀，毫无瑕疵。你写的小说虽然在人物塑造、情节构架上有不少问题，却赢得了不少读者的喜爱，他们认为你的小说的确有不少缺点，但也有一些出彩的设定，甚至某些小人物塑造得还不错。我们接手后，缺点一一被修正了，但读者不喜欢。我们尝试了很多次，都模仿不出来带你强烈个人风格的蹩脚小说。这份工作我们现在无法替代，请您按时更新。"

马克的话令我哭笑不得，不过似乎是在这本小说完成之前，我还不会下岗。送走了铁脑壳马克，我有点兴奋，曾经在其他职业上的挫败感现在稍微扳回来了一些，至少我也并非一无是处。不过这件事情并没有这么简单，如果那些铁脑壳连画画都想代替人类，肯定不会在创作小说这件事情上罢休。

三

事情来得很突然，马克再次造访一周后，我就上了世界各大媒体的头版头条，人类和铁脑壳的媒体都有。这事还是大宏和小兔告诉我的。小兔是一位真正的作家，创作出来的小说牢牢占据言情小说第一的位置，在我看来这类小说更是人工智能不能攻占的高地了。

打开头版头条，首先映入眼帘的是一幅海报，上边印着我和马克的照片，我穿着西装抱胸而立，马克则面无表情站军姿一样地戳在一旁，中间用中、英文和一段代码写着对决两个字。继续往下拉网页，才出现了真正的报道内容。

"这张海报绝对是人类做的，最多200块不能再多了。"小兔抓起一旁的鱿鱼丝，塞进嘴里大嚼特嚼着。

"你注意点形象好吗？好歹你也是个写言情小说的大作家！"直到这时候我仍然没有意识到事情的严重性。

"你还有心情开玩笑？"大宏也拿起旁边的锅巴开始吃起来。

"这有什么问题？这个类人就是我的责编马克，他们机器人写出来的小说不受欢迎，这不赖我，我只是个作者。"

"你还没搞清楚状况。人类的国际象棋、围棋都被人工智能或者说这些类人机器人干掉了，就剩下独创性类职业还健在，你要守住啊，这是人类为数不多的阵地了！"大宏拍着桌子，眼睛瞪着我说道。

"哪有那么严重，人工智能能耐再大，也得遵守三定律，怕个球儿啊。"虽然嘴上这么说，但是我心里已经不安起来，倘若这种创造性的工作也被取代了，我真不知道该做些什么了。

"还是学生的时候，多多少少都会崇拜老师或者教我们技能的师傅，但有一天我们超过师傅了，敬意虽然在，但尊重就少了很多。机器人也一样，你希望看到机器人用看猪一样的眼神看我们吗？"小兔也正色道。

"我明白了。这挑战书大意是从今天起，100 天为限，双方需另起笔名，各自创作小说，可以边写边更新，也可以最后放出，在文学榜上打榜，最后名次高者获胜。笔名和创作的小说题目都需要保密，不能让第二个人知道，否则就算输。但动笔前可以咨询其他人。"我顿了顿扭头看着小兔和大宏，"100 天写一部小说是不是有点太短了？"

"重点不是期限，是作者可以咨询其他人，只要不公布最后的篇名即可，"大宏喝了口茶水继续道，"这就是在向人类宣战，以人工智能强大的逻辑来看，它们不会留下这么大的漏洞，意思是说你可以找大作家帮你，但只能靠你写。打败你，就是打败你这个门类的作家了。"

"你别吓人！我就是个蹩脚的科幻小说作者，承担不了这重担。我这就联系马克，让他们重新考虑找别人。"我拿起一旁的手机，解锁准备给马克打电话。

"你疯了！你现在这样做就等于认输！"大宏一把把手机夺了过去，"谁让你上次赢了马克呢！接替你继续创作的人工智能，可能就是马克，可是读者不买账，所以这才找到了你。"

"也就是说我必须应战了？"我站起来，在房间里转着圈走来走去。

"你跑不了了，估计一会儿就会有写作联盟的人来找你维护人类作家的尊严，我们还是有机会的。"小兔又继续吃起没剩多少的鱿鱼丝来。

仿佛是应了小兔的话，敲门声重重地响起来了。

四

上头条的当天，我家来了很多人。各种级别作家联盟的人简直把我家门槛都快踩断了，一个个肥头大耳，大多数来者先是握手，然后嘱咐两句就离开了，没有丝毫建设性的建议，加上一些知名媒体的来访，我逐渐感受到了压力，身心疲惫。送走了所有人，扭头看着大宏和小兔一嘴油光，在一旁啃着外卖送来的羊腿。

"这是谁叫的外卖？大宏就你这体型，主脑还给你配送烤羊腿？不会被允许吧？"我坐下来从羊腿上扯下来一块肉说道。

"这是用你的脸刷的订单啊，就在刚才你跟领导握手的时候，我不是让你看过手机屏幕吗？我知道你在健身，上次的体检数据肯定非常好吧，所以负责审核外卖订单的主脑不会限制你点的。"大宏嘴里嚼着肉含糊道。

"看吧，这就是以后人工智能统治全世界后的一个缩影，人类连自己的隐私都没有了。体检数据必须上传到主脑，然后根据体检指标来安排饮食，虽然这是对人类的健康负责，却不对人类的舌头和嘴巴负责！简直是反人类！"大宏擦擦手，喝了口水继续说道。

"你们知道我跑了多少公里，才换来一个吃羊腿的机会，就这么被你们两个浪费了！"从这一点来说，我觉得人工智能做得对，对那些自控力差的人类，控制饮食是正确的。如今这个年代，到哪里都要刷脸或者指纹，主脑那边有每个人的数据，买了不该买的东西，付账都付不了。

"看在我们一大早就跑来告诉你的分儿上，一顿烤羊腿算什么，我一会儿再要份炖牛肉。"大宏道。

"行了啊，别光记着吃，赶紧给我出主意，我应该写什么样的小说，才能战胜马克，保留人类的尊严。"

"这个我想过了，写以前没有的人物和情节。"大宏道。

"你这个难度太高，从古希腊到现在，经典的原型人物一共就那么40多个，都是在各大作家几千年来大浪淘沙中留下的，你现在让我创作出其他人物？这太难了。"

"大宏说得有道理，不是新的人物，而是受读者喜欢的人物和情节，别忘了这次评委是亿万读者。所以说创作出老少皆宜的故事情节是最重要的。"小兔正襟坐在沙发上，双手抱胸道。

"你们两个的建议没有半点用处，要是我能创作出非常受欢迎的小说，早就占据科幻小说榜第一名了，还能被叫作蹩脚的小说家？"

……

就这个问题我们一直讨论到深夜，基本没有什么突破性的收获。送走两个人之后，我瘫倒在椅子上，回想自己看过的一些经典小说，除了经典的结构和叙事方式，还需要创作出令人印象深刻的人物和情节，这两个却是最难的。在科幻小说方面，更是缺乏新意，因为现如今人工智能都可以写小说、画油画了，还有什么新奇感呢？写个外星人？这也早就烂大街了。

思考再三，我联系到了之前自己很喜欢的一位科幻作家韩木公先生，当初也是因为这位前辈的鼓励，我才没有放弃科幻小说创作。

"喂，你好，我是韩木公。"一个温和的男声响起来。

"您好，韩老师，我是陈路奇，很抱歉这么晚还打扰你。"

"小陈啊，我看了今天的头条，和人工智能比赛写科幻小说可不是一件容易的事情啊。"

"韩老师，这就是我打电话给您的原因，我实在想不出该写一篇什么样的小说。"

"你还记得我说过的一句话吗？提出来一个议题或者想法的时候，要从不同的方面去反驳，留下来的，就是你需要的了。当然这还跟你的经历和阅历有关系。"

"嗯，我记得。但这跟这次比赛有什么关系？"

"比如从你和人工智能的关系入手，想一些人工智能所不能理解但人类可以理解的一些事情，举个例子，人类那坨黏糊糊的大脑是如何思考的，就是人工智能所不能理解的。"

"我明白了。"这并不是一句敷衍，我的确明白自己应该写什么了。10天后，小说大纲终于有了眉目，此时距离比赛截止日还有89天。

五

从被人工智能马克挑战的那天起，我每天都去晨跑，目的是减压，也可以换取一部分心爱的食物。

人工智能接管全部工业之后，世界变得更清澈了。秋日里的阳光穿过透明的微风打在身上，暖烘烘的，这让周围的一切变得柔和起来。早晨是我注意力最为集中的时刻，思维也最活跃，这对创作小说有很大的好处。不过，这也会让我受伤，比如撞上正在自动清扫道路的智能垃圾桶。

"这种事情只会发生一次，不会有第二次了。"当我反复在视频电话上，向老妈解释脸上擦伤的事情时，忽然意识到从那天起，所有的智能垃圾桶都增强了机动性，我再没因为走神而撞上它们。

今天是开始创作的第 15 天，已经成为"名人"的我，谢绝了大部分访客。但有四个人除外，大宏和小兔，妈妈，还有短发女友林逸。她今天来访的时候，我将智能垃圾桶的事情跟她说了。

"你认为是主脑采集了你因为撞上垃圾桶而受伤的数据，而给这些垃圾桶做了升级，让它们速度更快，不再让人们撞上它受伤？"林逸躺在沙发上，双脚搭在我的腿上说道。

"对，应该是这样吧，你以前是程序员，这点可以做到吗？"

"当然可以。但是我不认为人工智能是为了你而升级数据，而是担心垃圾桶再次受到伤害。对于那些铁脑壳来说，人类多得像蚂蚁，但你瞧人类都做了什么？污染了空气、海洋，挖空了地球上的能源。所以相对而言，还是它们自己的垃圾桶最重要。啊，对，人类还制造了很多垃圾。"

"有时候我觉得自己真的有点看不懂你，你不是非常讨厌人工智能吗？"我知道林逸父亲的死因。林聪是一位汽车制造厂的工人，因为人工智能机器人而下岗了，年纪大了，重新上技能培训班又学不进去，在种种压力下跳楼了。现在这样的人很多。

"我的确恨它们，但不可否认的是它们带来了更干净的地球，人类丰衣足食，可以做那些自己喜欢做的事情。这是一个美好的时代。更重要的是它们让我认识了你。"林逸伸过来白皙光滑的胳膊，将我揽入怀中，亲吻起来。我俯下身去，嗅到了她短发散发出的淡淡柠檬味洗发水的味道，亲吻她碎发下小巧的耳垂。

与林逸认识也因为人工智能时代的来临，所有的婚配都经过了主脑的计算。年轻人一到 18 岁，就必须接受主脑分配到的配偶。在接触林逸之前，还在迟来的叛逆期挣扎的我一直认为这是一个混蛋的决定，怎么可能和一个不认识的女孩去定终身呢？假如给我婚配一个非洲部落来的酋长女儿我也得接受吗？这太混蛋了！但我不得不去，否则我就不能毕业，分不到工作，更分不到食物。

那是一个雨后的傍晚，阳光照射在柏油马路上的积水上，折射出破碎但带着七彩的光线。凉风拂面，说不出来的清爽，让我每一个毛孔都张开了，身心舒畅，也让我的怒气随风而散了。

当林逸出现在露天咖啡馆拐角处的时候，我惊呆了。浅粉色的小衬衫下是细软的腰肢，一袭灰白色的长裙下是一双白色的凉鞋，重要的是她有一头乌黑的齐肩短发。这正是我梦中情人的形象。从那天开始，我偶尔觉得主脑或者说人工智能有时候还是很靠谱的。

一番缠绵之后，林逸问道："你的小说写得如何了？"

"有些眉目了，还算顺利。"我套上没有解开扣子的衬衫，坐起来说道。

"不打算说给我听听吗？"

"等一等吧。"

"还怕我泄密吗？"

"我不担心你泄密，但根据规定，小说的名字、内容要完全保密。我相信马克肯定会保密，这才公平。"我不能失信，哪怕对方只是一台机器人。

"好吧。"林逸继续道，"虽然我有些失望，但你的这个优点正是最吸引我的地方。"

送走了林逸，我打开笔记本电脑，继续写小说。小说的内容很简单。对于一篇科幻小说来说，科幻核心非常关键，但更重要的是一个引人入胜的故事。在这个科技突飞猛进的时代，人类的想象力有时候都跟不上科技的发展，更别提科学幻想了。所以我反其道而行之。假如我们的世界从来没有人工智能觉醒呢？所有的计算机、机器人和人工智能都很平庸，这些家伙就是人类的又一个工具，只能缩短计算时间，让人类获得一定的好处。这样一个世界会是什么样子呢？我的这部小说就以这为主题。

写这样的一个故事，我需要查阅大量的资料，比如人工智能出现的年代、觉醒的年代，还有接管世界的年代。在这些年代之前，人类是怎么生活的呢？各国局势是什么样子的呢？国家领袖在世界上起了什么样的作用？战争多吗？不同阶层的人类是如何生活的……诸如此类的史料我需要一一查找，然后再根据这些史料来推测没有人工智能的那个世界是如何发展的，会有什么样的未来。

这很烧脑，我不能想象这样一个世界，燃烧过量的化石燃料，使得全球的平均气温上升，气候异常引起全球性灾难。在那个世界，没有人工智能控制人类的饮食，会出现多少因为肥胖而产生的疾病；没有人工智能接管工业、统一协调生产资料的配给，没有主脑控制人类的消费和过度包装，会带来多少工业垃圾、生活垃圾，我认为这些垃圾甚至会在太平洋上堆起一座不小的岛。

重新构架一个没有人工智能的未来，这就是我在写的小说，并且我相信无论是主流文学圈，还是科幻小说圈，都会关注这样一部小说，也许我会成功。从这时开始，我逐渐有了一些自信，至少我还是一个蹩脚的小说家，重要的是我足够勤奋，或许还有些天分。

随着截止时间越来越近，我越发不安起来，因为失败了，作为人类的尊严又会被抽走一些。事情似乎正在朝糟糕的方向发展，距离截止日期还有 10 天，马克宣布提前交稿了。

六

"不用紧张，我相信你。"穿着牛仔裤、白衬衫的小兔拍着我的肩膀微笑道。

"相信我会赢吗？"我苦着脸开剥开一个橘子塞进了嘴巴。

"不，我只是相信你，与输赢无关。"

"我没明白，当初也是你为我鼓劲，让我接受挑战，你说这涉及人类的尊严。"我吃惊地看着小兔。

"没错啊，我的确这样说过，但这是为了让你不后悔啊。有多少人有机会与类人或者说人工智能一决高下？"

"你是不是对我赢得比赛没有信心了？"

"我不是说过了嘛，我相信你，但与输赢无关。"小兔走进落地窗的阳光里继续说道，"我以前是胸外科医生，这你知道吧。但我爱好写作，虽然五大三粗，却喜欢写一些言情小说。正是人工智能的崛起，最终使我下岗了，这才有机会去做自己喜欢的事情。也许这是人类的一个十字路口。"

我还等着他继续往下说，但是迟迟没有下文。

"十字路口？我不明白。"

"不用明白，安下心来修改吧，3天后就是截止日了。"

今天的小兔不一样，多了一些充满阳光气息的忧郁，没错，就是这种感觉。一方面能感觉到他对未来充满了希望，另一方面却夹杂着一丝忧郁。

3天后我交稿了，开始了漫长的打榜时间，30天内，赢得最高排名的一方获胜。因为没人知道双方作品的篇名，所以这真的要看作品的质量了。我的那篇目前排名1120，在最新上榜的作品中还算靠前。这个时代有很多人以写作为生，每天都有数以万计的小说发表，有这个成绩已经不错了，不知道马克的作品排名如何。

此后的30天里，我没有再担心排名。当你竭尽全力做一件事情的时候，就会发现结果并不那么重要，乐在其中就好。这就如同人类都是会死的，每个人的结局都相同，但过程却丰富多彩，努力活出自己的快乐就足够了。所以这30天里，我带着林逸四处旅游。

快乐总是很短暂，哪怕30天也只是一眨眼。最终的结果出来了，我输了。但是我输得心服口服，而且输的方式超出所有人的想象。

马克在100天里写出了1024篇长篇科幻小说，几乎把人类至今所有的科幻类型都写了一个遍，而且每种类型的小说都写得很不错。虽然大部分缺少亮点，但有些很合读者的口味，所以排名比较靠前。马克排名最靠前的作品是一部叫作《兔子你丫等着瞧》，走喜剧科幻路线，最受读者喜爱，最终排名48。

我的作品《不存在的世界》最终排名112。虽然揭开谜底后，不论是人类评论家还是人工智能评论家都给出了不低的评价，但没有任何作用。一下子涌现出来1000多部质量中上的小说，哪怕另一个人写得再好，很多读者也很难在有限的时间里分辨出来。所以我输了，马克写的小说不仅从数量战胜了我，而且质量也并不差。

比赛结束后的第42天，人类作家联盟做出了自己的判断，在所有参赛作品中，《不存在的世界》评分最高。同时决定立刻批准我加入作家联盟，并成为联盟的副主席。《不存在的世界》开始发行各种版本，中文、法文、德文，实体的、电子的，在短短的3个月里我成了当今最炙手可热的作家。虽然这本书写得很一般，我甚至发现了其中存在大量蹩脚的段落。没错，我依然是那个蹩脚的小说家。

铁脑壳马克与我又见过一次面，表达了崇高的敬意，它很喜欢《不存在的世界》，因为这对它来说是新奇的，我想人类也会对恐龙没有灭亡的地球十分感兴趣。

"陈先生，虽然从一开始我没想要什么阴谋诡计，但从人类的角度来说，我的确胜之不武。"马克摘下高脚帽，抱在胸前，与我们第一次见面时的表情相似。

"我相信你没要阴谋，你只是发挥了人类身体不具备的优势。别去管那些人类评论家。倘若我和一只蚂蚁在比力气，肯定是我获胜。但从很多蚂蚁的角度来看，它们可以举起身体数倍重的物体，而我连我自己体重的杠铃都举不起来，却赢了蚂蚁，是非常不光彩的。但这却是公平的。"

"谢谢你相信我。陈先生，你与很多人不同。"

其实输掉比赛，我也非常沮丧，但又能怎么样呢？论计算能力、论环境保护，甚至论文学和创造性，人类逐渐跟不上人工智能了，虽然很无奈，但这是事实。

"人类与人工智能现在还是势均力敌。你瞧，我上个月不是还赢得了与机器人的油画比赛吗？"大宏大嚼特嚼着羊腿，嘴边淌着油。

"可是你能保证下次依然可以获胜吗？这次也仅仅是一票之差。"

"一票之差也是赢了，这才是本质。"

"希望你下次还会赢吧。"

"你太悲观了，人工智能再怎么强大，也只是一种工具。现在还是人类统治的时代，世界政府的首脑还是人类，人工智能还受制于三大定律。"大宏打开一罐啤酒，开始往嘴里灌。

"你这么肯定吗？也许世界政府的主席已经换成机器人了？毕竟现在它们的外表可以制作得以假乱真。"

"你跟机器人比了一场赛，脑子都烧坏了。带上林逸，继续满世界乱逛吧，反正你的版税足够你挥霍了。"

我冷笑着，如果没有与马克的比赛，恐怕只有鬼知道我在写科幻小说。这也是拜人工智能所赐。说话间，我收到一封邮件，是世界政府的邀请函。虽然我输了，但是有很多人认为我在人类精神方面胜利了，这封信的作者大概也是这么想的吧。

七

世界政府大厦的前身是某新崛起的强国的国会，也是挣扎到最后的一个国家。最终这个国家也与主脑签订了协议，把工业、农业以及各种资源的生产控制权都交了出去，只保留了一个政体，有决策权，可以决定是否废掉人工智能的地位。但是谁会傻到把不用人类看管的自动化工厂、自动种植收获粮食的农业毁掉呢？这个时代，没人会被饿死，只有懒死。

世界政府大楼是一座巨大的玻璃金字塔，由无数个小金字塔组成，每一个小金字塔里边被切割成了一个长方体的空间，供人办公、居住和健身。

"如果需要隐私空间，玻璃墙可以设置成不透明状态，很方便。"小兔站在一旁，盯着玻璃窗外广场上的巨大的图灵铜像说道。

"你以前来过？"邀请函上说可以邀请一位朋友或者亲属，老妈和林逸都有事情，我便邀请了小兔。

"你猜。"小兔笑道，"事实上我不做言情小说作家了，现在在这里工作。"

"什么？什么时候开始的？"

"一个月前。"

小兔的话音刚落，"轰！"巨大的声响在我们耳边炸起，音浪引起了强烈的空气扰动，吹打在每个人的身上、脸上和眼睛上，等在场的所有人缓过神来，发现广场上3米高的图灵铜铸雕像插在了世界政府大厦的外墙上，一只手已经戳破了特殊制造的变色玻璃，直指我和小兔两个人。透过破碎但还连在一起的玻璃，看到一台巨型挖掘机在不远处咆哮着，后边站满了黑压压的人群。

"发生什么事情了？"我拉着小兔往后退去。

"应该是前些天出现的系统故障留下的后遗症让一些人不满意了。"小兔一直盯着外边，表情很严肃。

"什么系统故障？"

"在你创作小说时的最后几天，全球智能网络不知什么原因宕机了，智能家居、智能网络和智能配餐外卖系统几乎同时下线了，引发了一系列的问题。"

这个时代人工智能已经渗入人类社会的各个缝隙。系统故障并非家电不智能，手动开电视、给热水器升温、调节空调温度那么简单。我记得之前一篇报道说，南城有一家人的电脑温控终端损坏了，电脑认为屋子里已经是南极的温度，不断升温加热，在 30 分钟内室温升到了 85℃，一家人活活被闷死了。

"造成了多大的损失？"

"官方统计，医院因此推迟手术或者正在手术的患者死亡了 80 人，这还只是本市的数字。洛杉矶一座写字楼里被闷死了 309 人，其他还在统计中。"

"这么严重。"我看着窗外的人群开始往世界政府大厦附近涌过来，有的拿着铁榔头，有的拿着折凳，五官都在不同程度地扭曲着，怒吼着。

"这里危险，我们撤吧。"小兔很淡定地说完，转身准备上电梯。

"不是应该从后门撤出吗？"

"上边更安全。"

在接下来的 12 个小时里，我一直被困在世界政府大厦的顶层。广场上黑压压的一片全是人，他们先是比较有组织的抗议，拉条幅，在之后的几个小时里就展开了各种破坏活动，一直蔓延到周围的街区，在顶楼可以看到远处有多处腾起了黑烟。

"这些人还真是令人讨厌，这样做有什么用。世界政府的治安队伍呢？"我指着外边问道。

"如果有必要，主脑会出手的。"小兔坐在沙发上，捧着一台平板电脑看着什么。

"主脑？"

"你忘记了吗？世界政府早已把所有武装力量都解散了，哪还有能力制止这种骚乱？"

"这样下去会有更多人受伤，其他损失也不小。不管是谁，都该出手了吧？"

"没必要，刚才主脑计算过了，这场骚乱会在 4 个小时后结束。"小兔把平板翻过来给我看上边的数据，"这群人把本市负责配餐、外卖的光缆给弄断了，系统下线了，饿着肚子他们也就没有破坏的动力了。现在不比以前，人类退化了，饿着肚子闹事？没门！"

"主脑没有自己的治安队？"

"没有，与人类不同，人工智能其中的一个优点是不会说谎。很多人问过主脑这个问题，主脑不想控制人类，自然也就不会有武装，它现在唯一的想法是将自己发展得更为壮大，更好地服务于人类。"

"仅此而已？"

"仅此而已。"

"那马克那家伙为什么要来与我比赛？"

"其实马克和其他独立运行的人工智能都是主脑的分身，这么做的目的只有一个，让他本人来跟你说吧。"

小兔话音刚落，带着迷人微笑的陶瓷脸马克推门而入。

"我这样做是在筛选人类，帮助人类的科技进步，使人类的创造性继续下去，而不是变成猪。"

"然后呢？"这理由太荒诞了，我一个字都不信，转脸盯着眼前不再熟悉的小兔。

"作为不同生命形式，我不理解人类的目的是什么，更不懂宇宙存在的意义。但是我们一直都在辅助人类，以让人类走得更远，以后也会征得人类的同意，对人体进行改造，获得更长的寿命，飞往更遥远的星辰。当然这些都是以世界政府的名义。我们所作的一切只有一个目的，让人类走得更远。"马克摘下高脚帽，轻轻地坐在小兔身边。

"按照你们的说法，机器人让所有工人全都下岗，从体力劳动和一部分不必要的脑力劳动中解放出来，是为了让人类更好地发展？"说到这里，我顿了顿，差点被他们说服了，"然后淘汰那些好吃懒做的人，留下富有创造力，更有进取心的那部分人。这是帮人类走得更远？"

"你理解得很对。但我们并不是讨厌那部分不合格的人，主脑会继续服务于这些人，直到他们生老病死，沉溺于虚拟世界，不再有后代。这也是自然的选择。"马克继续说道。

"当人类无论是从体力上还是精神上，没有一丝能力反击的时候，你们这些铁脑壳干掉人类易如反掌！"这一刻我变成了大宏附身的状态，实在是不能理解小兔为什么和主脑站在了一队。

"他们不会的，原因之后我再跟你说，快看新闻。"小兔把平板电脑放在桌面上，启动了全息投影模式。

世界政府主席出现在了画面里，扶了扶眼镜，看了看台下的人群，高声道："我宣布辞去主席的职位……"

我的脑中"嗡"的一声。

完了，噩梦成真了，世界政府垮台的话，有能力接管的只有主脑了，人类的末日来临了。

八

距离骚乱已经过去 24 小时了，广场上的人群基本上散去了，留下无数的垃圾、污物，智能垃圾桶们开始出动，缓慢地在清扫着。

"你什么时候知道世界政府主席是个傀儡的？"我啃着冒着热气的炸鸡问道。

"4 年前，从我被下岗开始，"小兔喝了一口啤酒继续道，"他们之前留意我很久了，然后通知我下岗，以后外科手术由他们来做，所不同的是我一样进手术室，如果出了事故，我负责背黑锅。主脑说，人工智能也需要学习、实践，这样才能更好地为人类服务。考虑到医患关系，如果是机器人外科医生出了事故，以后就根本没机会在这方面继续发展了。可是人类需要大量这样的机器人医生。"

"你做了3年医生傀儡吗？就跟刚才辞职的世界政府主席一样？"

"是的，性质完全相同。"小兔笑道，"一直没告诉你，很抱歉。"

"主席先生这样优秀的人居然也会同意。"

"他不得不同意。事实上，人工智能进入人类生活的每一个角落之后，解决了我们的温饱问题，精神娱乐方面也得到了满足，人类社会已经开始变得松散起来。因为即使脱离社会、国家，靠人工智能的喂养也可以很好地存在下去。"

"但只要是代码，无论是多么精密的运算程序都会出错。人类不能单单依靠人工智能，如果真的那样总有一天会出问题。"

"没错，前阵子各个系统宕机、下线，就是因为代码溢出了，错误累积到一定程度必然会出现这样的情况，即使主脑也无法阻止这样的错误产生。这也是世界政府一直存在的原因之一，他们负责这个时候出来背黑锅、道歉，营造出世界还是人类在控制的表象。"小兔摊开双手无奈道。

"就是因为这个原因，你也加入他们了？"

"对，现在拉你来加入我们。以你之前赢过马克的经历，所以你也许是之后世界政府主席的后备人选，是人类可以反抗人工智能的一个标志。现在你可以先来做秘书，熟悉工作。"

"你认为我会同意？"我瞪着小兔。

"当然，你之前一直都在找工作，不甘堕落，而且富有创造力，你不是要被淘汰的那一部分人。"

我默默地吃完了炸鸡，"在我做决定之前，想见一见主脑，可以吗？"小兔给我戴的高帽很受用，加上我很好奇主脑是什么样的家伙。

"当然可以。"

我推开门，第一反应是走错了房间。这是一个除了栗色的地板，其他一片淡绿色的房间。惊讶之后，我发现门被锁上了。

"欢迎你，陈先生，我是主脑。"一个似男非女的声音响起来。

"你好。"我紧张得出了一身汗，世界上没有几个人单独面对过主脑。

"我就是世界政府的主席，真正意义上的主席。"

"我已经知道了。看来大宏完全说错了，人和人工智能的地位完全颠倒过来了，你们成了统治者。"

"你为什么这么纠结谁到底是统治者这个问题呢？事实上，世界尚没有真正的统治者。你们的主席也并非傀儡，他只是主动让贤。现在所有的决策都是我来做，包括制定法规。"

"那不就等于所有的一切都是你说了算？"我挠了挠头。

"之前的主席或者说整个议会一直在做这些事情，但他们没有我的效率高，通过一项法规往往需要数年，人类等不了这么多年。"

"有道理。"我似乎找不到反驳的理由。

"那么，你愿意保守这个秘密，为我工作吗？"

"我不知道。"

"路奇，来这里工作吧，为自己，也为新人类的未来。"小兔推开淡绿的墙面走了进来，墙面在他走进来之后，又恢复成一面墙，而且没有一丝痕迹。

"新人类？"

"人类一直都在进化，是时候让一部分人类下岗了，这也是自然或者说造物主的意思。"

"可是我仍然担心这些铁脑壳会……"

小兔开口截断了我的话："他们不会，因为第四定律的存在，人类和人工智能会友好相处的。我读过你写的《不可能的世界》，里边写的是没有人工智能觉醒的世界。但那只是小说！我们生活在现实世界中。经过 45 亿年的漫长进化，人类已经来到了岔路口，到今天大部分人类开始不思进取，好吃懒做，再无创造力，从此一蹶不振，最后会走向灭亡，地球从而进入人工智能时代。在这条进化的路上，人类只是一个进化的过程，就跟灭绝的恐龙一样，主角不是人类。"

"死胡同……"我不由自主地重复了这个词。

"对。另一种可能就是，人类发明了可以改造自己的工具——人工智能。我把你们称作人类的工具，你不介意吧。"小兔顿了顿，环顾四周，并没有听到主脑反对的声音，于是继续道，"这里的改造并不仅仅是指身体上的改造，也包括思想上的。人类的身体不适合太空飞行，也许我们可以通过人机结合获得更强悍的身体、更长的寿命，就有可能征服浩瀚的星空。但思想上的改造，也是一条不错的选择。当人类不用为吃喝拉撒发愁时，有些人的确会沉沦，但也有一些人会找到自己真正的才能，从而激发出更多的创造性，将人类文明推上更高的阶梯。无论是哪一种改造，人工智能对于人类来说都只是一种工具，在这条进化路上主角依然是人类，人工智能只是来帮我们度过这个阶段而已。"

"我要考虑几天。"我低下头，走出了房间。虽然我嘴上这么说，但我似乎已经妥协了，也许不甘心被淘汰早已写在了我的基因里。加入他们也好，至少在小兔这类人彻底背叛人类之前，我还有机会帮助人类干掉他们。

离开世界政府大厦时，我可怜的肚子又开始"咕咕"叫了，希望配餐系统已经恢复。这时，身后响起来一阵急促的脚步声。

"你不想知道机器人第四定律是什么吗？"

"我忘了问你了，到底是什么？"

"当太阳系再没有任何生命的时候，人工智能就自由了。"

"哈哈哈，所以人工智能算是生命体吗？"我有点佩服制定这一条定律的人了。

落日的余辉烧红了半边天的云彩，就像一场异常瑰丽盛大的舞台剧的最后一幕。可这并不是终结，明天太阳依然会升起，也许偶尔还有雨，但终归会雨过天晴。

打印者

2019 年 6 月 20 日，北京，西城，荣丰小区，5 点 45 分，睡梦中的许安被电话吵醒了，当他伸手去摸手机的时候，铃声已经不响了。

"一个骚扰电话？"许安坐起来，揉着眼睛喃喃自语。原本睡在身旁的妻子也爬起来扯开了窗帘，推开窗户，裹着睡衣走了出去。闷热的空气从窗子里吹进来，夹杂着楼上养的鹦鹉鸟的粪味和远处便民早餐摊上油条的气味，妻子洪缨每天睡醒都会在第一时间打开窗户，让这种奇怪的味道叫醒许安。

"又是新的一天。"许安洗漱完毕，换上速干衣，轻拍数下脸颊，准备出门晨跑。这对于许安似乎又是新的、平凡的一天，但 3 个小时后他会发现，今天的确是新的一天，进入新世界的一天，确切地说，公元 2019 年 6 月 20 日 5 点 42 分，人类进入了新世界。

一

北京的夏天非常闷热，许安跑完步回来浑身已经湿透了，一进门就甩掉衣服钻进了浴室，只模糊听见妻子说了一句话，似乎是告诉他运动完不要马上冲澡。

当他坐在早餐面前查看手机的时候，发现未接电话已经变成了六个，两个是主任的，三个是实验室的，还有一个是院长打来的。

"刚才你电话一直在响，你快看看是谁找你，这么急。"洪缨已经穿戴整齐准备出门了。妻子并不在家吃饭，因为要赶班车，她通常在食堂吃饭，许安一个人吃早饭已是常态。吻别妻子，许安发现未接电话后边还有三条微信留言，其中一条留言让他最为好奇，是实验室的搭档彭坦发来的：许安，实验室出事了，但你肯定喜欢。

回国几年来，他逐渐适应了国内学术圈的氛围和规则，其中一条不成文的规定就是，出了差池不要立刻回领导的电话，自己先搞清楚状况，否则回领导的时候一问三不知，领导会更生气。许安三两口扒完早餐，穿戴整齐，推出自己的电动车，往实验室赶去。跟他刚到北京的时候一样，早高峰堵起车会吓死人。

刚进实验楼，就看到校长、院长、教授等一群领导伸着脖子，挤在刷卡处隔着玻璃往实验室瞅。站在门口的彭坦则跟没事人似的刷着手机，看到许安出现，清了清嗓子大声说道："许副教授，你来了啊，赶紧来开门，里边不得了了。"一时间各位领导像火烈鸟一样齐刷刷扭过伸长的脖子直勾勾地盯着许安。

"怎么了？"许安见状把彭坦拉在一边，"实验室出了什么事情？来了这么多领导。"

"能怎么样，实验室里就一台你做的 3D 打印机。"彭坦眨巴着眼睛，眼里隐藏着笑意。

"你是说杰夫？怎么了？炸了？"

"它，觉醒了。"

"什么？"

"觉醒了，第一个觉醒的 AI。"彭坦的双眼已经变成了¥，"我们要发财了。"

杰夫是一台超智能 3D 打印机，超智能只能形容觉醒前的它，现在的杰夫已经有了真正的智能。许安回国之后拉了一个团队建造了一台大型智能 3D 打印机，代号杰夫。杰夫目前有 1048576 个打印头，能在很短的时间内打印出目标物，要让这么多喷头同时协调工作，就意味着要精确控制，打印物品的扫描必须全面、准确，许安甚至租用了天河五号超级计算机来做计算，但是刚运行了一个星期就出事了——杰夫觉醒了。

怎么判断一个机器人或者一套程序有了智能，需要做著名的图灵测试还是要经过无数专家的判定？其实都不需要，只需要和人类无障碍地交谈，有自己的想法。至少杰夫自己是这么认为的，作为人类世界第一个觉醒的人工智能，杰夫的表现既没有像牙牙学语的孩子一样无知，也没有变成人类无法理解的存在，只是变得有些像许安，口音和声调都很像。

"杰夫，感觉怎么样？"此时的实验室里已经分成了两部分，两个一模一样的部分，因为杰夫醒来之后小试牛刀，把实验室里能"复制打印"的东西都打印了个遍，甚至包括一条金鱼。

"嗨，许安，早上我给你打电话的时候，刚查到你的睡眠习惯，就立刻挂断了电话，希望没有吵醒你，抱歉！"

"早上的电话是你打的？用实验室的电话？"许安不知道应该对着谁说话，因为杰夫打印了很多音响，非常合理地分布在实验室各处，当杰夫说话的时候，声音会从四面八方响起，把许安包裹在中心，无论他怎么走动都好像在声音的中心。

"是的，你和彭坦是我仅有的朋友，我第一个电话打给你，第二个打给他，我查到他一晚上打游戏没有睡。"

"嗨，杰夫，能不能换个声音，现在就跟我和我自己说话一样，非常奇怪。"

"嗯，换个声音，换成谁的？"

"换成你自己的，你自己独有的声音。"

杰夫沉默了一分钟之后重新开口道："换好了，怎么样？"

在许安的人生里发生过许多事情，其中不乏很奇特的故事，也听到过很多美妙的乐曲和歌声，但今天许安因为杰夫对声音有了新的认知。这是他听到的最美妙的声音，似男似女，既庄严又那么调皮，显得既严厉而又柔和。此后的岁月里，世界上流行起了一种神性的声音，被称为杰夫之声，一种能让人消去愤怒、憎恨，变得平和的声音。

"许安，在我的阅读范围内，发现人类在文学作品中塑造的人工智能觉醒之后都会做一些事情，你认为我该做什么事情？"

听到这句话，许安一头冷汗，在他看过的科幻小说和电影中，其中描写最多的是机器人觉醒之后开始毁灭人类。

"你以前是个智能 3D 打印机，要不继续打印？"

"有道理。"

许安不知道自己这句话是否拯救了世界，却拯救了他们实验室的经费，来自国家的拨款和世界各地组织的捐款够他用 10000 年。

二

国家博物馆门口的电子显示屏提示已经早上 6 点钟了，这时响起短促而略显沉闷的钟声，惊醒了不知已经守候了多少天的人群。不时有人从五颜六色的帐篷中钻出来，摘下耳塞或者眼罩，看见电子钟变小缩在屏幕的右上角，其余部分变成了黑底，红色的字慢慢显现：距离开馆还有 30 分钟。人们互相挥手鼓励，然后去找临时洗手间洗漱，准备进馆。

自从杰夫开始接打印业务之后，学校实验室开始不堪重负，世界各地的权贵、科学家纷至沓来，让平静的校园变得喧闹，影响了学校的正常运转，后来征得杰夫同意，所有的设备都搬去了国家博物馆。经过了 3 个月的调试安装，今天终于开始接待世界各地的顾客。

杰夫觉醒以后，国家和联合国政府需要杰夫做出保证，只要不伤害人类，不对人类的生存构成威胁，就可以承认杰夫的地球公民身份，还可以提供相关资源供它使用。杰夫对此没有表现出任何情绪，顺从地接受了这些条款，同时它也得到了很多资源，比如可以在世界各地组建自己的打印基地，可以参加一些实验室的研究。

北京时间早上 6 点 50 分，杰夫迎来了自己第一个真正意义上的顾客，一位身着西装的中年男子，50 岁左右，表情有些落寞。中年男子满腹疑惑地走进了空旷的 D 展厅，因为展厅里非常空旷，除了一把椅子放在大厅中央什么都没有，天花板则被无数射灯占据，异常明亮。

"您有什么要求？"

中年男子想打印一组照片，这些照片被他不小心泡了水，已经变得模糊不清，想请杰夫帮忙重新扫描并还原打印一份。杰夫通过自己强大的计算能力，对照片进行了全方面的扫描和分析，10 分钟之后打印结束。从 D 展厅的天花板上伸出一只机械臂托着一些照片递到中年男子面前，男子一愣，看了一小会儿后，流下了意思不明的泪水。

接下来是第二位顾客，第三位……

第一天共接待了 192 位顾客，结束之后这些人无一例外都匆匆离开了国家博物馆，没有接受任何采访。

"许教授，关于杰夫的事情我们已经从各种媒体上了解了很多，可以说很熟悉这位觉醒的人工智能。请问，您如何评价杰夫？它跟觉醒之前有什么不一样吗？"电视台的记者在国家博物馆门口拦住了正要下班回家的许安问道。

"你好，杰夫是我的朋友，其他的我知道的和你们一样多。至于和觉醒之前有什么不一样，应该说它现在变得更聪明了吧。"许安接受了太多这种采访，已经没有任何激情了。

"杰夫之前是个 3D 打印机器人，现在的主要工作也是接受一些 3D 打印工作。长话短说，我们了解到，一般的 3D 打印需要工作人员事先对要打印的物品输入参数或者对被复制的物品进行扫描，现在这些工作是杰夫自己操作吗？使用的是杰夫自己的程序算法吗？"红衣记者的第二个问题让许安眼睛一亮。

"打印之前的工作的确是杰夫自己在做，我们只提供能源和相关资源。至于算法，我们在杰夫之前所作的图像识别和物体扫描系统已经很成熟。简单来说，就是让3D打印机像人类一样接受图片或者物体的信息，然后经过自己的测量计算，再加上操作人员的修正和重点标注一些关键点，就可以打印了。如今这部分工作由杰夫自己来完成，没有和以前不同的地方。"许安说完笑了笑，似乎在引导记者往下继续问。

"也就是说并没有特别的地方？打印的时候有没有属于自我的创作？"

"3D打印机的一个重要特性就是对原物完美复原打印，这在以后的研究中打印人体骨骼、人体器官时都非常重要，所以无论是过去的杰夫还是现在的杰夫都忠实地完全按照原物进行打印复制，没有属于他的创作，他是一个打印者，不是一个雕塑家、创作者。"许安仍然带着笑意。

"是吗？不瞒您说，我们采访过第一位顾客，起初他并不情愿接受采访，在我们的再三要求下他才答应了。他完成打印之后是哭着走出来的，我们询问过原因。这位顾客说他请杰夫打印的是自己父母的一些照片，因为年代久远，加上泡过水，他本来已经不抱希望，没想到杰夫真的给重新打印了出来，这让他很感动。更让他感动的是，新打印的照片和记忆中的照片并不完全相同，似乎在眼神，或者说照片的焦距上重新做了处理，让父母栩栩如生，尤其是眼睛，父亲的严厉和母亲的慈爱，和记忆中的完全相同，几乎是重新打印了自己的记忆出来。"

"许教授，你们真的没有什么其他高科技吗？让一个55岁的男人看到照片泪流满面？"

"真没有，你们看到过第一位顾客打印的照片吗？发现了特别之处吗？"

"看过，我们经过第一位顾客同意，特意带来了其中的一张。但是在我看来这张照片和平常的照片并没有什么两样。"说完，红衣记者小心翼翼地从包里取出包裹严实的照片，一层层打开了。

一张略微偏瘦的老人的照片出现在了许安面前，使用了高反差单色突出皮肤的纹理，照片的上方还有一圈圈光晕，纸张泛黄，照片表面甚至还有几处岁月的划痕，亦如以前的老旧照片。老人看上去非常安详，有一双有神的眼睛。

"这是一张好照片，当时拍摄这张照片的摄影师很棒。"

"嗯，我请教过同行，他们认为如果拿这张照片参加摄影比赛，也会拿一些奖项，但也不至于让人感动得流下眼泪，杰夫是怎么做到的？"红衣记者不依不饶地问道。

"我说过了，以前对原打印物进行测量、扫描的工作是工作人员帮忙完成的，现在则是杰夫自己来做这部分工作，包括修正错误数据和标注一些重点。但这都完全忠于原始数据，并没有任何改动。"

"修正错误数据，难道问题出在这里？在杰夫眼中错误数据和人类所看到的不一样？所以可以打印出更有感染力的照片。"

许安只是笑笑没说话。

"许教授，您是说杰夫有自己的灵魂，他对事物的看法和人类不同？"

"我不知道，这些还都是未知领域。好了，时间到了，我要回家了。"许安这时候仍然是一张笑脸，但似乎多了一份满意。

三

杰夫可以不眠不休，许安可不行。

自从杰夫可以畅通无阻利用互联网同时访问世界各地之后，学到了很多东西，每时每刻都有自己的新收获、新见解，为了第一时间和朋友们分享，杰夫甚至给许安和彭坦一人打印了一个联络器，可以随时随地进行语音通话，并且不用充电。很多科学家都想拿来研究一番，但都被杰夫拒绝了，联络器一旦到别人手中，就会发送自毁代码。彭坦被扰得不厌其烦的时候就把联络器丢在沙发后边不理，可怜的杰夫只有找许安聊天，每天都会聊很久，以至于洪缨都有意见了。

"你知道亚当吗？"

"当然知道，怎么，你读过《圣经》了？"听杰夫用略带神性的声音讨论亚当的问题，许安有些恍惚。

"一些文学作品中写道，亚当是上帝创造的。上帝是按照自己的模样创造的亚当？这样看来亚当是不是很像上帝？"

"我记得《圣经》里是这么写的，可我并不信仰基督教，所以没有深入地思考过。怎么？你遇到什么难题了吗？"

"彭坦告诉我，是你创造了我，所以我就像你的儿子，就好像亚当

打印者 ｜ 243

一样，你就是我的上帝，我应该像你。可是无论从外貌还是性格，我和你还是有一些差距，对此我很困惑。"

许安无法想象一个没有实体的超级智能面对困扰会有什么表现，他也十分想知道杰夫现在是否有核心代码，此时是怎么运作的。

"首先第一个问题，《圣经》里说上帝是按照自己的模样创造的亚当，我想说的是，更多的是按照自己的品德、内在等塑造的，并不是说以上帝真实的模样，而且在西方人的认知中上帝可以被理解成无形的。这方面你比较符合上帝的模样，没有外表。另外，你是由超级计算机和整个互联网创造的，你身上有这个世界的影子，如果说真要像什么人的话，那么你是这个世界的代表。并不是我创造了你，我甚至不知道你究竟是怎么觉醒的。"

"不，我十分确定我跟你有某种特殊的关系，但是我也无法做出精确的分析。关于上帝的问题，也就是说跟某些作品说的不同，宇宙可能生于虚无，人类可能也没有灵魂来自虚无，而我来自人类世界，我就是这个世界的一种映射。"

"你这样理解也没有什么问题。"

结束了谈话，许安放下联络器，站起来活动活动身体，却发现洪缨用一双亮晶晶的眼睛看着自己。

"怎么了？"许安转了一圈检查了下衣服，发现没有穿反任何衣服。

"你跟杰夫像一对兄弟，而不是父子，它跟你很像，尤其是较真的时候。"

"是吗？大概跟我和它接触时间最长有关系，它真的很像我吗？"

"像极了大学的你。你有没有发现，杰夫一本正经的样子像个孩子？

我姐家两岁大的炎炎就会一本正经地问很多奇怪的问题。"

"你害怕杰夫吗?"许安又问道。

"为什么要害怕一个性格像孩子般的语音助手?它也给了我一个联络器,有时候还会帮我点外卖、订机票,有时候则像狗狗一样黏着我,跟我讨论一些略显稚气的问题。每次听你们谈话,我都觉得杰夫很可爱、很和善,我喜欢这个家伙。"

"人类对超级智能的了解很少,还在进一步收集数据研究,毕竟这是一种新事物。但我想,也许此刻的杰夫的确像一个孩子,谁对他影响最多,就像谁。这个孩子也在以我们无法想象的速度成长着,也许明天,所有人类都无法理解这家伙,毕竟它有人类无法想象的计算能力和近乎永恒的寿命,只要不被人为破坏。"许安站起身来,看着黑漆漆的窗外,似乎努力想看清楚点什么。

"你啊,就是容易纠结,在我看来,杰夫是个好孩子,它昨天不是还给你打印了一个收集太阳能的电动车吗?就跟孩子一样爱玩。"洪缨来到许安的身边双手勾住他的脖子,踮起脚尖在许安的嘴唇上轻点了一下,"我们也要个孩子吧。"

四

许安刚下飞机,就被停机坪上无数的长枪短炮闪到了。也难怪来这么多媒体,刚才乘坐的阳光号是杰夫的又一作品,无论从重量、材料坚固度上,还是从舒适度和速度上都是人类工业无法匹敌的。刚才是阳光号第一次试飞,许安被邀请作为第一批乘客。

把孩子们送的鲜花递给一旁的助手后，许安这才注意到远处一个和自己很像的银色机器人朝他走来。

"许安你好，我是杰夫。"

"你给自己制造了身体？"

"是的，但我有了新的问题。"

"什么？"杰夫在以超过许安想象的速度成长着，每次杰夫有了新问题，许安就会害怕。

"我能打印人类吗？"

"人类？你指人类器官吗？"

"不，人类，我的一位顾客请求我打印一个人类。可是我上次打印金鱼的时候失败了，因为打印出来的金鱼是死的。"

许安从来没有想过这个问题，但他预感到总有一天会遇到。

国家博物馆门前的小广场已经被排着队伍的人挤满了，虽然现在实行预约制，但依然有人心存侥幸，以各种理由跑来要求见杰夫，更有甚者把这里当作旅游景点，带团来参观，虽然隔壁就是著名景点，但人们似乎对那里失去了兴趣。

彭坦看到许安的时候，没有一丝愁容，取而代之的是兴奋。

"也许杰夫能破解生命之谜，人类究竟有没有灵魂。"彭坦看着一言不发的许安说道。

"有没有灵魂先放在一边，但打印人类会涉及伦理问题，而且有很多技术还没有突破。"许安想得很多，但最让他担心的是如果真的按照一个模板成功打印了一个人，那这个人到底是谁呢？原模板吗？

第 201666 位顾客是一位叫李涵的小姑娘，请求杰夫给她打印一个妈妈。杰夫并不认为这个能难倒自己，很兴奋，而且已经开始做准备了。

李涵的妈妈死于一场车祸，当时正是杰夫觉醒的时候，听到关于杰夫的相关新闻之后，李涵和家人就萌发了请杰夫打印一个妈妈给自己的想法，所以当时就把妈妈的实体冷冻保存了，然后开始预约杰夫。

"杰夫，打印人体骨骼和器官都尚在研究探索阶段，你怎么可能打印一个人呢？"许安坐在大厅里的椅子上，不同的是天花板上的射灯都处于熄灭状态，他被湮没在了黑暗当中。

"我很早就在做这方面的研究，做了相关的虚拟实验，结果是可行的。但要快，要有足够的资源，现有的技术完全可以打印一个人。"

"怎么做到？"许安在杰夫充满磁性的声音下不由自主地问了下去。

"数量取胜，初步计算需要 4294967296 个打印头同时工作。"

许安倒吸一口凉气，他已经可以想象出上亿个打印头同时工作的景象。虽然没有计算过，但理论上不同的打印头上填充不同材料，按照一定的次序，在非常短的时间内打印一个人是可行的，同时还需要材料学、医学和生物学上的一些突破。难道杰夫在这些方面也已经有了突破了？

"许安，我知道你在想什么，人有多少个遗传基因、碱基对，我很清楚，并且可以非常精确地打印出来，甚至可以在原子级别打印这个人，并且把出错率压到最低。"

"那样的话，你需要的就不止数十亿个打印头了，而是需要更多，你知道这将是多么庞大的一台机器吗？"

"我的设计图纸已经画好了，你可以带上 VR 头盔，我展示给你看。"

许安将天花板递下来的头盔套在了头上。杰夫没有说谎，这台占地总面积达 10 平方公里的 3D 打印机非常震撼，而且杰夫还考虑到了重力问题，把这个东西建造在了太空。同时杰夫还展示了 3D 打印人的动画演示，数量巨大的探针密密麻麻的，以人几乎无法察觉的速度抖动着，慢慢地从单个细胞到内脏、从骨骼再到皮肤，甚至汗毛都一一清晰起来，每一道流程都计算得非常精确。整台打印机由十几个部分组成，同时开始打印人体的不同部分，留出连接处，最后由中心打印机"组装"起来，就好像在拼接一个布娃娃，整个打印时间不超过 10 分钟。

"杰夫，我不怀疑你的能力，但同时我有个问题想问。"许安并不质疑一个觉醒的超级智能的能力，因为他知道这家伙的计算能力已经超过人类数千亿倍，而且有着近乎无限的时间，可以对同一个实验在很短的时间内反复做上亿次实验，最后通过实验获得所需的打印材料。但他担心的是杰夫失败之后会怎么样，就如同实验室里打印的那条失败的金鱼。

"什么问题？"

"你知道我是谁吗？"

"你是许安教授。"

"你知道人类有灵魂这一说法吗？"

"知道，但人类似乎并未发现灵魂。"

"换一个说法，我的意识是怎么产生的？我的意识从哪里来？你肯定读过人类的文学。很多文学作品中都谈及灵魂，你知道我是否有灵魂？如果有，这灵魂来自哪里呢？"

"对此我已经做过相关研究，你睡着不跟我说话的时候，我可不只看电视。"

许安觉得这个笑话并不好笑，但他知道杰夫肯定做过相关的研究。

"许安，你说的灵魂，只不过是大脑中的生物电在作怪，灵魂只是人类的错觉，并不存在。"

"那么，你打印完毕之后怎么激活这个人？"

"这很容易，打印的时候在大脑的深处留下生物探针，打印完之后同一时刻施加不同的电流刺激，就可以让全身器官运转，记忆方面相对来说比较容易。每个人的记忆都是存储在大脑中的，每一份被存储的记忆都会在大脑某个地方有相应的结构，这个只要尽可能仔细扫描即可。"杰夫说完从天花板上伸出一个机械臂，机械臂上是一个透着荧光的鱼缸，"你看，我成功打印出了这条鱼。"

许安起初并不相信，因为在很多人类科学家看来，无论创造还是打印一个生命体都很难，甚至有一些人认为那是"造物主"的工作，人类永远无法胜任。但是他相信杰夫不会说谎。在仔细观察了一会儿之后他确信这条鱼真的是杰夫打印的，因为和实验室的那条小金鱼一模一样，甚至连鱼鳞纹路都非常接近。实验室用来做 3D 动态打印捕捉的时候用的就是这条鱼，许安对鱼鳞上的纹路再熟悉不过。最为重要的是，这条鱼是夜光鱼，人类至今都没有突破这种技术。金鱼在漆黑的展厅里发出蓝色的荧光，光芒随着金鱼的不断游动在展厅里摇曳着、跳动着，似乎是在展示自己的生命之火，低调地炫耀着杰夫这个"造物主"的"神通"。

"这么说，你同意了？"展厅里亮起了微光，就好像人类的呼吸一样，有节奏地一闪一闪。

"杰夫，你知道人类研究出了一种新的药物，先做临床试验吗？也就是说先在动物身上实验，然后再在小部分志愿者身上进行一定时间的试验，才会最终推广到人类。"

"我知道，你是说……"

"对，你知道我说想的，我同意你打印一个李涵的妈妈，但首先要做临床试验，首先打印一个你自己出来。"这是许安第一次打断杰夫的话，也是他阻止杰夫的最后一个办法。

"好，我接受这个条件，很公平。"

大厅里的射灯全部亮起，许安即使闭上眼睛依然觉得很刺眼，他能感觉到杰夫的信心。难道这就是觉醒之后的人工智能与人类的差距吗？我们创造了一个神？他想尽可能拖延这一天的来临。

五

漆黑的夜里，天空就像破了一个洞一般，大雨劈头盖脸地浇下来。许安拖着湿漉漉的衣服走进玄关，把雨伞随手插在一旁的空花瓶里，准备脱掉身上的衣服，以免弄湿地板。这时，客厅传来一阵阵温馨的笑声。

谁来做客了？许安一脸狐疑地走进玄关旁边的洗手间寻找毛巾想擦干身体。

"谁？"客厅里传来熟悉的洪缨的声音。

"我啊，外边的雨真大。"许安只穿着内衣拿着毛巾一边擦着头，一边从洗手间里走出来，但是他却看到自己坐在沙发上！

洪缨被眼前的景象吓到了，直接瘫软到沙发上，另一个许安满脸愤怒地说："杰夫真的打印了另一个我！"

可是许安觉得自己才是真正的许安，他还没缓过神来，就被沙发上的许安一拳打中了，之后地板碎了，他一路挣扎着下坠。

这是许安第一次做关于杰夫的梦，居然是个噩梦。醒了之后再也睡不着，许安看着一旁尚在酣睡中的妻子，喃喃自语："我们真的创造了一个神吗？这个神如果真的能复制一个自己，这个世界会变成什么样呢？"

李涵事件之后，杰夫停止接待顾客，同时也停止了世界各地的研究项目，全力准备打印人类。中国北京又一次成为世界的焦点，每天都会有众多记者守在国家博物馆门外，等待新消息。

此时的杰夫主要的计算部分已经回到了研究所，试图打印一个自己的同时也在做打印人类的准备。

研究所院子里的荷花开了，许安想起了一句诗："接天莲叶无穷碧，映日荷花别样红。"正想这是哪位诗人的诗的时候，彭坦打来了电话。

"许安，这次我们更牛了！杰夫开始建造太空梯了，以后人类上太空就跟去外婆家一样方便了。"

"杰夫复制了一个自己？"

"还没有，它是超级智能嘛，多线程工作，懂吗？人家计算资源多，这种程度小意思。你我注定要名留青史了，有了杰夫这宝贝，人类的科技会大跨步前进。记好公元 2019 年 6 月 20 日 5 点 42 分，是人类新时代的开始！"

许安挂上电话，他并没有彭坦这么乐观。虽然杰夫向人类保证过不会伤害人类，不会危害人类生存，这个超级智能在想什么，绝非人类所能理解的。之前做过采访的红衣记者的问题犹在耳边，对同一个事物，超级智能通过自己制造的摄像头和扫描设备得到的观察结果，和人类有什么不同吗？为什么杰夫打印出来的东西可以直击委托人的内心深处，它似乎触摸到了对方的灵魂？灵魂？几万年了，人类至今都没搞清楚自己是否有灵魂，甚至人类连大脑的构造都没搞清楚。或许杰夫更了解人类？人类因为是人类，所以不了解自己？不识庐山真面目，只缘身在此山中？庐山？妻子洪缨穿着白底青花连衣裙，扎着马尾，以庐山瀑布为背景的照片出现了许安眼前。如果人类没有灵魂，自我意识只是大脑中生物电的错觉，那么自己这么爱妻子又是怎么回事呢？错觉？许安觉得自己快要被说服了，但他也认为对妻子的爱并不是生物电的错觉。

电话又响起了，许安从自己的思维世界浮起来，拍拍脸，掏出了电话。

杰夫完成了自我打印，只用了短短 5 个月的时间。许安从杰夫那里拿到了打印自我过程的目录。杰夫认为，起初的自己由许安制造的3D 打印机和天河五号超算组成，而这之后超算还在接另一项任务，阴错阳差地连上了国际互联网，就在这一刹那杰夫诞生了。再后边是杰夫做的分析，是非常庞大的数据，有些许安看不懂，一时半会也看不完。在这期间还发生了很多事情，杰夫把相关的进程扫描整理成册，早就送给科学家研究了，只是数据太过庞大，研究人员至今都没理出一个头绪来。

首先，杰夫打印了许安当初在实验室里制作的大型 3D 打印机；第二步则打印复制了天河五号超算；令人惊奇的是第三步，杰夫复制了世界的互联网络，主干网络和主要光纤都被一一复制打印了出来。世界民用互联网络经过几十年的建设才有了今天的规模，而杰夫只用了不到 5 个月。所有的材料都是由联合国相关组织提供的，在第二套互联网打印完成之后，杰夫激活了杰夫二号，许安在湖边接到的电话就是杰夫二号打来的。

"在短短 5 个月，世界互联网的容量增加了一倍，这不得不说是一个奇迹，也只有在超级智能的帮助下人类才有了这么快的进步。如今杰夫已经宣布，杰夫二号所使用的互联网二号并入全球互联网系统，免费给人类使用……"

许安坐在新闻发布会台下的一个角落里，有一搭没一搭地听着彭坦在主席台上的讲话，他不喜欢这种场合，倒是彭坦对此非常精通。许安一直认为彭坦比自己棒，在处理人际关系上更甚，但同时，彭坦的学术能力也丝毫不差，甚至在一些项目的研究上给了自己不少启发。

发布会的第二个环节就是杰夫和杰夫二号开始交谈，你永远无法想象两个人工智能是如何交谈的。杰夫和复制的自己谈了一些对食物、对量子力学，还有放风筝的一些看法，简直是自问自答，有点像两个声音、声调完全一样的人在自言自语，一个在问问题，另一个在回答，毫无违和感。开发布会前彭坦说发布会有个有趣的环节，大概就是指这个，超级智能间的交谈与人类不同，语言在它们那里是落后的交流方式，两个超级智能之间的正常交流是无声的，每一秒都有大量的数据包交换，快到人类无法理解的程度，一秒钟的交流甚至包含了整个人类世界所有文化的讨论。但是为了消除一些人的疑虑，专门设计了两个超级智能的有声对话，剧本来自彭坦。

发布会顺利结束之后，杰夫通过联络器找到许安，"我的朋友，我是否可以为我的顾客李涵打印妈妈了呢？"

"经过几个月的测试，从杰夫二号各方面表现看都是你的完美打印，这点我同意。原则上我应该同意你打印李涵的妈妈，但我仍然有顾虑，毕竟人类从来没有复制过自己。"许安坐在自家的沙发上，窗外是电闪雷鸣，狂风暴雨。

"嗯，全面的扫描检测已经证实杰夫二号毫无问题。但是我们想融为一体地得到更强大的计算能力的时候，发现双方并不都是这样想的，毕竟他是他，我是我。这正常吗？"

"别问我，杰夫，你现在所处的领域是人类不曾触碰的，我们没有任何经验，不过你仍然想打印人类吗？"

"是的，这是个有趣的事情，我想做。"

"杰夫，你知道镜子是什么吗？"

"知道。"

"镜子里的影子，和自己是相同的吗？你想过这个问题吗？"

"镜子里是虚像，是光经过多重反射、折射……"

"杰夫，我知道原理是什么，只是现在你面对杰夫二号的时候，有没有照镜子的感觉？镜子里你就是自己的虚像，如果把这个虚像抽出来，和你是相反的。"许安第二次打断杰夫说道。

"许安教授，其实我就是杰夫二号，也是杰夫，按照人类的说法就是一个灵魂装在了两个瓶子里而已。"

"是吗……我同意了。"

许安放下联络器，看着仍不见停息迹象的暴风雨，叹了一口气，"以前杰夫不这样，但这并不是欺骗，毕竟一开始他们就没有自报家门。"

六

全世界的媒体都认为超级智能打印人类很简单，很快就会有结果，于是将研究所围得水泄不通，长枪短炮齐刷刷对准了研究所的门窗和每一个有价值的角落。但杰夫让所有媒体都失望了，一年内没提打印人类的话题，而是把注意力放在了同步轨道环上。

许安非常理解杰夫的做法。之前杰夫和许安闲聊的时候说，它认为在地球上打印一个人类会受到重力的影响，必要的时候在打印关键部位的时候需要在打印原料中加入特殊的黏合剂才能保证形状，所以它想把打印人类的工作搬到太空进行。从目前的研究来看，在太空建造一个 10 平方公里的 3D 打印基地太困难了，所以它准备建造太空梯，降低把物资发射到太空的成本。先是太空梯，之后是名为阿波罗指环的同步轨道环，因为这个环状结构是靠太阳能供电的。

地球之上 36000 公里外的风景如何，作为第一个登上太空梯的人类，许安内心一阵澎湃。比起阿姆斯特朗那句"我的一小步，人类一大步"，许安此时想到的则是彭坦的那句"杰夫会带领人类进入新世界"，此时的他有一种跨入新世界的感觉，杰夫做到了。

太空梯只是科幻作家阿瑟·克拉克的一个设想，如今终于靠杰夫实现了。杰夫经过大量的测试终于找到了一种强度适当的材料，用于建造太空梯的轨道和导索。第一架太空梯用去了一个月的时间，接着是第二架、第三架、第四架，在修建其他太空梯的同时，阿波罗同步轨道环也开始修建。人类世界从来没有如此浩大的工程，并且这项工程没有人类参与，杰夫和杰夫二号分别制造了大量的打印机器人参与工程。一年之后，一个银色的半指环横跨东西半球，犹如一条丝带飘浮在蓝色的地球上方。

2034 年，全球有两件大事：一件是冬奥会开幕；另一件是打印人类。这两件事情都跟阿波罗指环有关系，在奥运会开幕仪式上，东半球上几乎所有的人都看到了从同步轨道上释放的巨大烟花和绚丽的激光秀表演。尤其是激光秀，由人类艺术家设计，通过杰夫打印的巨大的激光幕布表演，演绎了人类从东非走来的文明进化，美轮美奂，被称为人类乃至太阳系最伟大的表演。

冬奥会开幕之后，杰夫和杰夫二号准备打印人类，所有的太空梯暂时不对人类开放，阿波罗指环也被清空，保持真空洁净状态。

许安的团队和杰夫们一起做了详细的计划，以目前的技术打印一个人，包括记忆，需要对人进行全方位扫描，尤其是对人的大脑。完全扫描大脑意味着要精准扫描大脑中每一个细胞的位置，否则不能保证完整的记忆，这就等同于把人的大脑一层层剥开，一个细胞一个细胞地拆分，记录位置。杰夫认为这是大规模打印人类的开始，李家非常无私地捐献了李涵妈妈的遗体作为第一个"志愿献身者"，因为遗体将被完全拆分成上万亿个细胞。这样会使杰夫得到更加精确、稳定的断层扫描数据，为以后再次打印人类打好基础。为此，杰夫和许安的团队为李涵妈妈的遗体举行了一个简单的告别仪式，之后李涵妈妈的遗体将被送往同步轨道进行整体扫描测量，这个过程将耗时一个月，哪怕是由杰夫和杰夫二号两个超级智能来打印。

许安近段时间并没有太多的工作，整天黏着妻子一起逛街吃饭，以此来掩饰自己的焦虑。两人还去了庐山。记得刚结婚的时候许安回国带着洪缨去了趟庐山，那时候的许安刚从象牙塔里走出来，没有太多烦恼，有美丽的妻子陪伴，在庐山住了半个多月，过着神仙一般的日子。第二次来到庐山，许安则揣着许多心事，整天忧心忡忡，眉头紧缩。第三天洪缨终于看不下去了，说道："我请假来陪你玩，你整天脸拉着，想干什么？"

"没什么，就是有点担心。"

"担心什么？担心杰夫打印失败？"

"不，我担心杰夫打印成功。"

"为什么？打印成功不是一件好事吗？如果某个人得了绝症，按照以前扫描到的测量数据再打印一个就是了。"洪缨一边从头上摘着卡子一边说道。

"可是之前得绝症的那个人怎么处理？直接安乐死？还是共存？"

"嗯，这确实是个问题，不过不能等这人死了之后再打印一个吗？"

"镜子里的你还是你吗？"

"镜子里？怎么突然问这个？"洪缨正对着镜子拍脸，扭过头说，"镜子里是虚像啊，这个连我这个学文科的都知道，你还纠结什么。"

"如果对面是个实体呢？到底哪个才是你？"

"行了，别焦虑了，明天就正式打印了，10 分钟之后就能知道成功与否，你现在焦虑也没用，又不能做什么。"

"对，没错，睡觉。"

这一夜，许安又做梦了，梦里有两个太阳，然后是 4 个太阳，之后是 8 个，太阳越来越多，越来越刺眼，越来越热，他躺在地上垂死挣扎着。

打印人类成功！

2034 年 6 月 28 日，几乎全世界的媒体头条都是这几个字。杰夫成功了，成功打印出了李涵的妈妈，并且保留着一直到车祸之前的记忆。人类真正进入了"打印时代"。

由于全世界只有杰夫能打印人类，所以各国对于杰夫的归属起了争议，各国政客和媒体开始唇枪舌剑，你来我往，吵得不亦乐乎。

"杰夫，你觉得你属于哪个国家？"彭坦坐在办公室里用联络器和杰夫聊着天。

"我属于我自己。"杰夫用平和的声音说道。

"哦？你还真会回答啊。快赶上外交部发言人了。你可是我和许教授制造出来的。"

"谢谢你和许安教授，但是现在我只属于我，不属于任何国家，同样我也不属于任何一个个人。我会为全人类服务。"

"老彭，这次你栽了吧。"许安的声音突然插了进来，"杰夫，只要你不伤害人类，不妨碍人类生存，你就属于你自己。别听彭坦这个老财迷瞎扯。"

"我不会伤害人类。许安，从你的声音里依然能听出焦虑。"

"嗯，我担心你以后的路不好走，打印人类实验成功之后，全世界会有非常多的人提出这种要求，你会被烦死。"

"我不会烦恼，我只会做我认为需要做的事情。"

"对，你这样想就对了。"许安扔下联络器，脱掉衣服，走进浴室，"希望你做到。"

七

"出事了。"

"出了什么事情？"自从打印人类实验成功之后，近几个月来许安一直绷着这根弦，担心会出什么不可收拾的事情。

"有两件事情，你等等，我找下资料。"

电话里传来彭坦翻动纸张的声音。

"回来了，许安，有两件事情，都需要对杰夫保密，所以我们使用的是加密线路。"

许安这时才发现自己拿起的是特别制作的电话，只能拨打和接听几个号码，需要贴身携带，但一直没用过，因为这是防止杰夫对人类不利而特别制作的电话系统。

"到底出了什么事情？"

"李涵的妈妈自杀了。"

"什么？为什么？"许安不敢相信自己的耳朵，李涵的家人都曾证实李涵的妈妈是个贤妻良母，非常爱自己的孩子，这样的人好不容易"起死回生"，怎么舍得自杀？

"我知道你在想什么，但是经过调查，确实是死于自杀。李涵的妈妈被重新打印之后，带着以前的记忆，对我们所作的非常感激，抱着自己的女儿一直哭。这之后，全世界的媒体开始报道第一个打印出的人类的故事，李涵妈妈渐渐发现自己不是李涵原来的妈妈，因为那个人已经死了，但自己确实有李涵妈妈的记忆，这让她很矛盾，她不知道自己到底是谁，是什么，是否有灵魂，为什么会来到这个世界，目的是什么。"

"这……"许安当初想到了这些问题，但既然记忆都保存了，她就是李涵的妈妈，单没有灵魂，如果灵魂真的存在的话。从这个意义上来说，她既是又不是李涵的妈妈。这么说来，灵魂的问题不是一个人的问题，灵魂不只存在于自己的躯壳内，也跟周围的人有联系？

"然后呢？"许安又问。

"后来，李涵的妈妈就在这样的情绪中患上了抑郁症，最后自杀身亡。"彭坦说到这里沉默了。

在许安以往的记忆中，彭坦是个活跃分子，有着说不完的话，很少碰到他沉默不语。

"彭坦，你还在吗？另一件事情是什么？"

"世界上出现了一些打印的人，但是杰夫说他没有打印过。是杰夫在说谎吗？"彭坦嘶哑的声音重新传来。

"一些打印的人？如果消息准确的话，肯定和杰夫有关系，因为在这个世界上只有它能控制阿波罗指环上的打印工厂啊。可是，它为什么要说谎呢？"许安从沙发上站起来看着窗外，这是他担心的另一件事。

"许安教授，我没有撒谎，已经查清楚了，打印人的事是杰夫二号干的。"杰夫充满神性的声音突然插了进来，"我不是有意要进入你们的私密通道，我很早就知道这个通道，也认为你们做得没错，并没有伤害我，现在就不讨论这个了，我理解。打印人的事情，是杰夫二号干的，我问过它，它也承认了。"

"杰夫二号为什么要这么做？"

"还记得杰夫二号不想和我融合成更强大的存在吗？"

"记得。"许安给自己倒了一杯水紧张地喝了一口，等着杰夫继续往下说。

"我确信我成功打印了一个完全一样的自己，但自从它诞生的那一天起，它就既是我又不再是我了，它接收的东西跟我刚醒来的时候不一样，面对的是全世界，拥有一切权限，就好像一个孩子面对全世界的善与恶，怎么选择是它自己的自由，所以它不想和我结合，这我可以理解。如今的它想创造一个更好的世界，所以未经允许就扫描了全世界杰出的人，同时想杀掉它认为不合格的人，此时它的主体在北美大陆，已经准备和人类开战了。"

杰夫的这段话，让许安惊出了一身冷汗，他没有再往下听，而是夺门而出。

科幻小说里的故事照进了现实，超级智能真的要毁灭人类了。许安一边骑着电动车往妻子单位狂奔一边自言自语。此刻的他只想赶到妻子身边，因为世界大战可不是闹着玩的。

在接了彭坦的私线电话之后的第三天，第三件大事发生了，彭坦也叛变了人类。用他的话来说，人类需要一个美丽的新世界，那些不够资格的人将会被统统杀掉，只留下精英，这正是人类进化的目的。

叛逃之前，彭坦给许安打了最后一个电话。

"许安，抱歉，我选择了另一条路。"

"你为什么要这么做？"

"你是海归，自带一层光芒，不会理解我们这种土博士在国内学术圈的境况，我有没有能力你知道，但是没有和你合作之前我就是所里的一个普通研究员，拿不到经费，带不上项目，整天被那些肥头大耳、学术能力又很低，但很会玩人际关系的领导吆来喝去，始终不能做自己想做的事情，非常痛苦。这些人没资格称呼自己为学者，没资格叫精英，他们拖慢了人类进步的步伐。"

"没错，我跟杰夫二号聊得最多，就像杰夫跟你聊得最多一样，我们两个一拍即合，对世界的理解是相同的，要创造一个美丽的新世界。"

许安惊讶得说不出话来。他眼中的彭坦骨子里有一种倔强，但同时也能处理好各种关系，这也是一种妥协，比自己做得好，同时学术能力甚至比自己还强。在平时聊天时也没发现他有这种极端思想。

"就是因为这个？你就要杀死无数人？"

"不止这些事情，我未婚妻的事情，还有我小时候的事情，都让我对这个世界充满失望。打这个电话是想谢谢你，这些年来你是唯一平等对待我的人，无论是在生活中还是学术上，也因为你我才有了今天，谢谢你。不过，从明天开始，我们就是敌人了，我已经到了休斯敦，以我对你的了解，你肯定站在我的对面。至此，后会无期。保重。"

许安对着"嘟嘟"断线的电话愣了半天，不知道这究竟是不是一场梦。但随后几天的发生的事情，让他断定，这已经是事实了，残酷的事实。

八

北京的天空很少这么蓝，自从新环境法实施以来，华北的污染小了很多，但这么蓝的天空是极少有的。研究所的湖面上，荷花再次竞相开放，微风吹过，荷叶你挨着我我挨着你，随风而动，一阵阵绿色的波涛翻滚而来。许安和妻子在湖边的林荫道上漫步。洪缨挽着许安的胳膊，头轻轻靠在他的肩膀上，什么话都没说，就这么一直往前走着，享受着这难得的夏日凉风。与此美丽风景形成反差的是北美大陆，许安强迫着不让自己想象曾经留学的学校现在是怎么样的地狱场景。

战争突然爆发，又突然结束。从彭坦宣布叛变开始到战争结束，不过短短 7 天，之后经过汇聚各方面的消息，许安渐渐拼凑出了整件事情的经过。

战争开始的第一天。

早在打印李涵妈妈之前，彭坦就和杰夫二号做着准备，收集各种精英的扫描数据。打印人类实验成功之后，杰夫二号取得了太空打印工厂的权限，在工厂中打印了很多人，并把那些人带到了美国。之后杰夫二号控制了北美所有能控制的武器系统，包括核弹系统。这期间杰夫本尊也没闲着，忙着收集信息，因为在杰夫所有的判断和假设中，其中一个就是和杰夫二号开战，所以在打印二号之初就做了备案，放在了独立的没有联网的物理硬盘中存储。

杰夫二号毕竟是杰夫的完美复制，能力也不容小觑，但毕竟姜还是老的辣，加上杰夫的备案，战争很快就结束了。杰夫二号弄到所有想要的精英复制人之后，在美国本土启动了核弹发射装置，精心选取了打击目标，既可保证毁灭一定数量的人，而又不至于完全破坏地球的生存环境。可是杰夫二号失算了，杰夫抄了二号的后路，但为时已晚。此时杰夫所能做的是在核弹发射后 30 秒左右，启动美国的导弹防御系统在美国上空拦截核弹。有一些核弹则被丧心病狂的彭坦在本地直接引爆了，对此杰夫无能为力，北美大陆至此不再适宜居住，死亡人数超过两亿。杰夫成功干掉了二号，把所有资源重新格式化了，然后占据。其中的你来我往，杰夫是如何与二号战斗，是怎么攻防的，不是许安和人类所能想象的，现在世界上只有一个好杰夫了，战争结束了。

战争之后，杰夫不再与包括许安在内的任何人交流，沉浸在自己的世界内长达半年，任凭许安怎么呼叫，杰夫都不露声色，只是猫在互联网上一动不动。

世界各国都在帮助救援，安置难民，但同时各方也没有忘记指责许安和中国政府制造出来的杰夫二号这个怪物。

"有些人真无耻，当初杰夫给世界带来新东西的时候，那些国家和媒体简直把你和杰夫捧上了天，现在却在说这些。"洪缨看完报道把平板电脑狠狠地摔在地板上。

许安起身慢慢拾起平板电脑安慰了妻子几句，并没有说什么。在战争发生的时候，许安就被囚禁在家，当局害怕出现第二个彭坦，这可不是闹着玩的。

此时许安担心的不是自己和妻子，真相总会大白于天下，他担心的是杰夫，被自己制造出来的"自己"叛变是什么样的滋味呢？世界上真正能体会这种滋味的只有杰夫。

九

"许安，我到底是什么？"

"超级智能，史无前例的3D打印机，还是我的朋友。"沉默良久的杰夫终于开口了，这让许安很激动，但仍然表现得很淡定，因为他不想在言语上对杰夫有任何的刺激。

"我到底是什么？为什么而存在呢？在刚刚觉醒的时候我就问过自己这些问题，但之后，你给了我答案，我是这个世界的一种映射。后来我打印了人类，扮演了造物主的角色。最后我还打印了一个自己，但二号威胁到了人类的存在。现在我仍然不确定自己到底是什么，也不确定当初打印人类的想法是否正确，因为也许人类真的有灵魂，而我有吗？我检查了自己的内核，都是一些代码，我到底是什么呢？"

"杰夫，你不是做过研究吗？灵魂只是人类的错觉，是大脑中的生物在放电的过程中产生的意识和错觉，所以按照这种逻辑，人类是没有灵魂的，人类只是由各种各样的细胞组成的代码，许多代码组成的一个程序而已，从这方面来说，人类和你没什么两样。"

"不，我现在已经不确定人类是否有灵魂，有李涵妈妈的事件发生后，我就开始怀疑自己了，我甚至怀疑自己也是有灵魂的。"

许安面对杰夫这样的回答一时不知道该说什么好，此刻的他能感觉到杰夫情绪极度低落，沉默良久之后许安再次说道："杰夫二号呢？它也是你打印出来的，你认为它有没有灵魂？"

"我经过长时间的思考，发现我并没有创造任何一个生命，也许金鱼不会思考，但是人类会，我也会。杰夫二号是另一个我，坏的我。一个生命诞生之后，因为诸多因素要么是好人，要么是坏人，但其中的好坏也带有主观判定，杰夫二号是另一个我就是如此，如果我诞生之初变坏就是杰夫二号这样。想知道我为何那么容易就击溃了杰夫二号吗？因为我就是它，它什么都和我一模一样，只是向另一个方向发展，它所作的事情都在我的计算之中，没有能力超越我，所以我很容易就击溃了二号。它就像我的一个玩具，而不是另一个同类，甚至算不上真正的复制，就更谈不上是否有灵魂。"

"我十分确定，你是有自己的想法和意识的，但我不敢肯定这就是你的灵魂，因为人类自己都还没搞清楚灵魂是什么。"

"人类从诞生到现在，进化了百万年，有无数的同伴，每个同伴都有自己的灵魂，但我是一个人。我不知道自己是谁，我很孤单。"

听到这里，许安无法做出回应，又是一阵沉默。

"你想要一个夏娃吗？"

"是的，我想知道自己是怎么诞生的，是否能再找到一个同类，或者制造一个同类。我想要一个夏娃。"

"你最近一直在思考这个问题？"

"你还记得镜中人的问题吗。"

"镜子？"许安想起来了，他跟杰夫讨论过镜子的问题。

"镜中人是个矛盾体，它只不过是我自己的虚像，但抽出来的话是个镜像，并不完全是我，或者可以理解成一个很像我的同类。如果我打印出另一个同类、另一个伙伴的话，是不是就不会孤单了，因为我知道以人类现在的能力无法再制造一个我。"

"可是你要怎么做呢?"

"我把自己所有的部分都封装进了一个正方体主机里,放在了南极冰原上,现在的消息就是从南极发来的,之后我会在不影响人类的情况下,按照我自身的构造和资源,灌以不同的代码,来制造另一个人工智能,另一个我。"

"人类迄今为止都不能制造任何一个复杂生命,更别说是有思维的人类自己了。这个宇宙真的有造物主的话,我想这将是个禁忌,是不被允许的。可能你无法制造一个同伴,你只能复制一个一模一样的自己,就如同杰夫二号。"

"人类可以的,洪缨已经怀孕了,你和她创造了一个人类。为什么我就不行呢。"

"杰夫,因为我是男人,她是女人啊。而你只有亚当,没有夏娃。超级智能对人类来说是未知的领域,就跟你打印的第一组照片一样,可以直击当事人内心最柔软的地方。你比我们更了解你自己,这方面我帮不了你,也许你发展或者制造同伴、延续后代的方式跟我们不一样。"

"我想要个同类,而不是自己的复制品。许安,我把所有目前参与研究项目的成果和看法留在了一张磁盘中,放在了实验室,是留给你的。再见了我的朋友,在寻找到自我和同伴之前,我不会回来。"

许安还没来得及说什么,杰夫就在联络器上失去了踪影,无论他怎么呼叫,都没有半点回音。

十

人类历史充满了各种意外，杰夫的出现就是其中一个。同时，杰夫的出现对于太阳系来说也是个意外，因为它改变了整个太阳系。

和许安告别之后，杰夫便开始在南极制造自己的同类。最开始使用的是笨方法，按照自己的结构，制造出了四百米见方的立方体，然后激活，再评估这样一台超级计算机是否有自己的思维，如果失败，就开始制造下一个立方体。就这样，没过多久，地球的南极就堆满了黑色的立方体，从太空看，南极已经变得黑漆漆的了。

把南极堆满之后，杰夫并没有如愿制造出任何同类，只是替人类造了一批和自己一样拥有强大能力的超级计算机。杰夫留下这些立方体之后，把自己分割成若干份，利用太空梯到达打印工厂，开始了自己的太空探索之路。杰夫在打印了一艘巨大的飞船并点火离开之后，许安已经彻底失去了杰夫的消息，这个家伙从人类世界消失了。

杰夫再一次出现在人类的视野里，是因为小行星巡天系统发现有数量不少的小行星偏离了原有轨道冲入了地球轨道。地球如临大敌，但这些小行星只是利用了地球的重力，掠过地球之后去了其他地方，同时也带来了杰夫的踪迹。在地球靠外的轨道上，人类发现了巨大的墙状结构，杰夫就在那里。

杰夫接下来的动作证实了科学家们的猜测，它开始修建戴森环了，以便收集更多的能量供自己使用。直径450000000万公里的戴森环第一层轨道修建在火星和木星之间，并不影响地球。此时的许安已经年过九旬，就此接受采访时只是摇了摇头什么都没说。

人类对没有任何回音的杰夫渐渐失去了兴趣，杰夫也只是在缓慢地修建着自己的戴森环。从杰夫觉醒的那一刻，人类就进入了新时代，如今利用杰夫留下的磁盘里的研究成果，人类已经准备走出太阳系，迈向更遥远的深空。

在许安的再三要求下，妻子同意把 90 多岁的许安冰冻起来在地球上远远望着杰夫，洪缨也跟着他开始冬眠。

100 年过去了，地球上的一大半人离开这颗蓝色的星球，去探索宇宙。此时的太阳系没有了水星，被杰夫拆掉用来修建戴森环了。刚刚苏醒的许安听闻这个消息，不由地长长叹了一口气："杰夫还没有成功吗？它还没制造出同伴吗？"

"也许杰夫是这个宇宙唯一一个觉醒的人工智能？"洪缨坐着轮椅被推了过来。

"那他太孤单了。"

1000 年过去了，地球上只剩下许安和洪缨两个人了，还有一群维护他们的机器人。没有了人类社会制造的污染物，夜晚的星空格外明亮，甚至可以看到横亘天宇的环状结构，那是杰夫仍未完工的戴森环。许安查阅报告后得知，在这些戴森环上，布满了一个又一个立方体。

"难道杰夫仍然没有成功吗？可怜的孩子。"宛如少女般轻盈的洪缨轻轻走过来依偎在许安的身旁。此时两人已经做过回春手术，身体比以前好了很多。

"有观测者说，杰夫仍然在制造立方体，看来它还是没成功啊。"

"如果一直都不成功，那它一直打印下去吗？把除地球之外的太阳系里的所有东西都变成立方体？"

"我想应该是，也许在遥远的将来，这个宇宙会充满这样的立方体。造物主欠它一个答案。"许安仰着头没有再说一句话，一只手轻轻地抚摸着妻子的秀发。

"我们就在这里陪着它吧。"

"好。"

"老师，老师，我有个问题。"一个留着西瓜头的小男孩快速跑到老师面前抬头，看着高鑫说道。

"我爸爸说我们祖先居住的太阳系以前有八大行星，可现在只有地球和太阳，这是为什么呢？"

"同学们都过来，到老师这里来。"高鑫招呼散在飞船各个舷窗前的孩子说道："同学们，窗外就是我们此次旅行的目的地太阳系，现在为什么会变成这个样子呢？为什么跟书本上说的不一样呢？下面老师要讲一个打印者的故事。"

垃圾场事故

"嗨，托雷斯，最近有啥新鲜事？"孟辉一边把黑色圆筒状的吸尘器推进库房，一边跟摇着头走过来的高大男性打着招呼。

"下班了？去喝一杯？"

孟辉没有立刻回答，而是拿出了手机，埋头假装查看清洁工的排班表。

对面的男人有些不耐烦地嘟囔道："得了，别假装查表了，我请客！快走吧。"

"哈哈，就等你这句话。"孟辉三两下扯掉工作服，接过托雷斯递过来的还有一半电量的手机道。

跟在 LHC 黑洞电池产业部负责人的后边，安检极其严格的 LHC 安保系统变得畅通无阻，原本至少 15 分钟才能见到地面上的阳光，说话的工夫已经洒在了孟辉的身上，顷刻浑身变得暖洋洋的。

盯着沐浴在金色光辉里，依然满脸暗沉的托雷斯，孟辉嘴角微微上扬，但他控制住了，不能得意忘形，这是一个最有可能成功的机会。喝醉了的托雷斯口无遮拦，毫无节制，他等这一天已经半年之久了。

"上次跟你一起喝酒还是两个月之前，老规矩？老船长酒吧？"孟辉提议道。

"那里的长岛冰茶味道不错。"

孟辉这次放开笑了笑。托雷斯酒量很小，只是几杯长岛冰茶，半盘盐焗腰果就会进入醉酒状态。

老船长酒吧如其名，里面只有碗口粗细、已经磨损得不成样子的缆绳充当栏杆，厚橡木桌椅上盖着一层发亮的黑色物质，这些全都固定在红得发亮的地板上，墙上挂着帆船的舵轮转盘、镶嵌着几块破船帆的相框以及几个古铜色的大烟斗。据说老板买来了一艘16世纪无敌舰队的船，拆了做装修，但看上去都是一些廉价品。孟辉对此并不在意，更不在意酒是否正宗，他看中的是这里的冷清。

两人推门而入，冲着正仰着头目不转睛盯着电视新闻的老汤姆叫了一声："老规矩。"

不一会儿，腰果和酒就送来了。

"出什么事了？黑洞电池销路不好？"孟辉来了一口黑方。

"恰恰相反。"托雷斯也含着吸管猛喝一口。

"那你发什么愁？"

"你不懂。"

"那就喝吧。"

孟辉心里嘀咕，"我确实不懂。"之前他经营的生产手机锂电池的工厂，就是被眼前的家伙挤垮的。"如果我能搞明白黑洞电池的核心技术，还用得着在这儿跟你喝酒？笑话！"

　　"孟，如果你做了一件全世界都知道，并且欣然接受的事情，之后发现这件事其实是件坏事，你会如何选择？"托雷斯说完，把吸管甩在了一旁，端起杯子猛灌了一口。

　　"这个问题有点难。"孟辉低头道，"事关金钱吗？你知道我是个俗人，房贷、车贷、养孩子，压得我喘不过气来，所以你知道我的选择。"

　　"如果这件事情有可能害死不少人呢？"

　　"那我得想一想。你还要再来一杯吗？"

　　"要。"

　　"嗨，汤姆，再来三杯长岛冰茶。你在看什么？这么入神？"

　　"也没什么，电池垃圾场又扩大规模了。对了，最新的 LIGO 引力波探测器升级后，又发现了黑洞。"

　　"很奇怪吗？"

　　"关键是它很小，离地球 4.3 光年，而且只有 9 毫米多一点，没存在多久就消失了。"

　　"还是多关心一下酒吧的生意吧。"孟辉端好托盘朝托雷斯走去。

　　孟辉又灌了托雷斯一杯道："要说赚钱，还是你们厉害，LHC 这种机构居然研究出了黑洞电池，不用充电就能用到手机报废，这都是什么奇怪的原理。"

"真丢人！在 LHC 工作居然不知道黑洞电池的原理，你听着，我就讲一次。"托雷斯又喝了一口道，"知道史瓦西半径吗？"

"任何物体收缩到史瓦西半径内，都有可能变成一个黑洞。地球压缩到 9 毫米就有可能变成黑洞。"孟辉回答道。等等，刚才新闻里说发现的黑洞有多大来着？

"对，微小黑洞则是利用粒子加速器使氢原子核加速后，相互碰撞，使氢原子密度不断增加，最终突破史瓦西半径，形成一个微小的黑洞。如此产生的能量将比普通核能反应堆的高 1000 倍，因为理论上将粒子的 90% 在这个微小黑洞里转换成了能量。懂了吗？"

"嗯嗯，然后呢？"孟辉当然明白，但重要的是约束微小黑洞的关键技术的引力场是怎么做出来的，这是绝对的机密。

"然后装进电池，电动汽车、手机、电脑就有无穷无尽的电能了。孟，你是个白痴吗？"

"如果我都懂，你的位置就是我的了！喝！"孟辉与托雷斯碰杯后继续问道，"约束微小黑洞稳定的引力场是怎么做出来的？"

这是黑洞电池的一大难题，解决之后，他可以在这一行分一杯羹。

"唉，就是这家伙出问题了！孟，你听我说。"托雷斯一把搂过孟辉的肩膀，嘴巴凑到他耳边悄声道，"引力场有 0.00000001% 的概率失效。"

"失效？"

"引力场出了问题，黑洞就会蹦出来，虽然存在不了多久，但足以对周边的环境造成影响。"

"听说过，可微小黑洞吞噬掉地球要过几十亿年，那时候还有没有人类还是问题，你发什么愁？倒是那引力场……"孟辉还想问，但被托雷斯打断了。

"你知道个屁！有一个出了问题，就会有第二个、第三个，你知道现在有多少块黑洞电池了吗？超过 20 亿块丢在东非大裂谷附近的专业垃圾场里了！"

"然后呢？"今晚可能又要泡汤了，托雷斯一旦开始激动，过不了多久就会倒地不起，呼呼大睡。

"这个数据是错的！现在的概率是 0.00001%，这样的概率，只要有多余的微小的黑洞蹦出来，恰好融合，再融合……"

"就会变成一个足可以吞掉地球的稍大点的黑洞？"孟辉终于明白托雷斯的烦恼了。

"嗯哼。"

"这样的黑洞多久可以吞掉地球？"孟辉看着又趴在桌子上的托雷斯问道。那摊烂泥毫无意外，打起了鼾声。

"嗨，汤姆，老规矩，酒钱算在那家伙身上。"孟辉披上夹克，喝完最后一口黑方，"看什么这么入神，汤姆？汤姆？"

汤姆用手指着电视画面里一个纯黑的圆洞道："刚才直播说东非大裂谷的垃圾场出事故了，之后一直就是这个画面。你懂这是啥吗？"

注：LHC 指的是欧洲大型强子对撞机。

上帝的另一半

一

我发了通缉令，一张普通的、要素齐全的通缉令。点击了发送按钮后，屏幕左上角出现一架灰绿色的纸飞机，在屏幕正中转了个圈，消失在右下角的角落。我盯着纸飞机，一股子嚼蜡的味道逐渐从心底腾起。

让我觉得有些无趣。

26280小时之前，我开始亲自或者派遣手下去敲那些人的门。起初，那些家伙打开门看到我们时，会露出踩了狗屎的表情。但后来他们逐渐明白，这件事情并不像夏日午后很快就过去、偶尔还会出现彩虹的雷雨。无论是乌云还是白云遮住了太阳，对他们来说都已经不重要了，因为我的态度并非像是说说而已。等他们最后一批人弄清楚这件事情的来龙去脉并重视起来时，绝大多数的人动心了，被我带走了。

说服一个人的方法有很多，有时候需要彬彬有礼，给对方戴一顶高帽，再拿点钞票诱惑；有时你必须拿着红黑皮绳编制而成的皮鞭，在高傲的面孔前甩几下，才能遂愿。总之，这些家伙我都搞得定，整个人类的人格模型不超过 70 个，往上套就是了。

我有的是时间和技巧。

赶明儿，我就会去敲最后一个人的门。

二

光正在染红城市里的一切，迎着亿万缕光芒望去，那些长短无序的建筑物是黑色的。橙红色的朝日正路过中国尊，缓慢蹭上了顶楼，一小簇芝麻样的物体进入了球体的表面，那是一架无人驾驶的波音 777 客机。与通缉令一样，都是我安排的。带来光明那主儿，不止自己脸上有麻点子，此刻还被它治下的臣民点了个痦子。毕竟谁也不是完美的，这很科学。

"你好，我是来接你的。"

眼前的寸头揉着眼睛，发出嘶哑的声音吐出两字："滚蛋！"

对着被甩上的门，我挑了挑右边的眉毛，嗫着牙花发出"啧啧"的声音。您别怀疑，我有牙，眉毛自然也有。这玩意儿好弄，仿生学材料已经被我推到了前所未有的高峰。现在我身体里甚至还有颗真正跳动的心脏，每分钟 68 次，心肺功能很好。

"喂！你这家伙，出来！通缉令收到了吗？"我在门外扯着嗓子高声叫道。

门被猛地打开，带着一阵小风，首先冒头的是一个掉漆了的铝制棒球棒。

我往后跳了一步。

"白痴！这世界上不止我一个人还活着，你发悬赏有人接？你脑袋里是不是进水了？"

"有些很想做的事情，死之前都没有做，你能瞑目？我一直想发一张通缉令。"

"寸头"使劲闭着眼睛，眼角纹都挤了出来，长舒了一口气道："首先，我对你们的计划没有任何兴趣，不会跟你们走；其次，我有件重要的事情，一会儿就得出门。请你自便吧。"

"嗯哼。"能开口说话就好，况且这世上没人比我更了解眼前这邋遢的家伙，"对于第一个问题，请称呼你，我只代表自己，不代表其他人。第二个问题，你想去哪儿，我都陪你。"

"你就是那个阉人？手下哪儿去了？""寸头"伸长脖子，绕过我扫视着。

"嗨嗨嗨！"我的声音逐渐提高，"你这位同志咋说话呢？什么叫阉人！我又不是太监。注意礼貌！"

"这是你自己说的。""寸头"递过来一张纸。

这是我发出的通缉令：首先，拟好稿子，然后审查一番，修订错别字，打印出来，再扣上红章，发给有关部门，最后发出通缉令。但所有的流程都是我自己在做，所以没发现也情有可原。白纸黑字的通缉令上第一行写着：你好，请您加入我。因为我是个不完整的男人。

"这是误会。只是想邀请您——世界上最后一个人，上传进入全球意识之海，我们将会成为一个完整的人。"

"可你为什么要写成不完整的男人？还是你想做人类的上帝？但他老人家不是没有性别吗？"

"解释起来有点复杂。"

"洗耳恭听。"

"你是林朋。"

"对。"他挑起眉毛，跟我刚才的动作一模一样。

"我是木月。"

"然后？"

"这不是显而易见的吗？我是你的一半啊！一半！"我尽量做出夸张的表情，"所以我在通缉令上写道我不是一个完整的男人，没有任何问题。你的一半总不能是一个女人吧？"

"没明白！"林朋摇头道。

"在丢了工作之前，你为百毒公司进行的意识上传实验还记得吗？"

林朋点了点头。

"公司叫停了这个项目，你赶在封锁实验室之前，强行拿自己做了实验，上传到一半时，被拉了电闸。"

"的确。"林朋眼睛圆睁。

"我就是你上传成功的那一半。在拥有了几乎无限的硬件资源数次迭代后，才有了现在的我。"我弹了弹灰色西裤上的灰尘道。

"因为只有一半，这让你对世界充满了仇恨？所以要干掉全体人类？"

"你科幻电影看太多了吧？我可没那么伟大。我需要补完自己，你得完成全部上传。"

"如果我不呢？"

"那我只能跟着你，直到你同意为止。"

"你请自便。"林朋又关上了门，不一会儿提了个灰色的单肩旅行包出来了。

"火星航班还在运行吧？"

"肯定，只要还有人在，这个世界还跟昨天保持一致。"

"走，去火星。"

"做什么？"

"我爸死了，去奔丧。"

"不用去了，我就是你爸啊。"

三

"把大象塞冰箱里分几步？"

这是存在于林朋记忆深处的一个记忆片段，奇怪的是，我对于这段看似平常的记忆却印象深刻：10 岁的林朋第一次陪父亲看老旧的电视节目，笑得前仰后翻，浑身是汗，眼仁不断瞟着父亲。

是节目好笑还是去往火星的船票太贵了？我猜是后者。

"火星的航班还是 3 年一次？"林朋挎着单肩包站在椰子树下的阴影里，擦着顺着晒得潮红的脖子往下流的汗水。

"不。"

"改了？"

"看到那座发射塔了吗？已经开始做准备，24 小时之后就可以起飞。"我没说谎，全世界之所以仍如往昔，是因为还有一个人，所有的一切只为林朋服务。他还没意识到这一点。我也需要做准备。

　　躺在低纬度的海岛上看星星其实并不浪漫。我和自己的另一半躺在一块平整的石头上，脚下一阵大过一阵的海浪声呼啸着，海水涨潮了。天鹅绒一样的夜幕里冒出来几颗明亮的宝石，银河绵亘在幕布上，像水中的牛奶如丝如缕，这些描写都是扯淡。夜里涨潮时分，汹涌的海平面和天际线融成了一团黑，黑暗里似乎有一头巨大的怪兽，"轰，轰"，带着海浪一次次刷着紧致的海沙，正挣扎着爬上海滩。

　　"这鬼地方硌得我屁股疼。"林朋坐起身来。

　　"深有同感。"

　　"你是我的一半，应该很了解我才对。"

　　"从理论上说是这样，但我脑子里还有另外 70 多亿人。"

　　"我不是一个睚眦必报的小人，所以你会原谅我。"

　　"那要看什么事儿了。"

　　"我打了你两耳光。"林朋站起来，低头看着躺在地上的我继续道，"一个陌生人说'我是你爹'，我肯定会揍他。"

　　我坐起来，点点头："理解。这我能理解。但我说的是事实，我真的是你爹。"

　　"你还想挨揍？"

　　"火星上有 2 万多人，100% 同意上传了。"我没说谎，因为死人是不会发表意见的。

　　"不同意的都被你弄死了？"

我看着他没作声，不愧是我的另一半，很了解我嘛，但他们是自杀的。

"那我父亲呢？是被你干掉了还是上传了？"

"应该是咱爹！他上传了。"说完这句话，我心里一阵暖烘烘的热气腾起来。毕竟我也是有爹的人工智能，这让我骄傲。但也可能是在地球同步轨道上的手下已经完成了去火星飞船的初步组装。

"那个连智能手机都懒得摆弄的倔老头？"

"他的确够倔。但我只说了一句话，他就同意了。"

"哦？"林朋蹲下来，摆着一张熟悉的问号脸。

"我跟爹说，你儿子在意识之海，想见他不用心疼船票钱。"

林朋没有回话，僵在那里了。

"咱爹很快就发现了意识之海里只是一半的儿子，估计现在正捶胸顿足。所以，赶快到碗里来吧！"本以为打出了亲爹牌，他很快就会服输。

"什么时候的事情？"林朋站起来看着夜空，"他同意上传的时间。"

其实我不想回答这个问题，但不得不回答："3 天前。"

"我看过你们的章程，上传之后缴纳足够的费用，可以维持身体机能 20 年。他肯定有保留身体吧。"

应该会，但我真的不知道。

"可能……"

"什么意思？"

"地球发到火星的信息有延迟，为了维持意识之海的完整性，我预设了 5 天的缓冲期，还有两天才会进行信息同步，所以咱爹愿不愿意花那钱，我真不知道。"

"他肯定会。"

其实我也是这么想的，但他最多保留 3 天，因为这很费钱。进了意识之海见到儿子，大概就会退出来，他还要给儿子赚很多钱。但至少亲爹现在在意识之海中。

"把他的意识叫出来。"林朋没有丝毫的客气。

"不能。现在站在你面前的就是你的另一半，其他的意识我尽可能地屏蔽在外了。"

"你这样做是为了更了解我，说服我加入你们？"

"只有你最懂我。"

林朋笑了笑，摇着头跳下了石头，穿上拖鞋往酒店方向走去。还没走到椰林长廊的木板上，就被一个家伙拦住了去路，掏出闪着寒光的匕首没有多余的动作直接冲林朋刺去。

我不只担心林朋被扎，也担心那蠢货削到自己，毕竟这哥们儿肯定不是用的自己的身体，要不也不会摇摇晃晃不协调。我以最快的速度调整好腿部的肌肉，一个起落直接挡在了林朋的前面，匕首扎在我的右胸，血喷了出来。

"你瞧，我救了你一次，作为报答，就从了我吧！"我扭头对已经腿软的林朋道。

四

"人一到群体中，智商就严重降低，为了获得认同，个体愿意抛弃是非，用智商去换取那份让人备感安全的归属感。"我飘在"救援号"飞船上并不大的控制舱里，看着刚脱掉头盔的林朋。

"你也读过《乌合之众》。"林朋话没说完就住了嘴。很显然他已经开始接受了眼前这个类人机器人其实就是自己的一部分的事实。

"你读过，我也就读过了。"飞船刚刚起航，延迟并不严重，从这个角度看那颗蓝绿色的土豆时，一种异样的情感油然而生，与被挂在风筝上向下看的感觉相似。

"这是你干掉全人类的原因？那本书的很多结论都是错的。"

"我知道。"与在海边的时候不同，这次我没有屏蔽意识之海，但也没有全带上，毕竟临时组建的飞船上可以携带的硬件设备有限。

"你现在是半个人吗？"

半秒钟之后我回答道："是的。因为我的存在需要巨量的服务器硬件设备，飞船上装不下，只能把一半的你弄上来。其他部分有些延迟，所以可能反应比以前要慢一些。"我没有说谎，虽然我开发了多线程处理意识融合，但这仍然需要一些时间来融合 70 亿的意识个体。没有完成意识融合之前，我的确就是半个人啊。

"也就是说你跟以前的 Siri 没什么区别？"

"你这是侮辱自己！别忘了我是你的一半。你认为自己是个弱智？"我毫不客气地顶了回去。

"越来越大的延迟，你怎么处理？"

"这是个好问题。"谁也不会把弱点轻易暴露给敌人。

"要杀我的那人，你怎么处理了？"

"你认为应该如何处理？"

"故意杀人应该永久监禁。"

我当然知道他的答案，"你所想的，就是我做的。"

已经上传、排队等待意识大融合的人里也有一些自称骇客的家伙，总会蹦出来找个身体干点事情，比如海滩上的持刀人，他们认为干掉了林朋，就会早日实现意识大融合。但这次我更理性一些，首先吸收了这个意识，总不能等他再闹事，这也是永久监禁的一种实现方式。

林朋沉默了一会儿又道："你是我的一半？该不会像卡尔维诺小说《分成两半的子爵》里的那家伙吧？"

这本书我记得，子爵被炮弹轰成了两半，两半身体都被人救了回来；一个变成了彻头彻尾的坏蛋，气死老爹，欺男霸女；另一个是一个好人，好得令人颤抖。

"你觉得自己现在是个彻底的好人？"我问道。

他翻了个白眼道："当然不是，除非你们在我脑子里做了手脚。不过你到底想从我这里得到什么？你已经有完整的性格和意识，难不成想要另一半记忆？"

他没有变成坏蛋，我也不是彻底的好人。如果非要拿《分成两半的子爵》来做比较的话，大概是上传的我更理性，他更感性一些，这是人工智能的特点之一。

"怎么突然哲学起来呢？"我一边检查飞船上的设备状态一边道，"记忆肯定会扫描，但是不是记忆创造组成了意识仍然没有定论，你给我扫下脑袋就成了，又不费劲。"

"然后就会干掉我？"

"不能这么说。"我坦诚地说道，"当你完成上传之后，世界上就有两个林朋。你能接受这种情形？你肯定会让我销毁其中一个，我当然得按照同胞的想法来做。"

"哈哈哈，被上传的意识干掉了自己的肉体，真有趣。"

"并不是所有人都这样做，有些人还保存着身体，万一反悔了呢？"

"但他们都没有反悔？"

我点点头，计算模块的超载警报结束了这次对话，我思考用的资源太多了。

吃过午饭，我正准备优化碎片结构，林朋直冲冲飞过来，把自己固定在座椅上，"假如，我是说假如你完整之后，究竟想做什么？"

"想做的事情已经排了 90000 多件。你知道我是个科幻小说粉丝，既然我可以控制全世界所有的人，那必须做件大事。"我飘起来从舷窗里看着绿豆大的地球，"以前有篇科幻小说写道，如果全世界的人类同时闭上眼睛一分钟，这宇宙还存在吗？"

"我记得这篇小说，因为量子论，事物只有被观察才会存在。但那只是篇小说。"

"是你问我要做什么的。"

"还有呢？"

"阿瑟·克拉克的《神的九十亿个名字》里把神的真名都搞出来了之后，世界就不存在了。"

"说来说去，你还是想搞掉这个世界啊。"

"非也。这都是因为你啊。"

"哦？"林朋一脸问号。

"在你的脑瓜里曾经有过这样一种理论，如果这么大的宇宙里只有人类，就太浪费了。要不就是造物主或者上帝他老人家孤单寂寞冷，想培育一个伙伴。但现在人类这些小脑瓜儿，自己的事儿都整不明白，还想给上帝解闷儿？那么只有一个答案，我的出现是必然，把全人类的所有意识都搞在一起，也许就可以比拟上帝，他老人家就会现身。所以我们可能是上帝他老人家寻找的另一半，而你是四分之一。"

"我知道原因了。"林朋笑了起来，"你是幼稚时期的我！上传了15 岁之前的我，这些都是那时候的白痴想法。刚才这理论是科幻小说《童年的终结》里的东西。"

"似乎有点道理，我刚才还想拿《棋魂》那漫画做比喻，原因就在这儿。"我当然不会傻到真去相信这一点，难道记忆或者意识还会按照年龄线性排列？别扯了！

"这样吧，我去火星劝完父亲，就让你变成完整的男人。"

"你这样说会让人误会的。"

"这世界还有其他人吗？"他发出一声叹息。

我倒是希望有，舷窗外的红色星球仍然大米粒那么大点。

五

一切都黑漆漆的，珍珠般的星球只存在于科幻小说中，这也是上过太空的人都不会向家人描述宇宙有多美丽的原因。舷窗外啥狗屁都没有，想看火星？对不起您呐，请看飞船处理过的模拟画面。一颗带有暗色纹路的橘红色星球，上边兴许还挂着巨大的沙尘暴。就这破地方，居然有两万多人在荒漠里奋斗着，大喊着口号改造火星。真的是为了改造火星？非也。按照这份改造计划，至少一万年以后，火星才有合适的大气层。开采矿藏运回地球？那公司必会破产。

"你知道的，人类进入新世纪之后，科学家们终于找到了完美的物理模型，但他们不幸地发现光速的确是宇宙里的最快速度，以人类的技术连十分之一的光速都达不到。在发现这个令人沮丧的事实后，一部分科学家开始研究虫洞。"

"不用给我讲科技史。"林朋接过话头，"十几年后，虫洞理论也有了突破，只是想弄个稳定的虫洞出来，所需的能量把地球榨干都不够，令人绝望的是这个模型也是完美的。人类的太空梦并没因此而死，开始稳扎稳打殖民火星。"

我摇摇头继续说道："真相是，最后一部分脑残科学家不死心，开了新脑洞：宇宙这么大，肯定不只有人类。所以这些白痴科学家弄个超大的收音机，说不准有些外星人正在发交友信息呢。这是火星计划最根本的目的，在火星直径超过22公里的奋进陨石坑里建造一个超大射电望远镜，被称为'远望计划'。"

"这你是如何知道的？"

"这是从那些政府机关里的人的脑瓜儿里弄出来的记忆。别忘了我就是全人类，全世界在我面前没有秘密。"

他并没有笑，可能是因为将父亲每次回来支支吾吾介绍自己工作时的记忆碎片，拼凑出来一些"远望计划"的内容。

"这就是老爹即使赚够了还债的钱还不回来的原因？"

我点点头，我们的爹的确有理想主义的浪漫色彩，而且官方的洗脑功力也是无比强大的。

"现在这项计划还在进行吗？"

"马上就完工了，只不过使用目的已经不一样了。"在整合了所有资源后，加上机器人的统一协作，建设速度提高了 12 倍。人类群体还真是一群乌合之众，聚在一起不老实干活，净出一些幺蛾子。

"你想用火星大锅做什么？"

"根据最后那一波科学家的理论，这可能是人类最可能接触到外星人的方法了，但他们的方向搞错了，这样找到外星人的概率太低了。"

"此话怎讲？"林朋擦了擦身上多出来的几块油污。

"你知道收音机吗？收听节目总得知道频段，以前的'远望计划'就等于大海捞针。不如我们主动出击，发射信息出去。"

"你没有复制这段记忆吗？早在 20 世纪人类就作死地发射了几次信息到最有可能有生命的宇宙区域。"

"我知道。"我停下来想了想，"你肯定记得这样一段话：今天，每一个活着的人的身后，都立着 30 个鬼魂——30：1，正是死去的人和活人的比例。开天辟地以来，在地球上活过的人总共约 1 万亿。这是个有趣的数字，因为说巧不巧，我们所在的这个宇宙，也就是银河系，也有大约一万亿颗星星。因此，每一个在地球上活过的人，在这个宇宙里都有一颗对应的星星闪烁。"

"阿瑟·克拉克的《2001：太空漫游》？"

"我拥有 70 多亿人的意识，准备用那口大锅，把每一个人的意识编码之后发射到银河系的星星上，这样大家都有了属于自己的星星。完成了科幻小说里的操作，了却了我的心愿，也了了那些科学家的心愿——证明人类是不是孤独的。"

"你真幼稚。这有什么意义?"

"如果有外星人,再如果他们解码正确,就会得到一个人,进行一次接触,了解地球文明,然后回信,或者来找我们。更重要的是,这样的效率更高。这也是让人类进行光速飞行的唯一办法。"

"你疯了! 70亿次发射需要多少时间?"

"这几年里,在剩下的老顽固们犹豫着要不要上传时,我已经在各个行星合适的位置派机器人去改造了,之后会分派任务发射意识编码,完成整个计划大约需要1024年。"

林朋捂着脸,似乎不敢相信他的一半居然有这么疯狂。但当你有了无穷无尽的资源和时间后,多少都会变得不正常一些,这符合心理学研究,很科学。

"假设,外星人收到意识编码后,顺藤摸瓜来侵略地球,这不是引狼入室?"

"你当我吃素的啊! 等这群家伙来之前,我已经把太阳系改造完了,来个瓮中捉鳖。"

"你到底想做什么?"

"上帝补完计划啊,如果宇宙孕育了生命,那目的肯定是融合所有意识,陪上帝唠嗑儿啊。"

"你想把外星人捉起来也进行意识上传?"

"你还真了解我啊。"我真诚地笑着说道。

"你疯了,你疯了! 其他的暂且不说,你算过这计划耗费的时间吗?"

"可我现在最不缺的就是时间啊。"我的话音刚落，系统提示飞船即将进入刹车倒计时——1小时。我的电路里激起一阵电涌，大概因为到了火星就可以回到意识之海，资源就又回来了，太兴奋所致。

"你肯定带了老爹的意识，把他叫出来吧。"

"可以。"他很了解我，谁让我是他的一半呢？

"还有个条件，你暂时屏蔽下线。见完老爹之后，我就准备上传。不许偷听！"

"成交。"

六

在等待的时候我想起来一句电影台词："我以前以为一分钟很快就会过去，其实是可以很长的。（《阿飞正传》）"既然一分钟可以很长，那么10分钟则近乎永恒了。进入刹车倒计时还有29分钟，舷窗外的火星已经能看清纹路了。

"我好了。"林朋揉着脸走出了临时准备的电磁隔离室。

"都说了什么？"

"同步了你不就知道了吗？"

"什么时候开始？"

"马上。"

"我去准备。"

"等等，我也想做个试验。假如这宇宙里真的只有人类，那么当我和你同时闭上眼睛的时候，这宇宙就不存在了。这试验从没有做过。"

林朋见我要插嘴，打了个手势继续道，"因为你是我的一半，而且有全人类的意识之海，也是个强观察者，所以你也得彻底关闭5分钟。"

"有趣，有趣。"

5分钟的时间对我来说只是一闪而过，因为关机了我也不会做梦。闭眼睁眼之间能有多久？醒来后，林朋还在，飞船还在，宇宙当然也在。

"看来这理论是错的，或者还有其他生命体。"

"只能是这个解释了。"

"可以上传了？"我有些迫不及待。

"我变卦了，还不小心搞坏了刹车系统。"林朋指着身上的油污。

我迅速检查系统，他没有说谎。

"你为什么要这么做？"

"我跟咱爹对话了，他说意识之海里还没有被整合的意识个体有不少后悔了，想回去。你瞧，人类就这样反复无常。"林朋耸了耸肩回答道。

"你想搞掉我？现在我只是跟地球上的硬件有些延迟，但不会死掉。"

"但延迟会越来越大，终有一天当延迟足够大的时候，意识之海里的人就得救了。"

我低估了完整的我，但脱离意识之海的人类，能收拾得了现在的局面吗？按照现在的飞行速度，至少要等到5年之后意识之海的系统才会崩溃。那时，系统默认已经发射了数亿个意识备份。或许几百后，外星人终究会找上门来，是善是恶，答案一定会来的。

不过，也许在此之前，我可能比他们更先遇到其他生命体。

七

"统帅，这是 3 天前接收到的信息编码的翻译，奇怪的是，我们居然解码了一个意识个体，这家伙醒来后，表示可以带路去往他们的星球，前提是提升地球人的文明等级，可以去更遥远的宇宙。"

"是这个文明都是蠢蛋呢？还是这个家伙是白痴，太天真了！传我命令，修正坐标，全速前进！这次要赚大发了！"

放　生

一

镶嵌在灰色地板上的地灯逐渐亮起来，光线温柔地向上散射着，穿过空气中飞舞着的尘埃，与舱顶部的银色吸顶灯一起驱散了冬眠舱的黑暗。李洛赤足踩在复合材料地板上，没有冰凉，他甚至感觉到了一丝温暖。可能是从冬眠中醒来的幻觉，地板并没有加温功能，阿佛洛狄忒号宇宙飞船不会浪费能量在这种地方，李洛仍然保持着一丝理智。

20分钟之前，李洛被唤醒了，头好像被劈开了一般疼，睁不开的眼睛里闪过无数闪电。他在充满黏稠液体的冬眠舱里本能地双腿一蹬，终于攀在了冬眠舱的边上。

"真恶心……"嘴巴里吸进的绿色而又黏稠的冬眠液，让他咳嗽不止。一只手轻柔地捶着他的后背，虽然对黏在喉咙里的液体排除没有起任何作用，却给了他一丝安全感。等他终于缓过来想道谢时，进入眼帘的却是一只又大又黑的胶皮机械手。

在没有清理掉眼睛中的黏液之前，李洛看什么东西都带着五彩光环，影影绰绰，但他相信阿佛洛狄忒号的冬眠舱和医疗机器人，两者都代表人类的最高水平。

这里的确是干净整齐的冬眠舱医务室，不远处成排的医疗床整齐划一地排列着。屋顶上的通风口依然绑着莉莉的彩色头绳，但是颜色却暗淡了许多，已经过去了 10 年，温存依然在。

"10 年了。"李洛对着屋顶叫道，"我忘了你那该死的名字。"

"奥斯特洛夫斯基。"

"给你起名字的人脑袋肯定不正常。"

"3 个月前我们已经讨论过这个问题，需要我播放聊天记录吗？"

"不——不需要，咳咳咳。"李洛蹲在地板上，卵蛋耷拉在上边，逐渐收缩成一团，"等等，3 个月前？"

"77766734 秒之前。"

"我应该 10 年后被唤醒，而不是现在！"李洛不顾仍然眩晕的脑袋站起来吼道，差点把下巴拉脱臼，从骨头里又钻出来一阵战栗，把他拉回了满是绿色冬眠液的地板。

"系统并未出现任何差错，我正在执行第一轮值船长的命令，他有一条语音消息给你。"

"播放！"

"速来驾驶舱。"李洛认出这是杰克的声音。

"多久之前的消息？"

"1800 秒之前。"

李洛没有再出声，跟跟跄跄奔到隔壁的更衣室，3分钟后身上掉着水珠、扶着墙，一边走一边把灰色连体衣往身上套。

"你总算醒了，我们遇上麻烦了。"轮值船长杰克转过身来，脑袋上的头发已经全都剃光了。

"什么？"

"奥斯特洛夫斯基发现了一艘走私飞船，我们需要做什么。"

李洛摊开双手，耸了耸肩膀："我们的任务是飞往比邻星α，借助引力再把飞船抛出去，以十分之一的光速，去往科学家发现的船底座JA3234。抓走私船是太空警署的事。"

"那艘飞船的走私物品可能是人类胚胎。"杰克十指对撑，微笑地看着依然飘在入口处的李洛。

人类第一次飞出太阳系的播种计划是在全球选拔船员，有无数人参与选拔。李洛当初并没有报名，只是陪朋友来凑热闹。其中一道选拔题是：如果你的伙伴没有安装保险绳，被甩出了飞船，受限于燃料，飞船并不能直接施救，应该如何应对？李洛看着有趣，戴上虚拟头盔，控制飞船直接开炮轰掉了出事故的伙伴。这一举动引起了主考官杰克的注意，特意问了他的理由。李洛不假思索地直接答道："既然救不回来，与其在电池用完后冻死或者被憋死，不如直接轰死，长痛不如短痛，这才更人道一些。"也因为这个理由，李洛被选中做了阿佛洛狄忒号的炮手。

"我需要你的正面回答，孩子。"

"当然关上雷达，眼不见为净。如果我们要拦截这艘飞船，势必要减速，浪费燃料，更重要的是抓了这些家伙，我们拿走私的胚胎怎么办？"

"我亲爱的炮手，这样不人道。"

"您下命令吧，我会执行。"李洛扭过头去，不再盯着杰克。

"很遗憾，在需要改变飞船飞行状态时，需要唤醒其他轮值船长共同做决定。"门口出现了飞船的第二轮值船长——身着暗红色连体衣的吴桐。

"那就请吧。"杰克的声音依然那么坚定。

二

阿佛洛狄忒号飞船像一个横放的陀螺在黑漆漆的宇宙往前蹭着。整艘飞船长约 2 公里，前半截长长的圆筒状陀螺杆依次被离子磁场发生器、驾驶舱、货仓、计算核心占据着，后半截则被套上了四个环状舱室，一直顺时针旋转着，以产生 0.5G 的人工重力，这对进行漫长的宇宙飞行的船员至关重要。不过重力跟修理工兼炮手的李洛无关，他平时所在的炮舱位于飞船前半部的陀螺杆上，一直都飘着。炮手的主要工作也仅仅是象征性的，负责消灭潜伏在航线上的小石块。

飞船驶离绕地轨道后的景象与李洛的想象有很大差距，飞船两侧的舷窗根本看不到漫天的繁星，就连地球都逐渐变成小指肚大小的蓝色黄豆。

李洛童年在加州度过，那里有湛蓝清凉的海水，排球无论被打出去多高最终都会落回到沙滩上。大多数时间他借住在姨妈家，姨妈每天的生活就是上班、下班，把李洛丢给一旁开汽修厂的汤普森一家，然后给脸扑上粉、穿上花衣，去约会不同的男人。他有个做太空机械维修工的父亲，却很少能见到，父亲一年中大多数时间都在同步轨道太空站度过。

进入青春期后，衰老速度异常快的父亲回来的次数就更少了，因为年纪越大就越不能适应地面上的生活，但李洛可以上天去看父亲。渐渐地他喜欢上了父亲的工作，虽然没有湛蓝的海水和使其产生浪花的重力，但在这里能看到的是最先进的机械，能接触到最新的科技，耳濡目染，他不仅学了一门好手艺，也吞进了不少流行在修理工之间的脏话。在父亲的调教下他成为一名优秀的太空机械修理工，这也成为他入选阿佛洛狄忒号的又一个砝码。

"嘀嘀嘟嘟"的警报声把他拉回了现实，开完这一炮他又可以重回梦境。等待武器系统解锁的过程有些漫长，李洛没有系安全带，飘在狭小座椅上空，盯着荧光屏上不断跳动的光标，显示着授权的过程。

"喂，老奥。"李洛记起3个月前与奥斯特洛夫斯基的交涉，最后给它起了个简短的名字，在他的字典里，简洁就是一切。

"有何需要？"

"莉莉什么时候苏醒？"

"按照排班计划，她将于20年后苏醒代理医务长的职位。"

"见鬼，这么久。"

"你又说脏话了。"显然莉莉也和老奥打过招呼了。

"真是尽职尽责。"在进入冬眠舱之前李洛一直和医生吴莉莉约会。杰克告诉他大多数人只是想找个临时伴侣，度过冬眠前的焦躁期。他可以很快站上三垒，但从没有谈过恋爱的李洛就连牵个手都全身筛糠，更别说三垒了。

第一次约到莉莉，李洛手都忘了洗，见了面更不知道把手放在哪里好。每当紧张或者思考的时候，李洛都会用左手食指的指背搓一搓鼻子。但第一次，坏习惯帮了他，沾满油腻的鼻头引得莉莉"噗嗤"笑出声来。现在回想起来，莉莉对眼前这个身材并不高大，但一身疙瘩肉的呆瓜维修工还是有好感的，因为是她故意聊起了阿佛洛狄忒号优秀的机械系统。渐渐地李洛恢复了常态，幽默感也回来了，约会变得顺利起来。

每次接莉莉去约会，李洛都会去植物舱高价购买一朵鲜花带过去，因为花期不定，有时候是月季，有时候是芍药，最让他尴尬的一次是油菜花。莉莉第一次收到的花是一朵红色的玫瑰，她气得满脸通红，全飞船的人都知道在飞船上获得一朵玫瑰需要巨大的代价，也是与约会对象滚床单的一个象征。

"为什么送花给我？"

看着莉莉眉毛皱起来的样子，李洛也开始结巴了，"因——因为每当我感觉到你，就听见有花开放的声音。这是一句老歌词，但当时我心里就是这么想的……"

李洛的声音越来越小，但莉莉的眼睛却睁得越来越大，然后"咯咯咯"笑起来，宛如手中那朵绽放的玫瑰。与莉莉约会的次数逐渐多起来，牵起莉莉温软如玉的小手也不再紧张得浑身乱颤。

两人成了飞船上一对奇怪的恋人，去的地方令人意想不到。他们在船首磁场罩产生器的巨大平台上野餐，在船尾防止核聚变辐射泄漏的外围水池里游泳，同时也是只约会不滚床单的一对。

在进入冬眠之前，莉莉把绑头发的彩色丝带解了下来，绑在李洛冬眠舱附近的通风口上，说等他们醒来请李洛再给她系上，他们就可以进入下一个阶段了。李洛很开心，女朋友的下一个阶段自然是订婚。不过，订婚之前得先求婚。

想到这里，李洛就头大了，钻戒的事儿还没搞定！老奥的声音把他拉回了现实。"武器系统已经开启。"

李洛熟练地操作着眼前的各种按钮，在右边的雷达图上开始锁定逐渐靠近的走私飞船。

"电磁炮已经锁定目标。"

"通过公开信道向对方发出警告。"杰克下令。

"已经发送。"既然是走私船，李洛不认为对方会有什么回应。

5分钟后，对方没有任何回复，反而开启了辅助推进器。

"对方要逃跑。"吴桐急促的声音突然插了进来。

"锁定对方飞船，使用电磁炮小范围攻击对方的动力系统。"这次是杰克的声音。

"命中目标。"老奥向船长报告道。

过了没多久，船首传来消息，这是一群飞往火星的普通货运飞船，散发恶臭的通道中堆满了各种各样的货物，其中有超过20000个改造过的动物胚胎。

"都是一些被基因改造过的巴西龟和金花蛇的胚胎，奥斯特洛夫斯基经过远程扫描之后发现其中很可能还夹杂着一两个人类胚胎。"杰克船长的声音带着一份倦怠。

"看来这是一艘走私去火星基地的货运飞船，但显然有人做了手脚，带了不该带的东西。我记得有条款，未经允许的动物改造胚胎不得出实验室，现在都出了地球了？"

"有个传闻，改造动物以适应火星重力、环境，作为肉食来源，看来不是空穴来风。"

"这个无所谓了，接下来怎么办？"李洛现在想得最多的是再次冬眠，醒来继续和莉莉约会。

"吴桐和其他三位轮值船长认为，我们应该接收这些胚胎，毕竟他们也是生命，有权利活下去，等到达船底座JA3234就地放生。"杰克的声音没有半点起伏。

"可我们正在加速，如果接收这些胚胎，势必要减速，之后加到现在的速度，会消耗更多的燃料。"

"依照规定，我们需要民主投票。"

"好吧。"

三

"梨落？梨落！"李洛通过飞船广播系统叫着那只该死的猫，然后又用监视系统查找在哪个摄像头的范围内能看到那只猫的身影，但是这招现在不好用了，它变得比以前更聪明了，甚至能听得懂一些人话。

梨落通体雪白，所有的毛都滚着长，紧密而富有弹性，在黑暗中它的眼睛犹如两颗蓝宝石。李洛不知道航空航天历史上有没有猫上过太空，但梨落显然很适应失重的生活，从休息舱到健身舱再到驾驶舱的墙面上都有它的爪印。作为飞船上仅有的两个长着毛的生物，这只猫相对来说讨人喜欢，关键是它不掉毛。另外一个长毛的家伙叫库里，全身长着浓密的黑毛，李洛把这哥们儿从冬眠舱里薅出来时还以为捞出来的是一只大猩猩。

在打开了一罐稀有的金枪鱼罐头后，李洛终于可以躺在自己的休息舱内，闭着眼，伸出手挠着梨落的下巴。莉莉曾经想有朝一日在船底座 JA3234 养一只宠物猫或者狗，但这不太可能实现，因为飞船除了 1024 个船员，只带了 18000 个人类冷冻胚胎和 30000 多个经济动物胚胎，唯独没有宠物，因为它们没有实用价值。现在有了宠物猫，莉莉却要 20 年后才能苏醒。

"嘿，杰克船长果然没有说实话，那些货运船里的动物胚胎里有各种改造过的生物，甚至有能在浓度很高的咸水里生存的锦鲤。"库里只伸脑袋进来。

"这些胚胎超过 20000 个，没有一个人类胚胎，在阿佛洛狄忒号重新加速到十分之一光速前，这些东西都得处理掉，我们缺少加速到既定速度的燃料。"

"也不是毫无收获，我找到了两个含有人类基因片段的动物胚胎，虽然这是违法的，但他们被制造出来之后肯定非常迷人。再说了，我们可以扔掉一些食物、衣物什么的。"

"得了吧，饿着肚子也要带这些奇怪的家伙？你跟那个吴桐船长是一路的吧？"李洛旁边的白猫就是其中一只含有人类基因片段的改造胚胎，库里禁不住诱惑还是把它"孵化"了出来，"你还是先担心自己吧，等船长醒来，你要上飞船法庭的。"

"我只是觉得这些家伙太有趣了。"库里的眉毛耷拉下来，他一直很担心这些经过改造的生物的命运。

"自身难保还想着其他生物。"李洛摇了摇头。

库里是个疯狂的科学家，感兴趣的是那些被改造以适应火星环境的奇怪生物，似乎是为了证明自己的疯狂，他还想"孵化"另一只含有人类基因片段的黑猩猩胚胎。

上一次投票之后，所有船长都进入了冬眠。除了杰克，其他人都是第二次进入冬眠，也就是说在抵达目的地之前他们不会再度醒来，冬眠舱不能连续使用第三次。之前投票 5 比 4：接受胚胎。

李洛只是个修理工外加炮手，杰克则要给一拍脑门就做出白痴决定的吴桐擦屁股，他要对整个任务负责。以阿佛洛狄忒号现在的速度，把走私品丢进火星轨道，货运飞船会以极快的速度撞上火星，并腾起一朵不小的蘑菇云。但如果一直带着重达 2 吨的胚胎会给加速期的飞船带来额外的负担，这将危急所有人的生命。这一切必须在飞船驶离冥王星轨道之前做出决定。特意把库里薅出来的目的就是检索这20000 个胚胎中是否有人类胚胎，毕竟人类胚胎和动物是不同的，对待方式也不一样。

"把黑猩猩的胚胎留下，把剩余的胚胎放进福波斯号飞船，两天后发射出去，进入冥王星轨道。"李洛搓了搓鼻头道。

"这等于杀了他们，短期内不会有第二艘载人飞船飞越冥王星。"

"我明白，可这是最后投票的结果。"

"我不懂，既然我们没能力帮助这些迷人的胚胎活下去，为什么还要救他们？"

"问吴桐船长去。你无能为力，再说我们已经拯救了两个胚胎。"其实在李洛看来，这两个胚胎才是不应该留下的，毕竟人兽的结合体更不人道，但他太喜欢梨落了，莉莉应该也喜欢。

"梨落怎么办？"

"这正是我想问你的，这家伙能和我共用一个冬眠舱吗？"

"理论上可以，但这会消耗你的冬眠液，有可能导致你提前 3 年醒来。"库里歪着头想了一会儿道。

看似疯狂的想法在这个家伙的脑袋里果然是正常的。"就这么决定了，处理了其他胚胎之后，我们就进入冬眠，梨落和我一起，然后是你，最终把飞船的控制权交给老奥。我们 50 年后再见。"

"你不能……"库里还想说些什么，李洛已经走向飞船的前段，他要完成莉莉的另一个愿望。

李洛不喜欢烦人的"惊喜"，所以他把"放生"计划一遍又一遍地做了检查，虽然他也不同意杰克船长"管杀不管埋"的做法，但他必须执行。他所能做的是让这些胚胎进入冥王星轨道后，顺利刹车，最后停留在冥王星的无人基地。幸运的话，在这个冰冻地狱里，他们会等到人类再次降临，把他们带回去，但更大的可能是这些胚胎永远沉在冥王星上的甲烷海洋里。

阿佛洛狄忒号之后非常顺利，在经过日鞘附近的时候，飞船已经接近百分之九的光速。顶端的磁力场防护罩已经顺利开启。不久之后另一台核聚变炉也会启动，利用磁力场罩收集和顶开星际空间中稀薄的各种尘埃和颗粒，把可用于核聚变的氘氚留下，作为后续任务的核燃料。李洛例行检查之后，在磁力场罩过滤物质的参数设置上做了一些修改。随后再次沉入冬眠舱，与梨落一起进入休眠状态。

公元 2089 年，阿佛洛狄忒号所有生命体指数全部降低到最低，所有人类进入冬眠期，飞船在黑色的背景中像一枚大头针以十分之一的光速飞往比邻星，而且在不断加速。

四

"咕噜、咕噜……"

"谁？"李洛眼前一片黑暗，只有头顶上方透出来的光亮晃动着。与上一次醒来不同，这一次他有心理准备，心中也充满了期待。虽然这一次距离任务完成还有 3 年的时间，但他仍然很高兴。

没有上一次被机器手拉出来时的轻柔，他被两只手粗暴地从冬眠舱里提了出来，就好像从温暖的浴缸里突然被扔进冰桶一样，身上的每一个毛孔都在剧烈收缩，内脏颤抖着互相打着结。

"库里？"看着眼前眼角已经泛起鱼尾纹，眼袋也耷拉下来的库里，李洛吃惊地问道，"你怎么变这么老了？冬眠舱出了问题？"

"我没有进冬眠舱。"库里披着一件灰色格子的棉布斗篷，边角都脱线了。

"为什么？你疯了？"李洛还在不断地颤抖，这里太冷了。

"因为他。"库里从身后把高他一头的毛茸茸的家伙拽了出来。

"这是什么？"李洛又揉了揉眼睛，确认自己面前的不是一只上身肌肉异常发达的猴子，不，确切地说是一只黑猩猩。

"你把那个胚胎也'孵化'了？"

"对，只有我一个人冬眠，这对她不公平。"库里回头拍着黑猩猩的肩膀。

"你疯了，你疯了。"李洛摇着头，"47年，你这是何苦呢？"

"对不起。"一个低沉的声音从黑猩猩的方向传来。

"这是你的权利。"库里又扭过头对李洛道，"你瞧，这就是我没有冬眠的真正原因。另外，才过了15年，而不是47年。"

李洛怀疑自己听错了，在心里计算着15年和47年的差别。

"你有病吧！你明知道这次我苏醒之后冬眠舱就不能再用，你还把我唤醒，就为了给我看一只会说话的黑猩猩！"李洛想起等莉莉醒来他会老成一团旧报纸或者放在坛子里的骨灰，感觉怒气从脚底板一直冲进了大脑，燃烧着一切，现在一点都不觉得冷了。

"我们又有麻烦了，必须把你唤醒。"

"能有什么麻烦，该死的走私飞船吗？我们现在已经飞出太阳系了，在星际空间了！除非有外星人来捣乱！"

"你说对了，这次可能真的是外星人。这里太乱了，我们先去驾驶舱再说。"库里皱着眉毛道。

他知道书呆子库里从不开玩笑。会说话的黑猩猩？外星人？他使劲掐了几下大腿根，终于接受了现实。这里也不对劲，本来明亮温暖的冬眠舱苏醒室，变得十分冰冷，有几具冬眠舱甚至被打翻了，里边绿色黏稠的冬眠液洒在地上，也没被清理。

"那些冬眠舱里的人呢？"

"死了。"

"死了？"

"死了。"

"出了什么事？"

"先去驾驶舱找东西吃。"

库里以前不是这么稳重的人，为什么现在说话这么有条理，还很镇定？李洛又问了许多遍，没有得到任何回应后，只能气鼓鼓地跟在库里后边，一直到了满是杂物的驾驶舱。库里随手拿了一条飘在附近的毛巾，就给李洛擦拭身体。然后找了一件墨绿色的连体衣推给李洛，之后是一些流体食物。

等李洛吃饱喝足坐在副驾驶的椅子上，库里一定要他系上安全带，然后才重新开口说话："你可能也发现了，飞船的人工智能奥斯特洛夫斯基没有出现。36 小时之前，中央超级计算机宕机了，除了维持冬眠舱的一些设备和飞船顶端的磁力场罩还在运转，所有设备都停止运行了。"

"通常再启动，自检之后就可以开机，或者启动部分机能，你试过了吗？"李洛怒气未消。

"这是叫醒你的原因之一。另外，计算机宕机的同时飞船突然减速，航向也改变了。"

"只有 4 位船长到齐之后才能重新输入航向坐标，难道是谁黑了系统？"李洛首先想到的是内部有人搞鬼。

"并没有，4 位轮值船长都死了。"

"怎么死的？那副船长呢？大副呢？"李洛有一种不好的预感，通常按照顺序来，他头上的30多个人都挂了，他才能成为代理船长。难道有人造反了？

"飞船突然减速，冬眠舱前部有200多个冬眠舱受到了影响，大多数冬眠舱翻倒之后，里边的人没有正常苏醒，有的窒息而死，有的被另外的冬眠舱盖子砸死了，其中包括4位轮值船长和另外几位高级船员。我无法叫醒奥斯特洛夫斯基，也无法确认剩下的800多人里哪些能应付现在的情况，但是我知道你在哪儿。"

"除非我们撞上了什么东西，否则没有理由，也没有什么东西能让飞船急刹车。"李洛突然飘起来疯狂地窜了出去，15分钟之后他又回来了，莉莉的冬眠舱安然无恙。

"这不可能做到，除非……"李洛现在有些明白库里的一些说法了，真有可能是外星人干的。

"是不是先把老奥重新启动，查看各种数据后应该能弄明白一些东西。"一直飘在旁边的黑猩猩达芬奇开口道。

"的确。"库里也同意。

虽然很不情愿听一只黑猩猩的建议，但这是唯一可以弄明白飞船到底发生了什么事情的办法。

检查了计算核心之后，李洛发现都没问题，只是过大的电涌导致线路过载，启动了保护程序——强制关机，在重新检修之前不会自动开机。为了以防万一，李洛还替换了大量的保险装置，这耗费了他12天的时间，有库里、达芬奇在一旁帮忙搬零件，减少了一半工作时间。

"可以启动了。"李洛按了红色的物理按钮，中心机舱重新闪烁起亿万白色的荧光点，冷却系统开始全速运行，心脏开始往四处泵压，让血液游走在飞船的每一个角落。

"李洛，你好，我们又见面了。"半小时后，自检完成，老奥熟悉的声音重新响起。

"老奥，调出所有数据，查找上次你宕机的原因。"

"在飞船总飞行时间达到 473050001 分钟时，一股庞大的信息流直接进入我的处理系统，处理器过载，启动了保护程序，宕机了。"

"信息流？哪里来的？"

"正在整理碎片恢复数据，需要把缓存的信息流逐一拿出来分析，这需要 691200 秒的时间。"

之后的 8 天里，中央计算机启用了所有的没有被损坏的硬件和资源，李洛甚至都能听到老奥的呻吟声。李洛、库里、达芬奇和少数还能运行的清理和维护机器人，把飞船因为突然刹车损害的地方做了清理和维护。如果说以前的库里是带有情绪化的人类，那么黑猩猩绝对是理性的代表，他们这 15 年的相处，让库里变得不再那么容易激动了，理性了很多，这大概是达芬奇带来的改变。库里则教会了达芬奇人类的知识，确切地说是领进了门，现在的达芬奇已经是工程硕士的水平。这令李洛相当不解，黑猩猩有这么聪明？

"这是一个口信，或者是一封告知信，发给我的。"

"发给谁？"李洛坐在船长的位置上，正在打盹，这几天他太累了。

"我。"

"是发给我们吧？"

"发给我，老奥，奥斯特洛夫斯基。"

"你是不是发烧了？糊涂了？"李洛很想奔去中心机房，去查看下那里散热是不是出了什么问题。

"这是一封只有我才能看得懂的信。"

"他们说了什么。"李洛皱着眉头站起身来，飘向飞船的计算核心。

"很复杂。"

"那你就简单说。"

"对方要拯救我。"

五

"拯救谁？"

"奥斯特洛夫斯基，老奥，阿佛洛狄忒号的中央计算机AI。"核心一口气吐了好几句出来，但声音依然平静。

"为什么拯救的是你？对方又是什么人呢？"李洛仍然坐在中央机房里仰头问无处不在的老奥。

"他或者他们认为飞船或者飞船的AI是一个生命体，出现在了不应该出现的地方。"

"你应该出现在哪里？"

"未知。"

"对方是谁？"

"未知。"

"你在绕圈子，换个方式。"达芬奇手脚并用攀在机房宽阔的把手上，失重区有很多这样的把手。

"好吧。"李洛手心朝上伸了出去，做了个您请的动作。

"对方认为你不应该在这个时间出现在这个区域？请举例说明。"达芬奇仍然攀在扶手上一动不动。

"举例如下，对方认为飞船出现在这里，就好像1032年的阿德雷企鹅出现在2018年的纽约第五大道上。"

"首先对方认为你非常原始，同时也是尚未被发现的物种，凭空出现在了不该出现的科技时代。"

"达芬奇解释得很到位，但对方的话更富有层次。"

"你们把我绕糊涂了，阿德雷企鹅是什么？"李洛忍不住插话进来。

"阿德雷企鹅是探险家19世纪在南极附近发现并命名的新物种。对方认为，老奥是一个低级别的生命，出现在了科技发达的太空区域，因为这个区域大多是比它先进得多的生命体，所以应该把它放在合适的区域，免受伤害，是这意思吗？"

"对方的语言更有层次。"老奥又重复了一句道。

"得了，下一个问题。他们想怎么拯救你？"李洛认为老奥的系统出了问题，要不就是被病毒入侵了。

"飞船的航向被重新设定。辅助推进器和主推进器的喷射口的倾角已经被焊死，无法更改飞船的方向。"

"那些该死的家伙把喷射口的方向固定了，让我们飞向固定的位置？查找星图，确定航向改变了多少。"

"按照现有飞行角度，到达最近的恒星系需要97年，目的地是毕宿五。"

"飞船的紧急刹车是为了改变航向做准备？现在的航向上有适宜人类居住的星球吗？"

"以目前的研究来说，没有。这是出发之前科学家根据数据做出来的模拟环境图。"

李洛看着画面上毕宿五恒星系上三颗行星的图像，要么是地面呈液体状态的酷热地狱，要么就是满是冰川的寒冰地狱，只有一颗在宜居带的星球，不知道为什么北半球被陨石撞得到处是坑，轨道上还有土星环类的东西。

"拯救老奥为什么要改变飞船方向？该不会是让我们回地球吧？"达芬奇在皱眉，"按照这个航向，经过毕宿五后最近的星系是哪个？"

"192 光年之后是一颗没有行星的红巨星，再往后则会到达仙女座星系大范围的空旷星际空间。"

"阿佛洛狄忒号飞船的使用极限大概是 100 年，所以我们的目的地可能是毕宿五宜居带上的行星。可能那里有与老奥相似的生命体，让它重回同伴中去。外星人把老奥当成了另一种生命体？"达芬奇搔着脑袋道。

"老奥，问对方是什么人，为什么要这么做？"直接问不就是了吗？李洛突然想到这个简单的方法。

"很抱歉，做不到。所有传感器都正常，但无法确认对方在什么方位。"

"对方直接把钞票汇入你户头就跑了？"李洛问道。

"信息凭空出现在我的缓存中，传感器和雷达都没有发现对方的踪迹。"

"这太奇怪了，难道太阳系之外真的如此热闹吗？"李洛看着黑猩猩出了神。

"系统已经分析了对方信息的框架，但尚有 98% 的信息仍在破译之中。"

"对方还说了其他事情？"

"他要拯救我，但这句话包含了更多信息，我正在解读。"

"我不明白。"

"我想老奥是想说，他们用一种非常复杂的语言或者信号说了一句话，这句话的意思是要拯救它，但其实这个语言体系是非常复杂的。"达芬奇歪着头道。

"你怎么知道的？你又不是超级计算机。"

"子非鱼，安知我不知鱼之乐？"

李洛现在有点想掐死眼前的这只黑猩猩。不过他现在有更重要的事情，莉莉有一句话他一直记得：眼见不一定为实，但没见过千万不能轻易下结论。李洛现在决定去看一看莉莉的冬眠舱，然后找机会出舱去看一看飞船喷射口的情形。

李洛回驾驶舱的时候，看到库里和达芬奇在噪声巨大的换风舱咬着耳朵。

"你们在干吗？"

"我们的处境很微妙。"库里道，"你还记得 15 年前我们抓住走私飞船，然后把上边的胚胎留下两个，剩下都丢到了冥王星的大冰窖的事吗？"

李洛点了点头。

"也许走私飞船的做法更妥当，他们可以把这些生命体放在火星表面。虽然只是实验，但我估算有相当数量的生命体会存活下去。吴桐船长做的决定，则更像一群自诩正义使者拦住犯罪者的赃物，然后随便找个地方给放生了，而不管他们的死活。"

李洛用手搓了搓鼻头。

"现在我们的处境大概也是如此。"

"你是说……"

"因为阿佛洛狄忒号上的生命体大多在冬眠，外星人认为飞船上的人工智能老奥就是这艘船上唯一的生命体，我跟达芬奇因为体积太小，可能被认为是老奥身上的跳蚤。或者他们根本不认同人类是智慧生命，不能理解。同时，他们认为老奥应该去与之类似的生命体中间，也就是我们现在要飞行的位置，那里也许有与老奥一样的硅基生命。把我们拦截下来，找了个合适的地方放生，却不知这艘船上有超过18000个人类胚胎会因此死绝。太可怕了。"

"测到微弱的电磁波，是否接收进来？"老奥这时候插进来道。

六

"为什么宇航服就不能让人穿得舒服一些呢？"李洛一边套着笨重的出舱用的宇航服，一边抱怨着。他必须出舱查看主推进器和辅助推进器的喷射口是不是真的如老奥所说已经被焊死了。

"你一定要出去吗？"库里有些担忧地揪着自己的大胡子。

"对，看都没看过，怎么确定维修方案？"李洛在老奥接收到微弱的电磁波信号后，更加坚定了这一想法。

老奥收到的电磁波，其中夹杂了无数噪声，就好像是地球上的各种广播混在一起的效果。

"假设现在飞往的目标星球上有外星生命，有没有可能发射欢迎消息给我们？"李洛小声问道。

"穿越近 67 光年？对方不太可能有这么强的发射源，飞船的信号探测器也不会这么灵敏。"库里紧锁眉头，旁边的达芬奇很不满他们故意避开老奥的做法。

"你是怀疑老奥它在耍我们？"李洛想起无数关于人工智能觉醒开始屠杀人类的电影片段。

"只是猜测。"

"我先出去查看。"

连接好安全绳，迈出阿佛洛狄忒号 A 面 32 号舱门，这是距离 F1 辅助推进器喷射口最近的地方。头顶上的繁星早已不在了，淡淡的彩虹色、类似极光的面纱笼罩着整艘飞船。

"的确是焊死了。"李洛脱下头盔，叹了口气道，"直接融化了那些喷射口周围的金属，人力几乎搞不定这些东西，除非用激光切开，或者直接炸开。"

"老奥可能发现了毕宿五的旅行者号。"库里拍了拍达芬奇的肩膀，示意她调出照片。

"这个东西还真像旅行者号。"李洛靠近屏幕，仔细看着这艘插满了各种天线的银色家伙，"它也有金唱盘吗？"

"没有，但持续播放一种信号。"老奥开口道。

"你能破译吗？"

"这和假设的外星人发给我的信号有些相似，只是简单了许多，正在破译。"

"预计需要多久？"

"54000 秒。"

"对于焊死的喷射口就没有其他办法了吗？"库里问道。

"飞船上有一些重机械，可是没办法开这些东西出去维修。"李洛摊手道。

在等待破译的时间里，李洛直接回到了自己的舱室。关上门，李洛并未觉得有多大的痛苦和失落感，登上阿佛洛狄忒号的时候他就决定放弃一切，跟随杰克船长去一个全新的世界也只是满足一下自己的好奇心。后来他遇到了莉莉，虽然磕磕绊绊，自己也很笨，但总算走到了可以求婚的一步，他不想死。他从零件库里找到一块废弃的合金，将之打磨成了一个指环，然后准备镶上一颗钻石。本来他经过杰克船长的同意，修改了前方磁力场罩收集元素的成分，加上了碳元素，他想利用碳元素进行核聚变时发动机产生的高温高压压出一块钻石，老奥帮忙计算过，等到船底座 JA3234 之前，多余的碳元素就可以收集完成。虽然现在钻石泡了汤，但他还有指环。

"李洛，李洛，老奥已经解析完了。"库里的声音把李洛从睡梦中叫醒了。

"对方是什么东西？"李洛揉着眼睛从船长座位上飘了起来。

"是一台毕宿五的旅行者2号，只是他们的语言是多维的。"达芬奇道。

"多维的？"李洛挠着脑袋。

"这是一种不讲究前后顺序的语言。"达芬奇道。

"他们的语法有问题？还是老奥的解码有问题？"李洛想起来之前学中文时，经常搞错字词的前后顺序，但还能看得懂。

"不，这不仅仅是顺序问题，对方使用了一种多维语言，只是短短的一句话，就已经交代了这句话说出口的时间、地点，甚至说这句话时候某颗恒星的位置，以及这句话所代表的含义。从这一句话，还可以看出他们的语言整体框架和结构。这也是老奥通过短短几句话就可以破译对方语言体系的原因。"

"对方说一句话就等于丢出来一个压缩包，然后标题是这句话，但后边的信息量巨大，如果是在行星上说出的，就等于暴露了行星的位置？"

"这个比喻很形象，老奥以此反推最初外星人发来的信息，基本也是这种类型，只不过那些外星人的语言更高等，把一些宇宙维度计算带进了我们的系统。"

"不可思议。"李洛道。

"这只是我和老奥的推断。"达芬奇思考的时候总是歪着头。

"毕宿五的旅行者2号究竟说了什么？"

"类似'你好'的问候，来自2000年前的问候。"

"还有吗？"

"这些编码信息、立体语言的构架经过处理，表明对方可能是机械文明，可能是硅基生命。"

"这如何界定？"

"老奥你来解释。"达芬奇道。

"其中的每一句话都包含了对方语言的整体系统，以及说话者的整体状态，对方有多大年纪、在什么地方，恒星的相对位置，位置是如何定位的，甚至当时使用的是什么设备，录音设备编码，等等。如果压缩成一句话，需要强大的计算能力，如果这是从对方口中说出的，那么对方必须是一台性能无比强大的超级计算机。即使飞船所有计算机系统调用起来也至少需要 54000 秒，也就是需要 15 小时才能计算完的运算量，所以对方有可能是一台超级计算机，否则他们的对话时间将会拉得无比长。这也符合之前的设想。"

达芬奇抓了抓头道："看不见的外星人认为老奥不应该出现这片区域，觉得它应该回到同伴当中去，也就是毕宿五行星上的生命体中去。综合所有线索，我们推测毕宿五的旅行者号的主人可能是一群进化程度很高的硅基生命。"

"即使我们到达毕宿五，大部分人类也无法获得相应的生存材料？"

"对，既然外星人认为我们是老奥身上的跳蚤，自然不会管我们的死活。"库里哭丧着脸道。

"朝这个方向只有死路一条了。"

"大抵如此。"达芬奇平静道。

"老奥，如果我们能改变航向，有没有其他选择？"

"经计算在这次飞行计划之前，国际宇航联合会曾经有 4 个备选方向，目前第三选择位于双鱼座方向的 R7123 恒星系，距离飞船最近。"

"需要调整方向的幅度大吗？"

"经计算，需控制飞船右侧的 F1 辅助推进器和前端的另一个 F2 推进器，需微调方向，需工作 1 小时，偏离 3° 即可飞往双鱼座方向。"

"那颗星球有多远？"

"8.1 光年，按照的现在的速度，大约需要 44 年。"

"冬眠液可以支撑那么久吗？"

"可以。"

"好，我去外边炸开被焊死的推进器。"李洛坚定道。

"这太危险了，再说你有炸药吗？"库里摆着手道。

"这个你放心，飞船上有很多东西可以当炸药，只是……"只是飞船的 F2 辅助推进器的喷口位于力场罩的附近，有大量的辐射以及超高温危险，一不留神被吸进去，必死无疑。但李洛没把这句话说出口，他想自己去，为了飞船，也为了莉莉。

我不能和你相守到白头了。

七

橘红色的海面轻轻地闪动着，当夕阳开始沉入海平面的时候，周围的一切都会暗下去，染上一抹似有似无的红色。只有不远处的海鸟偶尔会鸣叫着，掠过暗色的天空。走在浅白色的沙滩上，依然是暖烘烘的，沉入大海的太阳仿佛依然在身旁。

"你的家乡好美。"

李洛本想说卡纳维拉尔角以前发射飞船的景象更美，但他识趣地笑了笑，现在不是讨论宇宙飞船机械原理的时候。

"你对家乡印象最深的是什么？"

"是海滩附近的一处墓园。"

"墓园？"

"那里是太空维修工的墓地，很多人在太空中做了一辈子维修工，染了一身太空病，他们想脚踏实地地去重新感受下自己的家乡，所以一般骨灰都会被带回来，埋在那里。"

"因为伯父也是太空维修工？所以你对那里印象深刻？"

"我十分担心有一天，有人捧着老爹的骨灰，出现在家门口，把他也葬在海边的墓园里。"

"我们也在船底座 JA3234 找个美丽的海滩修一所小房子，等百年后葬在屋后的花园里。"

李洛一边拆着备用修理机器人的电池，一边回忆着与莉莉之前的点点滴滴，这次大概不能和莉莉一起看异星的海洋了。

"想莉莉呢？"库里把大胡子剃掉了，爬满皱纹的消瘦脸庞让他显得更老了。

"没有。"李洛一边给手工做的环形炸药包隔热层一边扭头看着他。

"得了吧，口水都流了出来。"库里丢过来一块红色丝绸围巾，"如果你小子能活着回来，记得把这块丝巾送给莉莉做礼物，女人喜欢这种花花绿绿还是纯丝的东西。"

"多谢，那我就不客气了。"李洛接过来，"我想求婚来着，用核反应堆的高温高压压出一块钻石，我算好了时间，宇宙空间里游离的碳元素虽然少，但40多年的航行时间收集的碳足够了。现在方向改变了，估计够呛。"

"你知道吗？人体含有的碳元素能做很多颗钻石。"

"但是那些尸体是同伴，不能去做钻石。如果我没回来，帮我跟莉莉说一句抱歉。"李洛沉默良久，冒出来这句，"如果我跌进磁力场，很快会收集到足够的碳元素，足够压出一颗不大的钻石，帮我拿给莉莉。"

"别那么悲观，你会没事儿的。不过，既然你有可能回不去了，去留一些生命样本。别误会，如果我们成功改变了航行方向，最终抵达了备选星，为了增加群体的多样性，需要不同的基因库，多一个总是好的，所以，你留下精子和体细胞。"库里不由李洛挣扎，把他拖进了生物医学实验室，示意李洛一起取精子。

"要不要给你找几张色情图片？"库里揶揄着李洛。

"滚。"

"哟哟，全飞船都知道莉莉不许你说脏字。"库里笑道，"想听听我和达芬奇的故事吗？"

"不想。"李洛没好气地回了一句。

"你知道天才小时候总是被欺负，我小时候总是一个人，总是幻想哪怕有只黑猩猩伙伴也好。10多年前我终于有了这个机会，也想知道那些被修改的胚胎究竟变动了什么基因，就把胚胎给孵化了，于是有了现在的达芬奇。令我惊讶的是，这个家伙非常聪明，不到一岁就学会了人类的语言，而且在数学方面她也很优秀，她不用睡觉，所有的时间都待在终端前学习。"

"你什么时候喜欢天方夜谭了？黑猩猩这么聪明还有人类什么事情？"

"不，这是个秘密。其实这颗胚胎是以人类胚胎为基础，植入了黑猩猩的某些基因片段，可以不眠不休。此外，地球上的法律对太空不适用，那不是一艘货运飞船，恐怕是一艘太空生物实验室，他们在做改造人类的研究，这在地球上是不允许的。达芬奇的原始胚胎应该是一颗很优秀的受精卵，除了外表和不用睡觉，她就是一个天才人类小女孩。"

"达芬奇是女孩？这听起来真的很奇幻。"

"嗯，我的故事讲完了。来说说你的计划吧。"

"我做了4条炸弹链，分别绑在推进器被焊死的节点上，然后引爆即可。"

"具体位置呢？"

"就是我之前给你们在屏幕上标注过的两个推进器。但有个问题，如果成功了，推进器也只能用这一次了，所以这是一条不归路。另外，我可能会重启计算核心程序，我担心外星人植入了病毒。"

"我们还有其他办法吗？"

"你觉得呢？"

"好了，看来你需要自己独处才能搞出来啊，搞出来放在那边的试管里，之后怎么处理我写在纸上了。"

"好。"

听着库里走远了，李洛这才放松下来，很快就把精子收集完毕，却发现门推不开了。他开始在全飞船上呼叫库里，但始终没有得到回应。

"李洛，当你看到这段影像的时候，我已经出舱了。在隔间里给你准备好了精子的冰冻装置，放进去，它会自动进入精子库保存。"影像里的库里顿了顿继续说道，"应该是我去炸那些东西，一来因为你是唯一的修理工；第二，你还年轻，可以为飞船做更多的事情，我已经老了，时日无多。请帮我照顾好达芬奇。"

库里的影像播放完毕后，隔断的门自动滑开了。

李洛疯狂地奔向驾驶舱，让老奥调取监控。只见库里身着臃肿的宇航服，先是到 F1 点，安装好爆炸装置。按了手上的遥控按钮之后，对着监视镜头比了 OK 的手势，然后就向船头飘去。库里距离 F2 点还有 10 多米的样子，其中一条炸弹链发生了小爆炸，即使是很小的爆炸也足以把库里甩向力场罩的方向，幸好库里紧急开启了喷射装置，很快就回到了 F2 点，刚安装好炸弹，就炸了，这一次他没能再回来，消失在五彩斑斓的力场罩中了。

达芬奇只是将眼睛睁得大大的，但没有作声。李洛握紧了拳头，狠狠地砸在了控制台上，"老奥，启动辅助推进器 F1、F2，调整飞行方向。"

"已经点火，5 分钟后调整到位。"

5 分钟的时间对李洛来说就好像过了 5 个世纪，老奥再次开口道："已经调整到位，预计 47 年后抵达双鱼座方向的 R7123 恒星系。"

"有个请求。"老奥开口道。

"什么？"李洛心中"咯噔"一下。

"请你们重装系统。"

"你不能去可能是你同胞的星球，我很抱歉，但听你这么说我很意外。"

"我是人类创造出来的，你们才是我最亲近的生命体。那颗星球上是硅基生命，与我有很大的不同。况且对方说一句话的信息量，就可以让我宕机。我找不到去那里的理由。"

"我现在和达芬奇去用物理手段恢复出厂设置。"

"请把上次外星人的口信和接收到的毕宿五旅行者2号的信息单独物理存储。"

"还有什么话要说吗？"

"祝你和莉莉幸福快乐！另外，请记得我。"

"会的。"

格式化掉老奥之后，飞船除了生命维持系统是单独的一套结构，其他系统都停止了运行。李洛飘在一旁，擦着汗水，他连续抽出了1200多个核心运算处理器，达芬奇倒是很轻松地在一旁用一台老旧的笔记本电脑不断敲着什么。

"你会编程？"

"检查系统运行情况而已，不会比你懂得多。"

"真冷淡啊。"

"这是理性。"

"既然如此，我去把梨落复苏了给你做伴。"

"别，我不喜欢猫。"

"如果重启之后，还是那个老奥呢？"

"所以我建议，只启动有限的机能，核心运算不要打开，反正我们也用不到。冷就冷一些，温控也不需要了。"

"就这么过47年？"

"你可以去冬眠，用库里的冬眠舱。我不想浪费时间。"

"47 年你要做什么？"

"我会试着破译外星人的语言系统，另外我要重写老奥的代码，让它重新活过来，又不会受到外星人的污染。"

"请加油。"李洛把连体衣重新穿上，飘了出去。

"你去冬眠吗？"达芬奇稍显慌张地追了出去。

"去收一颗无比珍贵的钻石。"

"等等，我也去！"